南太行纪事

杨献平 著

中国工人出版社

目录 ／

故乡生死明灭　众生依旧葱茏

灶君府

作为故乡的南太行

1. 两起车祸

从林哥死了！七天前，另一个外乡人也死了，两人在同一个地方！听到这个消息，我脑袋轰隆作响，一股寒意旋即袭身。此前一个月，我还在老家，和从林一起吃饭、喝了几杯酒。不过一个月，他却转身没了。这太令人猝不及防了。放下电话，我心情持续灰暗，似乎被铁屑塞满，眼泪下落，但又不知为何。傍晚，打电话给母亲，她的语调也有些黯淡，说了几句自家的事，母亲正要说这件事，我提前打断说，我知道，我知道，弟弟跟我说了。母亲叹息，从她的声调中，我也觉得了一种物伤其类的悲凉与黯然。

真正能够震撼与打倒人的，从来只有自己人和来自身边的某种事情。一个五十多岁的男人，早年当过三年兵，复员后娶妻生子，日子再难过，即便孩子大人破衣烂衫，也绝不会出去打工挣钱，以做小买卖，甚至以退伍军人身份到各级政府要抚恤过日子，母亲还在世的时候，他经常去蹭饭，其母过世，新农村建设，他承担了全村的垃圾清理运输。这才不过三四年时间，谁知道，却在初冬的一个早晨，由于三轮车失控，撞在墙壁上，肋骨折断，插入肺中，到医院抢救无果，刚回到村子，就咽下了最后一口气。

在我们村几百年的历史上，也只有他和另外一个堂哥死于车祸。无独有偶的是，七天前，邢台县几个人到我们村买旧石板，下坡路上，车子翻了，其中一人当场丧命。这两人出事的地点，一在我幼年经常出入的村口，一在我们新家前面一道山岭之下。两者时间相隔七天。七天的“七”，在民间传统中，是颇有些意味的，诸如“头七”“七灾”“空七”“冲七”“烧七”“犯七”，等等，其中包含甚至充斥的，尽是死亡和惊悚。

弟弟在说这件事的时候，语气略有些平静。我不知道他当时的心态。与我相比，他天天在那座名叫南沟的村庄，与那里的人几乎天天见面，甚至隔河相望。也许在他看来，这些意外都是正常的。这些年，弟弟在外跑车，日复一日，每次电话，我都要叮嘱他一定要注意安全。他每次都嗯嗯答应。他也说过，这些年在不同的路上跑，哪一年都会遇到别人的一些车祸，其状惨不忍睹或蹊跷异常。但他却是一个不善言辞的人，极少去叙述怎么样的一种见闻，哪怕再惊心动魄，他也觉得那些事情是该发生的，或者发生了，再说出来意义不大。这一次，他仍旧保持了自己沉默的本分，对从林哥及那位外地人的车祸，采取了一种司空见惯的口吻。

而我在千里之外。故乡，或者说，故乡的每一个人，其实我都熟悉，每次回去，看到他们逐渐老去，依旧在小小的村庄里爬山上坡，下地过河，不知名的孩子们很多，也纷纷长大，眨眼之间或是出嫁了，或是娶媳妇了。无论他们与我们家关系好坏，我都觉得，他们是长久的，谁也不会乍然而去，尤其是不会发生什么异常惨烈的祸端——死亡之事。从林哥的死，一下子颠覆了我久已形成的思维惯性，即在一个车辆极少、道路弯曲的乡村，可能会有外乡的行车人因为车祸而罹难，本地人则绝对不会。

当代文明的一个显著特点便是，机器和各种智能工具逐渐代替并且垄断了人的本能和技能，机车便是其中最典型的。工具助人，再返回来限制人和削弱人，甚至对人进行某种意义的“反动”与“无形切割”，这是必然的事情，也将是人类面对的又一个强大的课题。

整整一天，因为从林哥及那位外乡人在我们村外的死，我心情灰暗，一整天都在被一种黏稠而腐朽的气息所笼罩，几乎喘不过气来。下班，与妻子说起，她也觉得悲伤，说生命的脆弱与无常。我很快就把话题引到了别处。因为我知道，很多负面的消息与能量，最好不要带给其他人。这时候，我才想起，前几年，另一个堂哥曾无意中对我说，我们这一脉杨姓人家的族谱，就在从林哥手中。

从林哥也姓杨，两百年前，我们还是一家人。

中国的家族，向来是先整体而后逐渐分散开来的。其中除了姓氏，同在一方地域生存繁衍之外，还有一根看不见的血线，将彼此紧紧相连，并且永难更改。尽管，因为战乱、灾祸等原因，有一部分人会远走他乡，有一部分人坚守原地，或者再从外地迁回来。时间在万物之间的作用，显然是巨大且又幽邃无比的，它不断地稀释和收集生死。

血缘变淡之后，即便曾经的同胞兄弟姐妹，人和人之间不仅也会陌生、疏远起来，而且会时常因为某些资源和利益，甚至鸡毛蒜皮的小事相互攻讦、伤害，进而滋生出诸多的怨气和仇恨，以至于你死我活，势不两立者有之，老死不相往来，背后捉弄与作践、戕害的也不在少数。

这是人间的奇观之一，也是人性幽暗与人心不定的根本所在。尽管，在我们南太行乡村杨姓聚居的村庄，这类情况也比较常见，但没有特别出格的事情。这其中，固然有行政及法律的作用，还有所谓的古老的“天条”与道德上的某些“律令”的约束。“行政”和“法律”的设置，其目的就是遏制人性之恶，而所谓“天意”或者冥冥中的“律令”则显得玄秘而又不确定。

2. 血缘意义上的合作与“开枝散叶”

前些年，曾有几次，我找到从林哥，拐弯抹角地说起家谱。他浓眉大眼，说话瓮声瓮气，嘴角间或有口水流出来。可无论我怎么说，他都说，没见到，不知道。我无奈。也想不通，一个家谱，应当为族人共享才是，自己留着毫无用处，只能在时间中越来越陈旧。现在的年轻人也都对这些没有兴趣。他们关心的，是如何多挣钱，最好暴富，是如何把自己家的日子过在别人前头，最好是方圆几十里内独一家。

可我还是很在乎家谱，我已经是小五十岁的人了。人年纪越大，越会在意来处与归处。我小的时候，常听爷爷说，我们这脉杨姓人家，包括沙河西部丘陵及太行山区的诸多村落里的人们，是明朝年间逐渐从山西洪洞一带迁徙而来的。爷爷还说，在我们与山西左权县分界的摩天岭上，长有一棵大槐树，一边遮着河北，一边笼罩山西，因此，我们都自称为“大槐树下的人”；民间还有身体的证据用来佐证说，凡从大槐树下迁徙而来的人，脚的小拇趾甲不成型，且是两瓣的，走路喜欢背着手。对此，民间有言“走起路来背抄手，小拇趾甲是两个。”

关于这一段历史，《明史·太祖本纪·成祖本纪·食货志》等记载，明朝年间的移民的目的，一是充实北平及其周边，二是朱棣将江浙一带的部分富商迁徙至京都，三是将山西长治、榆中一带的人充斥到河北北部、中部和南部及北京等地。其中有流民、犯官、殷实人家与富家商贾，以及赤贫之民等。其中，以赤贫之民人数为最多。

2012 年 2 月 16 日河北新闻网的一则《沙河一退休教师修家谱印证明朝移民史》报道说，沙河退休教师任广民所持家谱记载曰："吾任氏住山西洪洞，自大明永乐年间（1403—1424 年）奉诏迁内地古温州河（沙河）南岸下解。而此处民稀地荒，平野之间无非蓬蒿萋萋、荆棘森森、一望漫漫、寒烟而已。吾始祖讳泰身居此村，房屋尽坏，存身危难，唯营穴而居。于是开荒野矣种五谷；辟荆棘矣植良木。数年之间，衣食继日，良木胜用。经营房屋以居身；造书舍以聘士儒。设教子孙，讲明人伦。"如此说法，与今人冀彤军在明、清《沙河县志》基础上修撰而成的《沙河市志》中"明洪武至永乐年间，朝廷多次下诏从山西向直隶等地迁民，有不少人从山西中南部的榆次、平定、太谷、洪洞、沁州、潞安、辽州等地迁至沙河县。永乐以后，仍有迁入者。据不完全统计，沙河县有近一半的村庄由迁民所建"的记述吻合。

任广民所在的沙河市十里亭镇下解村，在我所指的南太行，即今河北沙河市、武安市和邢台县西部农村与山西左权县、和顺县接壤的地带以东 60 公里，处在邢台市羊范镇和沙河市白塔镇之间。从任广民家谱记载中可以看出，他们这一脉任氏家族，是"奉诏"从山西洪洞县迁徙而来的。而沙河以西，由渡口镇以西的太行山区地带的民众，多由明朝永乐年间的流民和赤贫之民组成。其中，渡口镇王瑙村的先祖明确为明时押送皇纲途中遭土匪哄抢，无法交差，便带着一干兵众和家人落草于此，筑城堡为防兵寇，俨然一座军事设施，至今为当地一大奇观和独具特色的古村落。

除此之外的村子，大抵是贫民和流民所建造的。一如我们村子。爷爷说，我们这一脉杨家的先祖，起初只有弟兄三人，从山西洪洞，一路流徙。翻过摩天岭，亡命向东，至今武安市和沙河市交界的西部山区，见此地太阳充足，草木葳蕤，土质尚好——古老的中国，土地肯定是人们选择建村立宅，以为百年大计的首选。于是乎，这兄弟三人，便在尚无他人居住的一道山坳里伐木为棚，采石建屋，而后又不断地在河沟边、平坦处开垦田地，如此数年之后，从前狐狸和黄鼠狼、蝎子蚰蜒、野兔野鸡横行的野地，便被一缕缕人间烟火所笼罩和替代。

如我们村。

"大爷爷名讳杨天啸，二爷爷杨怀玉，三爷爷……"这是爷爷告诉我的，而三祖爷爷的名讳，爷爷却想不起来了。那时候，我躺在他的身边，脑子里一直映现着这样一幅模糊的景象：三个男人，或许还有一到两个女人，也或许带着几个十来岁的男孩女孩。衣衫褴褛的他们，先是在黄土弥漫的道路上蓬头垢面，步履涣散。男人们胡子拉碴，目光坚定而又充满了悲伤与迷茫，女人和孩子们则皮包骨头，拄着拐杖还在打摆子。一阵风刮过来，他们当中没人背身躲避，甚至张开嘴巴，希望那些细腻的灰尘能够尽入口中，用以充饥。这种悲惨的遭遇，在王朝历史上屡屡出现。农耕时代的人，衣食不仅是维持生命、保持尊严的保障，且还是许多人毕生为之辛苦的唯一目标。

斯时，可能是夏天，蹒跚到摩天岭脚下，即现在山西左权县拐儿镇大南庄村和水泉村的时候，饥饿使得他们感到绝望，人生的一切都变得惨淡。他们不止一次地承受死亡的袭击，也不止一次地犹豫。人在最艰难的时候，选择死亡素来是一种常用的、一了百了的极致手段。可是，怎么能如此轻易地离开这个悲惨世界呢？再或者，有了孩子之后，所有的父母都会变得仁慈而坚强，也会使得绝境中的人们总是萌生奋力一搏，幻想奇迹或者明天会好一点的信念。

山上有草，尽管已经被很多人挖过了，草根也变得稀缺，树皮亦然。可山上总是可以找到可以抵抗饥饿的吃食，如观音土，别人啃剩下的榆树皮、洋槐树叶子等。这一夜，他们在茅草窝里度过了又一个晚上。天幕浩荡，群星毕集，与之相对的人间，却是如此的荒寒与悲凉。第二天继续行路。他们此行的目的，肯定是找一个安身立命的地方，土地不需要太多，能够安身立命，繁衍生存就行了。行至河北沙河市西部山顶，放眼望去，山川苍茫无尽，向东逶迤。斯时，这里已经有人落户，也都是和他们一样的人家。弟兄三个商议了一番，便在另一处山坳寻到了一块地方，作为自己的新家。

在荒野建村，并不像加入某个村子那么简便，不仅要满足现实的要求，还得为子孙后代考虑。我们村所在的地方，为一小山坳，向上有几处平坦之地，至顶部，有一断崖朝北的方向，靠村子处，则为陡坡，一直向下，直通村庄。两边都有山岭，其中还有两个更小的山岭，下面是河沟，水流不断，对面是从后山绵延奔纵而来的小山包，其低处，土质松软且肥厚，自然条件是可以满足的。别说三家人，再有百十来人家也可以满足。于是乎，人身一落便成了村庄。

创业总是艰难的，好在，周边有比他们更早来这里扎根的人家，借个家具之类的，也比较容易，天长日久，相互间也熟悉了起来，起房盖屋的时候，也都相互帮忙。互助是人类在生存路上最符合人性的法则，也是人之所以群居的优势所在。如此几年后，我们的村庄逐渐成型，并与周边同类的村庄形成了相互依傍的关系。儿女大了，婚配开始，由此开始的新一轮繁衍，在南太行壮观而又不动声色。再后来，老人老了、死了，找了一块地方作为坟地，一代代的人生下来，又一个个地死去。天长日久，村庄与坟茔遥遥相望，互不干涉，但又血肉相连，魂魄相牵。每年的春节、元宵节、中秋节、十月初一，活着的人在地面的村庄享受各种吃食，以及吃得饱穿得暖带来的快乐，死去的人也会收到子孙后代为他们烧去的纸钱、衣服和酒水干果等。

这也是一种合作，或者说“血缘上的合作”，人之所以不断繁衍，其最重要的是为自己“留个后”，这是中国人的共识，也是数千年来，人类之所以绵延不绝，我们的传统文化一脉相承且能够感染其他习俗人们的根本原因。

所谓的文化，人才是最根本的载体。与之相对的则是，人群的矛盾。在一起久了，肯定会有矛盾，而农民之间最根本的矛盾，无非是土地以及村庄资源的分配，不公源于权利的专享，资源的匮乏也一再激发人们将之据为己有的野心和雄心。

任何一个村庄都是一个严丝合缝的社会，完整且充满了各种性质和功能。尤其是当血缘越来越淡，最初的三个亲兄弟的子嗣，再过五代之后，原来一个蔓子上的瓜，也开始形态各异，各怀心态。由此带来的矛盾和斗争无时无刻不在发生。

但我们的村庄至今保持了一个很好的传统，如遇到红白事，不论谁家，村人都要去帮忙。尽管，这种帮忙之中，掺杂了相互利用的因素。就拿“白事”来说，无论是哪一家，兄弟姐妹再多，也不可能独立地完成从收殓到安葬的全过程，必须有人施以援手。而在这件事上，外嫁的姐妹及其家人是不可以参与进来的。这种约定俗成的规矩，在很大程度上，先祖可能就是为了用来保障子孙们在大事上齐心协力，不相互撂挑子、看热闹——而特别制定的。

3. 人性的首要法则

其他村子的情况也大致如是。

数十年间，这一片山地，逐渐形成了杨姓的安子沟、刘姓的西沟、张姓的砾岩、曹姓的杏树洼与砾岩坪、付姓的罗圈、郭姓的南垴、白姓的和尚沟等自然村。由此向东，一路下坡，村庄也逐渐增多，再后来，十里外的蝉房村设立了乡政府、学校、银行等行政部门和社会设施。

血缘之外，人和人的联结，大抵是通过婚配方式而形成的，这是血缘之外最有效也最容易形成利益共同体的“策略”，千百年来，人们通过这种方式，获得了人口的增长，也使得自己在某个地域性的社会中获得了相应的“位置”。“存在”“存在感”是一个经世通用的形而上的词汇，民间很多人虽然不懂，但每天都在进行，无论是采取怎样的生存策略和姿态，其目的都是要在一方人群中得到某种程度上的“认同感”，获得相应的尊严，并且以此拥有基本的社会地位和生活的物质、精神保障。

每年冬天，是婚配嫁娶最多的时节。这可能与冬季寒冷，吃食不容易腐坏，人们也相对比较闲散有关。通常，一家人的儿子长到十八岁（解放前大都是十二三岁），倘若上学成绩不行，考大学、进政府部门无望，其父母便开始为他物色媳妇。一番盘算，再对周边的各个村庄的适龄女子“检索”一遍，自以为合适的，便请人去“探口”，意思是先以玩笑或者闲聊的方式，打探一下女方父母对自己家境和儿子的看法，以及对人家女儿找婆家、进一步发展等方面，持什么样的意见和态度，觉得差不多，则请熟人或者媒人去提亲，觉得实在没有希望的，趁早改弦更张。

这件事情，成功、失败都难以预料，有的一次就成了，有的三五次不见效果。实在不行了，只好再找另外一家的适龄闺女。就此，我们南太行乡间有句俗话说：“谁门上的钟不让敲呢？”意思是，只要你家有大闺女，还没婆家，谁去提亲都是正当的。

可事实并非如此，人类的阶级性可能是先天性的。在乡村，尤其讲究门当户对。一个家徒四壁的人家，要想娶乡长的女儿，或者把自己的女儿嫁入乡长家，除非这孩子有“成大事”的明确前途，也或许，这女子长成了本乡间百年不遇的大美人。一般情况下是绝对不会出现穷小子逆袭或穷闺女上位的奇迹的。

“功利”和“功利性的考量”是人群间最为普遍的规则，谁也不会无缘无故地去跳入火坑，也没有哪个人愿意把自己的“劳动所得”或“泼天富贵”毫无条件地与他人分享。这是一个基本的人性原则，如卢梭所说，“人性的首要法则，是对自己的关怀”。乡人们深谙此理，自认不如的人家绝对不会去招惹自己“够不到”的人家。高高在上的“家庭”也绝不会主动把绣球抛给那些本来就想“借势上位”“一步登天”的人家。如此一套规则，一旦认真地分析起来，也“细思极恐”。

举例：1. 1992年，一位失去父母的小伙子，独自经营其父留下的代销店，说话办事，算账买卖，精通而又得当，一时为乡人所喜欢。后被做教师的一家看中，招为女婿。翌年，小伙子欲再接再厉，赚更多的钱。殊不料，却亏本。再弥补，又失算，终欠银行十多万元。再一年，教师家提出退婚，并火速办理。小伙子从之。2. 某女，其父母皆为商品粮人家，扬言非同类者不要登门提亲。不久，有与之条件同等者上门。不久，婚成。一年后，此女负气回到娘家，逾半年未归。其夫和夫家人等无一人来叫。随后男方提出离婚，理由是，此女在婆家骄横无礼，凡事不知谦让，夫家不可忍。3. 某男女，婚成三年，有子一个。某春天，日上三竿还不见其夫妻出门，爹娘疑之，扣门无人应，拆而进入，见二人已暴毙，饮农药故。原因简单至极，两人因为欠的彩礼钱生闷气，相互骂了几句，皆怒，而后赌气比着喝农药一死了之。4. 某男娶一女，时常家暴之，女返回娘家。夫提刀至丈母娘家，挥舞曰，你女不和我过日子，必杀汝全家！丈母娘家惧之，迅速将闺女送回婆家。翌日一大早，公婆破嗓号啕，声震四野。警车呼啸而至。人才知，其女趁夫熟睡，菜刀砍其脖颈耳。一死一无期。5. 也是某年春，撒谷点种之时节，人皆入田。斯时，春阳热烈，催人流汗。忽有人大喊说，山顶起火乎？众人望，只见一人，在火焰中婉转扭曲，状极惨烈。事后得知，乃某新婚村妇也，其不从父母之命，但父母强令之嫁。婚后两个月，自焚于山冈。

婚姻的本初目的只有一个，即繁衍生存，壮大家族，但在社会现实中，其衍生的种种故事、事件、结果等，却令人意想不到。本文起初说到的从林哥，不仅他本人是一个有个性的人，且其儿子也很有意思。当兵回来后，经人介绍，娶三十里外一美貌女为妻。婚后才发现，女为精神病。几经努力，才又离掉，又找了一个。关于从林哥的精神病儿媳，我也见过两三次。有一次，我陪母亲去地里收庄稼，从他家门口路过，只见一明眸皓齿之女，对我和我母亲说话，而且言辞清楚，称谓也都很对。看不出任何问题。后来人才说，此女时而清醒时而犯病，反复无常，从林哥一家也多方寻医问药，但均无良方。绝望之余，为香火计，只能离婚再娶。

一旦涉及自己的利益，人的仁慈和善良都会变得非常有限度，这不是谴责什么，本性的东西，始终在强大地控制着每一个人。再例：1. 邻村一对夫妻，育有一子一女，人过四十。其夫为煤矿工人，忽一日，在井下被石头砸中，其腰、腿皆留下残疾。在此之前，村人流传，其妻与邻村某一人私通。再一年后农历五月某日，麦收时节，其夫去为丈母娘收麦子，当晚，吃饭后即哀嚎不已，声震全村，但无人前来打问。凌晨时分，农药味道仍弥漫不散。至中午，其妻并其子女前来收殓之后，即刻下葬。2. 某日下午，吵闹声起，细听，乃一少妇与一寡居老男之间相互攻讦。脏言污语，不忍卒听。事后，人云，此二人早有私情。女夫常年在外，回来后有风言风语刮进耳朵之后，质问其妻。其妻当场发飙，并将传言之“男主角”当场谩骂一通，以证清白。3. 某夏一日午夜，月光皎洁。一男坐在马路边上乘凉。对面为一人家。斯时，万籁俱寂，只听该户人家门吱呀而响，只见一女白皙裸身，摇着两只乳房从正屋奔出，又进侧房。

许久，方原样返回。此男乃其邻居，知今晚一外村开车以玉米换面者客宿其家。

谋利而以色，谋命背后，也深藏着人性之巨恶。色色或者色财交易之后，双方为的都是维护其核心利益。婚姻和性，在乡村的过去和现在是复杂而又多彩的。通过婚姻而编制形成的“关系”一方面构成了家族式的“利益链条”，另一方面，在婚姻之外也有着一个无形的人和人的联结方式。这种方式的长期存在，最大限度地保持了乡村的活力与乡村社会的可持续性，但也有着各种各样的“微妙”与复杂。在以婚姻为主要形式的利益群体形成与分化的同时，婚姻，特别是两性关系的复杂多变（如民谚所说“夫妻本是同林鸟，大难临头各自飞”“家贼难防”“世上最好的是老婆汉子，最坏的也是老婆汉子”“再好的女婿和儿媳，也都是‘外人’”等），也使得这种关系既充满了现实生活及其所有意义上的“延展”与“笼络”的扩张性，也暗藏着诸多司空见惯与匪夷所思的诸多不确定。

4. 人心从来都是不可靠的

婚姻从来不是单一向度的，两性之间更是复杂。乡村世界与当代的城市相比，其差别只是，文明的高级形式与低级表现罢了。即便是乡村普遍认为的最牢靠的社会关系，即血缘的“开枝散叶”也是不确定的，如兄弟姐妹反目，父子母女结仇的现象也比较多。“养儿防老”从来就是一个伪命题，“打虎亲兄弟，上阵父子兵”这样的说法也是片面的。

南太行乡村人有一个普遍的特点，即便是自家兄弟姐妹打闹得不可开交，分别“见了红”“留下疤痕”，相互间几十年不来往，可一旦无血缘关系的人与其中一人有过，这些“内部敌人”会迅速团结起来，一致对外，这也是村人所说的“打断骨头连着筋”，血缘的力量在此得到充分体现。

举例：1. 近村亲弟兄三个，因为宅基地和分财产而打成了一锅粥。三方身体上互有损伤。忽一日，某人要在其中一家的田地上修房建屋，昔日见面就破口大骂的亲兄弟三个及其婆娘齐上阵，去和另外一家大吵大闹，更甚者，在家族争斗中被薅掉一大把头发的大儿媳妇一声号啕，两条瘦腿如受伤的狗，三步两步至宅基地，直接坐在铲车之下，捍卫其兄弟权益。另外一家只好暂时作罢。2. 一夫妇一生养了五个儿子，丈夫去世后，母亲也丧失了劳动能力，先去投靠老大，老大推给老二，老二又推给老三，老三照葫芦画瓢给老四，老四亦然。其母绝望，只好一人至市区，以捡垃圾为生。3. 一男，嗜酒如命。去世之后，多人劝请其父近前一看（南太行规矩），其父断然拒绝。4. 一男，兄弟四五，对其母孝顺，然其妻却阻止，每见，必高骂其婆婆为他们创造的财产少了，也给他们少了。其丈夫有孝顺母亲的行为，回家即破口大骂，甚至闹离婚。其夫只能忍气吞声，趁其妻不注意，去看望一下自己的亲生母亲。5. 一老妪，夜半至另一户人家墙后偷听人家兄弟们议事，不小心被出来解手的一人看到，佯装不知，用棍子打了她几下。此老妪连夜至20里外的三闺女家，又到20里外的独生儿子家，黎明时分，又躺在自家炕上，等待派出所来处理。

“太阳底下没有新鲜事”其实与“存在就是合理的”异曲同工。人类在很多时候的经验和认知太过雷同。只不过表述的方式有所区别或者大同小异罢了。从上面的例子当中可以看出，人性的幽邃与复杂绝不是一成不变的，也不是普及性的，而是各有其角度、意味与深度。就拿从林哥来说，他肯定不是一个完人，但是一个实在人。我还小时，有一年天旱，村里水少水池也少，只能轮着浇水。烈日炎炎，草木焦枯，好不容易要轮到我们家了，从林哥却一下子改了方式，把渠水引向了另一个人家的田里。我母亲找他理论，他也张牙舞爪。我蓦然出现，朝他丢了一块石头，再大吼一声，他惊了一下，看到我，口气立马软了。这并不是翻旧账，而是在证实鲁迅的一句话，即“弱者愤怒了，只能抽刀向更弱者”。这正是人性的黑暗点之一。

人心从来都是不可靠的，哪怕是父子、兄弟、姐妹，甚至爷孙等，“亲兄弟，明算账”这句话是有其哲学基础和世俗功效的。一般而言，一母所生的兄弟们，一旦另外成立了家庭，便“谁过的谁的日子”了，小时候可以在钱财上你我不分，多了少了无所谓，可兄弟们各自有了自己的媳妇孩子之后，“锱铢必较”“毫厘必究”被认为是理所应当，且常会被夸赞，甚至作为这一方面的典范。我们的南太行乡村如此，想必更多的乡村乃至城市也是如此。由此，我想到，人都是有来处和出处的，可在严酷的现实生活当中，人承认这个共同源流，但不会顾及，甚至形成了种种性质的“竞争”甚至掠夺、伤害等关系。

人类是由一个个的人组成的。人这个命题很小，但又无比浩瀚。是个体的，也是整体的。往往，个体的遭遇和灾难不为外人所重视，而群体性的才会引起更多的关注。如集体性的矿难和自然灾害等，从这个意义上说，建立家谱以及后来的寻找、续写家谱，只能是精神文化层面上的一种行为，是想使得自己来处更为清晰，也能够使得后代能够记住先祖的名讳，而一代代的人，一方面遵从古老的生存法则，另一方面，又在时间中，被不同的时代赋予不同的色彩与生存背景。

当家族和婚姻将一方地域上的人群联结起来后，就又成为了一个熟人社会。我所知道的情况是，凡是就近婚配的，再向上数三代，大都是各种亲戚，甚至近亲。迁徙和流动确实能优化人种，不至于让某个地方的人因为自身的局限而萎缩和消失，这才是真正意义上的稳定和“进化”。自建村以来，我们的村庄与附近的十几座村庄，乃至更远处的城乡已经形成了一个有机的整体。地理范围涉及今山西东部，尤其是靠近太行山一带城乡，以及河北石家庄邯郸邢台、河南安阳新乡，都可以称之为“南太行乡村社会”或者“太行山区人文社群”。

如此广大的区域，一个姓氏，几百、几千人，实在是微不足道的，而正是拥有了共同的文化传统和风俗习惯——更重要的是这片地域上的人群，在各个时代的不同生存景观，面对某些现实而采取的态度，进而呈现出的世道人心，以及复杂斑斓的人性，才使得我们南太行乡村始终与中国、与世界和人类同在而悠久。

5. 嬗变的文化和信仰

柴火熊熊，烧着焦黑色的锅底。家里点了很多支蜡烛，桌台上、炕边、灶火上方、水瓮边、粮食瓮等，分别供奉天帝、灶王、先祖、水神、谷神等。夜幕下降，昔日漆黑的村庄一下子亮堂起来了，家家户户如此，以至于看起来有些辉煌，喜庆的气息从泥土和人的脸上升起并且弥漫。母亲掀开锅盖，雪白的馒头被团团白汽缠绕。拿出几个，用碗盛了，再放上一双干净筷子。母亲带着我，先给天帝敬香上供，再给祖宗、谷神、水神和牲神等神灵上供。她跪下来，恭恭敬敬，每一尊神面前都是三个响头。然后起身，我不失时机地点燃鞭炮，噼噼啪啪的响声响彻山谷，回声跌宕悠远，惊动了山里的狐狸、狼群、野兔、野鸡、野猪，它们也满山乱窜，好像在逃难。随后，我随着母亲，去村口的土地庙上供。面对那位慈祥的白胡子老人，我一直有一种惊悚感，老觉得他随时都可能站起来，走下供台，到我跟前，或者用拐棍打我，或者和蔼地摸摸我的脑袋。

母亲说，土地爷是管全村人平安的，谁好谁坏他老人家最清楚。大年初一早上，吃了早饭，很多人会去邻村的龙王庙和猴王庙，还有大路边上的山神庙。香火之丰盛，鞭炮之激烈，是那个年代里最热烈的春节。现在想来，20 世纪 80 年代末到 90 年代中期的南太行乡村春节，其中，最动人的有五个方面，一是村人不约而同地摈弃了往日的仇隙，哪怕再大的仇根，也不会在大年三十和初一这两天内“开战”和清算；二是孩子们可以肆意地燃放鞭炮、穿新衣，玩得开心，吃的也好；三是诸多的禁忌，使得人不由自主地产生一种强大的敬畏感，对神、先祖和长辈；四是那种传统文化和习俗的味道，丝丝入扣，年龄越长，越能觉得到其中的温暖与深意；五是给孩子们潜移默化的影响，进而将传统的文化和习俗深植到他们的心灵当中。

信仰是民族心灵史的一部分，也是精神的基因之一。如佛，虽然外来，但在我们今天的土地和人群中依然占有相当的信仰比例，自有其契合中国人的因素在内。道，这个玄秘的宗教，似乎与萨满有共通之处，“万物有灵”曾经是全人类的信仰。我少年时代，几乎每个村子的村口都建有土地庙，比较险峻一点的山坡也有山神庙。间或还有龙王庙、猴王庙、二郎神庙，甚至狐仙、蛇精等祭祀之地。

大致从 20 世纪 90 年代开始，这些传统的庙宇逐渐荒弃，取而代之的是基督、天主教堂，更有甚者，一些基督和天主信徒把自己的房子当作聚会与传教的场所。

作为文化传统的根基，也是先祖赋予并一代代传给我们的。因此，在某种意义上，建立和续写家谱的民间行为，其本质也是一种文化寻根，试图用文字记载的方式，不断地实现与先祖联通的愿望。记得十多年前，我才三十岁，村里也有老人对我说，没事了，咱们商量一下，续写一下家谱。当时，我并没有当回事，反而觉得，时代发展到今天，再去做一些腐朽的事情，实在是与当今的文明文化背景背道而驰。

当下的人，更注重的是自我，自我个性的彰显和确立、自我世俗意义上的成功、自我家族和家庭上的富裕和地位尊荣等，对于先祖，自己怎么来的，爷爷和祖爷爷是谁，都不重要了，也没有多大的意思。

时间一晃，我也近五十了，提起这个数字，就觉得心惊，有一种恐惧，令自己沮丧莫名。听闻到从林哥的死，再联想起家谱，忽然有一种说不清楚的沧桑感，以及强烈的寻找家谱、续写家谱的使命感。

这是一个旧的文化传统和精神信仰全面瓦解，新的文化信仰尚未建立的年代。

以我们南太行乡村为例，如我一般年龄的人，多数已经买房入城了，更小的，压根就不在乡村待，哪怕在城里打工、做小本生意、寄居在某些工厂或者公司里。以至于婚配条件也发生了根本性的变化。其一，彩礼钱从20世纪八九十年代的几千元到三万元上升为十万元到十五万元不等；其二，男方家不仅要在本村拥有一套三间以上的房屋，且还要在城市内有 80 平以上的一套商品房；其三，结婚所用费用出自男方，包括女方家长陪送的礼品；其四，21 世纪除家电之外，还需要有一辆摩托车，现在则为必须购置一台十万元以上的轿车。

用“撕裂”这个词大抵是准确的，即乡村人群一方面不舍故土，另一方面又极端地渴望进城。在进城与乡土之间，为的是日子好的时候，能够像城里人那样去过现代性较强的生活，倘若遇到不顺，或者经济条件差的情况，便退回到农村来。索要彩礼钱的层层加码或者说自觉的“与时俱进”，凸显的是，新一代乡村人已经舍弃了基本的“孝道”，不管父母能否承受，也不管自己婚后如何的拮据，“为己”和“利己”占据主导地位，背离了婚姻之中应当包含的“体恤”父母的应有之意。对现代交通工具和居住条件的苛刻要求，从本质上反映了乡民渴望城市而又惧怕在城市遭受歧视的矛盾心理。当然，也有对“面子”“攀比”心理的个人性强调与维护，也使得传统文化乃至精神信仰在乡村进一步崩溃，新的一套社会规则、婚配程序乃至精神信仰，还没有完全性地建立起来。

时至今日，放眼整个南太行乡村，各种庙宇已经消失殆尽，作为公益性的建筑一是政府部门和村委会、学校，第二类便是豪华的教堂了。如我母亲，多年前笃信中国的神仙，并且遵从传统习俗，如清明和农历十月一给姥姥姥爷、爷爷奶奶上坟等，现在也被她自己自觉地免除了。我父亲迄今已经去世十年，母亲也遵从基督教的要求，几乎没再给父亲烧过冥币黄表纸之类的祭品。与母亲情景相同的，也都是一些信仰基督和天主的人们。我记得，90 年代初期，基督教等流入南太行乡村，信仰的人屈指可数，现在俨然成为相当一部分人的共同精神信仰。

我并不排斥有益的宗教信仰，反而尊重和敬仰。

村里的一位大娘，年逾九十岁，笃信佛教，白发苍苍但身板硬朗，我儿子和我，常年在外地，回南太行乡村的次数屈指可数，她听了一两次，就记住了，而且还以九十多岁的高龄，问及我儿子的上学情况。对于如母亲一样的基督教徒，我也觉得，人有信仰，不断地去充实良善之心，相信万物之外，还有神灵存在，多一些敬畏，甚至对后世的祈愿，也是值得称道的。

6. 离乡者的尴尬与隐疼

到 2020 年，我离开南太行乡村已经 28 年了，在外乡的时间远远超过了生身之地。四十岁之前，我似乎不认为自己是一个离乡者，四十岁后，忽然发现，无论在西北的巴丹吉林沙漠还是在成都，我始终无法真正确认自己的身份。从本质上说，我还是南太行乡村的一个农民，而且彻头彻尾，这一身份，绝不会因为现在的工作、住处、生活习惯、文化修养和知识见识等因素而有所变动，将来，也不会因为我终老异乡而换一个说法——尽管，这完全在于我的儿子们。

远想近看，恰好是离乡者观察故乡的最好方式。远，可以理性，还有对比性；近是一种浸染式的融入，可以从中获取最直接的现场及其经验。如对村里人事，我在乡村的时候，目睹和感觉的是他们无所不及的恶，我可能一辈子都不会宽恕。爷爷和奶奶膝下，只有我父亲一个儿子，姑妈外嫁。在以人口为主要“势力”形式的乡村，人口多寡，决定着一个家庭的生活质量以及在村子里的尊严。母亲又个性十分要强，明知争不过，也要说，也要争。如此几十年来，争也没争到手，反而惹了一堆事，常常受人欺辱。

欺辱我们这样弱者的人，也是弱者。弱者的另一个本事，便是会利用强者，去欺辱损害了他们利益的弱者。整个村庄也形成了一整套完备的利益链条。一般而言，家里有人在政府部门任职的人家盘踞顶端，再就是挣了钱的，有公职的（如教师、企事业单位职员）等，接下来是村长、会计，再下来，即天不怕地不怕的流氓，游手好闲者，此外才是老实本分的村民。

诸如此类的，我恨之入骨，刚离开家乡的时候，总想着如何报复，有朝一日，把自己和母亲受到的欺辱也让他们尝尝。可在外面目睹了诸多的类似人事之后，才觉得，人和人，在人群中，本就是这样的一种状态，无论哪个地域，还是怎么样的人群，本质上都是一样的。想通了之后，再回家乡，心态平和了，也觉得那些人也很可怜。在一个物质资源匮乏的地区生存，谁不想把自己的生活过得好一些？但要想过好，首先要把有限的资源变成自己的，从而引发了诸多的冲突和矛盾。其实他们也很悲哀，一辈子无法走出那座村庄，不会看到更广阔的世界以及财富的来源，就只能在一小片山野里施展自己所谓的“聪明才智”，这可能是一种更大的悲哀。

我们家前面一道沟里，住着另外一家人，男户主也姓杨，只不过，是自小被村里的一个爷爷收养的。小时候，他们的大女儿和我关系很好，经常一起玩。两家大人也不错。可有一天，这家的妇女和我母亲发生冲突。随后的几十年里，这家人深知自己身单力薄，独自一人且还是外来者，便改变了策略，依附于村里一个男户主凶神恶煞，凡是不讲理，到处横冲直撞，女主嘴巴利索，且满脑子坏心眼的家庭，凡事去向他们申诉，由其出面。这种借力用力的方法，果真奏效，也从不失手。而我母亲，却从来不懂得这些花花招数，有一说一，有二说二，很多事情明明自己占上风，最终因为不会说话，而功败垂成，自己受委屈，还没处说。我一再跟母亲说，无论在哪里生活，和人打交道，都需要方式方法的，直率虽然一再被称为美德，可在现实当中，却不能够很好地保护自己，也不能捍卫自己的尊严。

大致是 2012 年，我再一次回家，却听说，上述的那家男户主去世了。他在给人盖房子的时候，突发脑溢血，一会儿就没了。我叹息。这个人，我叫叔叔，也是我们南太行乡村最早信仰基督的人之一。在我的印象中，他一直是一个阴毒的人，我小的时候，某日擦黑，一个人哭着去后沟找父母亲，他在水井边遇到我，两只手掌夹着我的两个耳朵，把我吊在冒着冷气的水井上方，作势欲丢，正在此时，父亲背着东西走到了这里，喊了一声，他才转身把我放在地上。

再后来，他给我的印象总是笑眯眯的，冬天袖着手，夏天穿着一件黑黑的T恤，走路的时候两只脚很飘。多年以来，我们家几乎和他们家没有什么交集。听到他去世的消息，我还是觉得悲伤，心想，这样的一个人，才六十岁，怎么就一下子没了呢？一个人，在世上怎么如此的快？2019年春节回家，又听说，这户人家的女主人也死了，癌症，前几个月我出差北京顺道回家看望母亲，还看到她在路上走，还叫了她婶子。几个月后，她也跟着她的丈夫走进了泥土，成为往世之人。

2017年，因为一片宅基地，我的一个堂弟，纠集了几个地痞流氓，把我弟弟打了一顿之后，还丢在下面的一块地里。次年，这位堂弟突然脑溢血，成了植物人。听母亲和弟弟说起来，我没有笑，反而觉得人的可怜和可悲，也觉得了冥冥之中有一种说不清道不明，但一直存在的某种“规则”，如老子《道德经》所说：“人之生也柔弱，其死也坚强。草木之生也柔脆，其死也枯槁。故坚强者死之徒，柔弱者生之徒。是以兵强则灭，木强则折。强大处下，柔弱处上。”“天道无亲，常与善人。”等等。

因为父母、兄弟等人，我虽然出了乡村，实际上一直没有离开过。这一方面使得我觉得拥有父母和亲人的精神性的安慰，另一方面也使得我始终与生养自己的地方保持着鲜活的血肉和心灵联系。我以为，这才是最值得珍惜的。人在世上，唯一能够安慰和鼓舞人的还是人，除此之外，目前尚无他法。

每一次回乡，都会听到和看到一些蹊跷的消息，先前活生生的人，忽然就作古了；先前还在一起扯闲话的人，转眼就成为亡者。而生者之间进行的，依旧是千百年以来贯穿于人群之中“互助”和“互害”的游戏，哪怕是学成归来的大学生，身在庙堂的佼佼者，也没能跳脱，有很多反而利用各种关系，参与到乡民之间的各种“游戏”中来。如，某村后山皆为硅石，在几个同行者撺掇下，一位有着较好社会资源者便暗中支持，以期将整座山挖掉，变为现钱。幸亏了村里几位年长者，以破坏村庄风水，将会失去全村人饮水来源为由，做坚决的抵抗，方才保住。

在时间中，万物和人皆为过客。这些年来，每次回到我们的南太行乡村，我都要四处转转，武安和邢台县一带的山区已经转换成为各个旅游景点，唯独沙河这一带，仍旧沉静荒芜。夏天，我们家后面的板栗树绿叶葱茏，鸟鸣新鲜，阳光毒烈地烤着地面上的泥土、昆虫和草木，知了趴在黝黑的树干上二十四小时鸣叫。夜里，偶尔会打雷下雨，感觉雷声就在房顶一样，令人惊悚。冬天，草木枯槁，坐在向阳的山坡上，大地嶙峋而焦黑，村庄在陈旧和崭新的房屋中错落不堪。晴天悠悠，山川静默。村庄之外，坟茔多而明显。只有下了很大的雪，一切才会单调而平等。这令人沉重，也忽然很“哲学”。人以及所谓的人生诸事，其实不过是生死之间的那些琐碎、虚妄，片刻的欢愉，无由的磨难与“向死而生”罢了。

对于故乡，我总是觉得无端地尴尬、不甘，心也时常为它隐隐作疼。2019 年，当我再次回去，从林哥是再也看不到了，说不定还有其他熟悉的人。只是，故乡还在，南太行乡村还在，物永远比人长久。这种心境，像极了《古诗十九首》中的《去者日以疏》：“去者日以疏，生者日已亲。出郭门直视，但见丘与坟。古墓犁为田，松柏摧为薪。白杨多悲风，萧萧愁杀人。思还故里闾，欲归道无因。”对于离乡者而言，故乡一直是丢失的胎衣和灵魂的甘露，故乡也是离乡者一再收集的暗淡光束与现实生活中的泪珠。现在，我正在一点点地体验，就像那册若有若无的家谱，它藏在一位逝者生前家中的某个角落，也可能原本就子虚乌有。

增福財神

南太行的民间秘史

张家洼有女，俗名月娥，从张姓。父泗水，母赵氏凤仙。其父祖代本村，其母不知所来。月娥年十七，高六尺。人皆异之。曰，百年不遇。其貌亦美哉。有嘴恶者曰：‘若入娼寮，必受众客幸。日入何止斗金？’月娥桃李花年，忽无疾而癫。数年自醒。其母凤仙与杨家坪凤喜亲言，嫁之于其子再兴。善终。

这些文字，是在我们村后两公里远的马鬃山上，一个极其隐蔽的长石崖上发现的。看到之初，我就觉得，这好像一个隐约的，甚至带有飘渺色彩的秘史，尽管所记所述均为一地一村之人事，但其传达的文化意味，却与南太行山区先民们的现实生活和精神信仰息息相关。这马鬃山，面积庞大，主峰海拔1806米，是我们南太行山川的制高点所在。悬崖众多，草木繁茂。20世纪80年代以前，人们还热衷于在山里挖草药、摘果子、割黄荆、打酸枣和锯木头等，所谓靠山吃山，大致就是如此。90年代以后，人们开始出外打工或者做小生意，安全不说，还赚的多。马鬃山便开始寂寥、空旷起来，一旦没有了人的骚扰与各种采伐，那沟沟岔岔和岭岭坡坡，甚至悬崖峭壁上面，只要有土，就长满了各种植物，以至于成年人走进去，也很难找到人影。

发现那面长石崖及其上面的文字，是一个放羊的人。大致从1997年开始，政府号召封山育林，再造绿色南太行，多数牛羊没有了，余下的几家，也都采取圈养的方式。马鬃山山高林密，草多又丰密，自然是养羊的好地方，有几户人家，就买了上百只羊，雇请专人看护和喂养。发现摩崖石刻的那人，老家在山西左权县芹泉村，名叫赵海生。左权，在清朝时候名为辽县，抗日战争时期，左权将军牺牲在麻田镇，更名为左权，当然是为纪念这位为民族大业而献身的英雄。

这赵海生是一个光棍，四十多岁，驼背，大眼，长着罕见的八字胡，说起话来，一口的榆中腔。可能因为左权乃至其附近的和顺和昔阳、潞城等县（市），以及太行山以东的河北沙河、武安、邢台、内丘等地，在历史上的多数时间为东胡、匈奴、金、契丹和辽、蒙古游牧民族出入中原，以及中央王朝进击游牧帝国的前沿和边关之故，这一带的人不仅血统混杂，且对牲畜有着非一般的感情，同时，他们的放牧和畜养技能也仿佛是天生的。雇请赵海生给他们看护和喂养羊只的人家，是我们村有名的富户张正奇。据赵海生说，他每天和另外两个雇工一起到山上割草喂羊。虽然这山里草木众多，可也架不住上百只羊天长日久的咀嚼和倒嚼。羊圈近处的草基本上被割光了，只能往更深处走。有一次，他们在那条名叫葛条沟的地方割草的时候，他找地方解手，去了那长石崖下面，等他出恭完毕无意中抬头，就看到了那些刻在石崖上的字了。

关于我们南昱村民众的基本来源，《明史·食货志》有文字记载说：“户部郎中刘九皋言：‘古狭乡之民，听迁之宽乡，欲地无遗利，人无失业也。’‘太祖（朱元璋）采其议，迁山西泽、潞民于河北。’”民国时期沙河县县长王延升修撰的《沙河县志》言及我村时说：“县之西境毗连山西、河南（今河北武安市曾短暂隶属于河南管辖），虽中隔邢台一村，然三省交错，荒山僻壤，最易薮奸。是以大岭、黄背、数道三口皆有关墙，昔人尝驻兵防守，滋沐圣化，覃敷小小革面，不必鳃鳃以伏蟒为虑。”

这也说明，我们的南昱村在明朝和清朝前期，也算是重要关口。其中提及的大岭、黄背和熟道关现在仍有遗址残存，我小的时候，还爬上过黄背岩关一边的哨楼，也曾经在塌毁的明长城中翻过石头捉过蝎子。据村里老人说，多年前，黄背岩的关隘中，还留有一把宝剑并一面石碑，大致80年代初期，村人知道古物值钱之后，便被人拿走了，但可以确定，拥有此物的人，一定是本村的。

马鬃山摩崖石刻的落款为清同治十一年（公元1871年），黄帝纪年是壬申年桂月。桂月，即农历八月。由此推断，这摩崖石刻上记叙的人事，大抵是从明朝永乐年间开始，至同治十一年后，再无接续。所述之人事，也大致是这一时间段，或者在这一大地时空中存在过的人们，而且是极少数的，有个性或者人生故事比较蹊跷、耐人寻味，或者有趣的异人及其匪夷之事。关于我们南昱村一干人们的来源，石刻上的文字说：

吾村诸氏住山西洪洞，自大明永乐年间奉诏迁内地古温州河南岸下解。而此处民稀地荒，平野之间无非蓬蒿萋萋、荆棘森森、一望漫漫、寒烟而已。吾始祖身居此村，房屋尽坏，存身危难，唯营穴而居。于是开荒野矣种五谷；辟荆棘矣植良木。数年之间，衣食继日，良木胜用。经营房屋，用以居身；造书舍以聘士儒。设教子孙，讲明人伦。

就此事，我询问过村里几位年已九十多岁的老人。他们是村子硕果仅存的“村史村事活化石”，再没有比他们辈分更高的生者了，即使有些年纪比他们小的，也离开了人世。有一次，我请教现在已经常年卧炕不起的张福来爷爷，他有七个儿子，两个女儿。其中，大儿子和二儿子早在十多年前就先他而去了，现在，因为年岁已高，虽没有什么大的病恙，但也无法下地行走，只能在炕上苦度余生了。

问及马鬃山长石崖上的石刻，张福来爷爷含含糊糊地说他知道这个事儿，他还去看过几次，无奈，自己不识字，只能说那些摩崖石刻是鬼画符。再后来，人进山少了，也没人愿意待在村里，更没有人关心村子里的任何事，至于自己祖宗的来处和源流，更没有人关心了。正如现在村里的年轻人所说，这都啥年代了，人从哪儿来不管用，怎么活得好，挣钱多，才是正经事儿。

张福来爷爷还说，那个张月娥，娘家是南坳村的，她爹叫张泗水，娘是一个狐仙，起了个俗名叫赵凤仙。

村里一个普通男人的老婆，怎么可能是狐仙呢？

这确实有些不可思议。

关于狐仙、蛇精之类的妖精及其传说，村里现在的年轻人提起来，也一脸的不屑，斥之为封建迷信。我小的时候，倒是不断在爷爷奶奶嘴里听到过，虽然故事很是精彩，充满玄幻意味。依照现在的眼光看，神仙、妖精、鬼怪、邪祟之类的，都是不足采信，甚至是怪力乱神的荒诞之说，但在一本正经的讲述者那里，那些荒诞不经的玄幻故事却是真实存在，且永远会存在下去的。如我爷爷所说的村里具体人遭“鬼架”（即某人在某个时刻或者某一特殊地点，突然做出超常之事，醒来后自己又浑然不觉与无法解释的特殊际遇），遇到狐仙（如在山中蓦然出现的陌生的，具有异能的人和其他灵异现象），村里某个老人死后，突然诈尸的，建立在诸多目击者口中的惊悚事件以及横死者（如上吊、车祸、坠崖及其他方式的自杀，进而产生的、事发地人人皆知的怪异声响与事物异常等），如我上吊自杀的二表哥，斯时，他三十岁出头，因为家庭矛盾而上吊自杀。他死后数日之间，他们的村子里连续一个月的傍晚和夜间，村人都听到极其凄厉的“鬼叫”之声，期间，大姨（即二表哥生母）及我小姨均有突然发癫，以死者口吻说事讲话的奇异与怪相。这一事件，我本人在场，并且聆听和目睹了整个过程，并无造假或者故弄玄虚的必要与做作痕迹。

张福来爷爷迷糊了一会儿，又醒来，睁着一双眼屎深重的眼睛，茫然地看着他家被烟火熏黑的屋梁。我试着又问他说：“福来爷，人的娘怎么能是狐仙呢？”

我们南昱村属于南太行山区，叫爷爷，一般只喊一个字，叫爹也是，只有叫叔、大爷和他们的兄弟的时候，才会加上他们在自家的排行，比如“二爷”“三大爷”“二叔”“大大娘”“四婶”等。要是自己的亲爷爷亲奶奶，就必须省略名字，要是叫堂爷爷或者其他姓氏的爷爷奶奶，就要加上他的名字。听了我的问话，福来爷又喃喃说：“以前，狐仙可多了……那咋就不能是……狐仙咪？那个谁，咱村那个杨如意的娘，也是。后来，也不知道咋回事，那狐仙就全没有了……唉。”

如果福来爷说的是真的，那么，至少可以确定的是，在我们南太行那一带，从前的年代里大致是真实发生过此类蹊跷与神异事情的。

我小的时候，我的亲爷爷杨元祥就给我讲过一个很有意思的故事。

爷爷说，先前，杨家坪村中，有一户人家住得比较远，在村子后面的水井边的一片草坪上，紧靠着马鬃山，每到夏季多雨时节，山坡上会有松动的石头滚下来，但那户人家房背后，有一道凸起的小山包，正好可以阻挡滚石之祸。这家的男人为人实诚，同时也是一个猎人，常年在山上捕猎金雕、石鸡、狐狸、黄鼠狼和麝等为生。此外，他平时特别喜欢拉二胡，尤其晚上的时候。二胡一拉，山上的麝听到后，先是在远处听，但觉得不过瘾，慢慢地，就挪到了窗外。这时候，人根本不用怎么费劲，就可以抓住麝。再还有，也是这家人的二儿子，长到十八九岁，出落得一表人才，一个夏天的中午，他挑着水桶去井里担水，回到院子里，就对他娘说，俺去给蛇精当女婿了啊！说完，扑腾一声倒地，然后就死了。

就此，我也做过求证。这户人家的亲兄弟，也是我们村的，我也叫他爷爷，但他的年龄却与我爷爷差了二十多岁。此人做过我们村的村主任，卸任后，在家没事做，尤其喜欢打麻将和扎金花。我十几岁的时候，也和另外一个堂哥陪着他玩过几次扎金花。不赌钱，以香烟作为赌注。有一晚，我们三个一直玩到凌晨。他的“赌注”也被我们赢光了。小卖部又不开门。我和另外的那位堂哥便想了一招，即他再输了，便让他给我们讲一个好听的故事，便放过他。他觉得合算。如此，我和那位堂哥，也趁机就此事询问了他。他说，村人流传的那事是真的。

现在，他也去世多年了，可他们家的那座老房子还在原地矗立着，塌掉了屋顶的房子里长出来一棵巨大的核桃树，还有一些杂草。2000 年以后，村人都安装了自来水管，不怎么到井里挑水了。那水井也日渐干涸，现在已经没有一点水了。

我的亲爷爷杨元祥说，水井这东西也是怪，有人每天挑水，再旱的时节也不干涸，一旦没人去挑水，水井也就自己干掉了。就这一点，我也亲眼看到了一个奇怪的事情。邻村有一个老太太，她新婚第二天，丈夫就参加了八路军，后来牺牲在外面。

大致是20世纪60年代初，这老太太也像村里其他没有儿子的人家一样，收留了外乡的一个讨饭的男孩子为义子。义子长大，老太太给他娶了媳妇。可母子两个因为性格原因合不来，经常吵架不说，还打架。老太太一气之下，就一个人搬到荒山野岭里的旧房子去住了。她的房子在马鬃山的半山腰上，按道理该是没水的，可她房子旁边就有一口泉眼，不住地冒清水。奇怪的是，这老太太要是有事出门三四天，那泉水就彻底干涸了，一滴水也没有。

我十几岁的时候，跟着父亲去这位老太太所在的地方打过几次柴。因为是森林，其中干枯的树和树枝很多，打柴很简单，最难的就是捆回来。有一次，中午的时候，父亲带着我去她家找水喝。她很热情，人也开朗。可我一进门，就看到她的屋地上，赫然停放着一口涂了黑漆的大棺材，我吓了一跳，兔子一样跑出好远。惊慌站定，再回头，我才看到，这位老太太，尽管六十多岁了，头发还是乌黑的，长得也很结实。说话嗓门很大，震得门楣上的灰尘簌簌直落。

父亲一再跟我说没事儿，可我还是不敢进屋。那老太太也笑着说，可把俺孩子吓坏了啊！这话说得很亲切，意思是把我也当她的孙子看待。她见我实在害怕，就指着外面的李子和苹果树说，小子，你要害怕的话，就去摘李子和苹果吃吧。奶奶不让别人吃，可你还是孩子，没事儿。再些年后，这位老太太被送到了养老院。可没有几个月，人说她在养老院老跟其他老头儿乱搞对象，就又把她送了回来。几年后，这位老太太不知何时也去世了，而且，死之前，就自己躺在了棺材里。现在，她住过的房子，也坍塌了，她和她的棺材也还在里面。

这位老太太名叫老随妮，具体姓氏谁也不清楚。

那个年代，相机不方便，也极少人有，手机更是奢侈品。村里的几个读过书的人，去马鬃山把文字全部抄了下来，但其中有些文字，由于年长日久，再加上风吹日晒，雨淋雪浸等自然剥蚀，以至于多处难以辨认。

凡此世上，人之居地，初因其势，和其地理，秉承阴阳，合化天地，生衍万物，斯为生民之所。吾等兄弟并他族刘、张、白、赵、曹、李、杨、朱、洪、安诸氏后人，互不知周详来处，却同于此地，穴居而村，兹后婚配蕃息至今。夫国有青史，民亦家谱。奈何吾辈之来，源脉淡忘，诚为不孝。为传家世，于此石崖粗略记之，凡来龙去脉，蹊跷离异之事，悉数录之，以为村史之一种也。若有后辈见之，赓续之，凿刻之，亦为吾等草民之盛事也。

从这一段话里猜测，这摩崖石刻，肯定是我们南昱村的祖先共同商定，而进行的一个，在他们看来，尤其重要的文化行为。意思是，用文字的方式记录自己的历史，并期望后人能够坚持把这些事做下去，让更多的后人能够了解自己先祖所来与衍传之代，以及历代村里的奇人异事。

可惜，后人并没如他们所愿，这里面的原因，无外乎四种。第一，清末的时候，战乱频仍，国力尽衰不说，且灾疫横生，一拨接着一拨，如丁戊奇荒、光绪年间的华北五省大饥荒等，据说到了人吃人、甚至子食其母、父母食子的悲惨地步，再加上军阀混战及抗日和国内战争，如此年月，人人尚且自顾不暇，何来精力和时间写史并请人刻于石崖？第二，先前，我们南昱村当中，有相当一部分人家住在马鬃山里，至今还留有一些房屋的废墟，新中国成立后，人们分先后，陆陆续续地搬出了深山，到靠近202省道的地方建房安居，久而久之，这些事情就被人们遗忘了。第三，这些年来，人们也不太注重什么家谱、族源之类的。以至于无人提及，再加上知道的人一个个地死了，这摩崖石刻也就被人遗忘在了深山里。第四，可能也是最重要的，即，一个时代之中，以物质为第一要素，身在底层的人们，更会趋向各种物质的各种方式的获得和利用，除了对学习文化知识之后的资源利用，以及更助于个人及其家族发展的“重视教育”之外，更多的人便将不再执着和看重于不具备实用价值和现实利益的“文化”置之度外，甚至弃之如敝履了。

任何一个时代，都有其鲜明特征，在精致的农耕社会当中，信息和交通的不便，人和自然关系的相互依存性的亲密无间，再加上“万物有灵”的民间信仰与文化传承，生活在穷乡僻壤的人们，他们的娱乐性以及赖以建立精神信仰与人生“道路”的方式，一是来自“圣人之书”，但由于穷困，读得起“私塾”，与圣人之言接触的人少之又少，也只有少数的富裕人家才能够通过读书成为社会的精英。二是来自身边人的“言传身教”，最直接的肯定是一个家族的家风，尤其是近亲的“楷模”与“榜样”影响和“以身作则”。三是源自民间说唱和故事传承的潜移默化。较之于前两者，故事的讲述或者说灌输的力量无疑是强大的。因为是故事，人们可以随意想象和发挥，但也会依照正统的意识形态进行通俗化的“教导”，而这些故事当中，一方面充斥了“仁义礼智信”的儒教思想，另一方面贯穿了道教的鬼神及玄秘方式。

据石刻所记，张月娥也确有其人，也一定是当时村里的大美女，不然的话，也就不会有人那么说她了。张福来爷爷说，在旧社会，南昱村虽然极少有亲生父母把自己的闺女送到窑子里去的，但也有人因为家境特别贫困，或者遭了大难，百般无奈下，也只好卖儿卖女的。但入娼寮，别人可能，可这张月娥作为狐仙赵凤仙之女，无论如何也是不大可能的。在村人关于此类的诸多传说中，这狐仙不仅可以幻化成可人美女，俊俏小生，当然也具有点石成金、瞬间飞升的能力，凡间事物，是奈何不了她们的，更无法限制她们的百般神通。

张福来爷爷说，他从他的爷爷那里听到的故事是，这个俗名叫赵凤仙的狐仙，和张泗水在一起生活的时间很长，可她从没有利用自己的法术弄过什么金银宝贝之类的，过的也是平常人，甚至还不如平常人的日子。这两人之间的根本矛盾是，一个妖，可以在人世间活很多年，而张泗水是凡人，无论遭遇再不凡，也超越不了普通人的生老病死规律。张福来爷爷说，张泗水死后，这赵凤仙也就没了踪影，只是听人说，每年的清明和十月初一的黎明时分，总是有人听到有人在张泗水的坟上哭泣，还烧纸钱之类的东西。开始，人都以为是张月娥在她父亲坟上哭，可张月娥却说，谁个天还不明就去上坟啊！俺也是凡人。村人这才想到那可能是赵凤仙。至于赵凤仙到底是哪里的狐仙，最终又到哪里去了，谁也说不清楚。

摩崖石刻上还有文字如此说：

赵氏凤仙者，夫张泗水。其娘家，人皆恍然，不知源出。有云乃笔墨山中一狐仙者也，有说天上仙女。降于凡间，与张泗水婚配，意为报恩者也。凤仙与泗水夫妇，一美貌伶俐，一木讷憨实。相处甚好。有女张氏月娥，杨家坪杨再兴妻也。月娥亦神奇，前村有赵大妮者，世巫婆也。雷雨之夜不知所踪。月娥亦疯癫，越三年，如初，无师自通，承袭赵大妮之衣钵。

如此看来，这赵凤仙便是张月娥的亲生母亲，而且真的是一个传说中的狐仙。

文中提到的笔墨山，在我们南昱村南边，峨冠庞大，其形貌也真如砚台与笔杆，高有万丈；其上，纵岭众多，又连续派生，其势，端庄文静，望之，顿生肃穆之气，灵思逸彩；雾霭飞练，若仙境神域。但这两座山，又是太行山众多山峰中极为常见的。

关于太行山，唐时的魏王李泰主持编修的《括地志》中说："太行数千里，始于怀而终于幽，为天下之脊。"而且，这狐仙，出自于笔墨山，至于天上仙女之说，大可不必当真。可能是当地人根据距此不远的山西和顺县乃是牛郎织女故事的衍生地，从而联想而来的。但这个张泗水，据说就是张福来爷爷的先人。这位福来爷的家世，也颇为有趣。据村人说，他的曾爷爷是一个蒙古人，有着一手特别厉害的预测能力，在方圆几十里的村子里都非常有名，起初，他给人做这些事儿，不收一分钱，也不要任何东西。可晚年，因为闹大饥荒，家人都饿得要死了，他才开始收一些吃的；年景转好以后，也开始收钱及各种礼品，但从此之后，他的预测能力一次不如一次，最后，他所说的，再没有应验过。

但福来爷却不知道赵大妮，我个人猜测，姓赵，那肯定是南垴村的人，因为，南垴村统共几十户人家，人人都姓赵，没有其他外姓。可是，一个女的，嫁人以后就成了另外村子里的人了，她嫁的男人是谁，后代是谁，这些也无从查起。我再去请教一个名叫杨金生的爷爷。他说，要是（他）记得不错的话，应当是曹家洼村曹尤良的先人。这个赵大妮，据说也是一个神人，开始，也是一个很俊的闺女，眼睛特别大，往人堆里一站，即使有百十号人，也都可以在她眼睛里找到自已的影。可没想到，这赵大妮长到十几岁的时候，忽然就疯掉了，屎尿不知不说，连自己姓啥叫啥都忘了，整天披着散乱的头发，穿着油腻得能打铁的衣裳，在村子里东跑西颠，见到人就傻呵呵地狂笑，而且特别对小孩感兴趣，一见到就扑上去抱人家，孩子们都吓得吱哇乱叫。可是，三年后的一个早上，一直在外面草窝里睡觉的赵大妮突然回家了，而且也和正常人一样了，叫爹叫娘，又帮着家人干活，好像又换了一个人，并且，这赵大妮竟然成了一个巫婆，村子里凡是有啥祭祀的事儿，还有谁家的孩子大人招邪言语行为混乱颠倒了，都去请赵大妮到家里驱邪。

关于这种本事或者邪事，南昱村人称之为“中邪”或者“着魔”了；请赵大妮这样的人去家里做法事，叫“拾掇”，意思是让通神的人给安置一下，邪祟没了就行。杨金生爷爷还说，这个赵大妮好像活了一百零几岁，然后在一个雷电交加，大雨倾盆的夜里突然不见了，到第二天，这张月娥又疯了，情况和赵大妮差不多。因此，村里有句俗话说，巫婆不是学的，铁匠不是打的，闺女不是留的，儿子是要骂的。

既然张月娥的娘赵凤仙是狐狸精幻化的，那么，对于巫婆的那一套，赵凤仙应当就是高手中的高手，可为什么还要赵大妮来传授呢？至于张月娥嫁给杨家坪杨再兴的事情，我父亲那一代人大都还记得这个传说。大致是，张月娥还在疯癫的时候，她娘赵凤仙就找到了杨再兴的爹杨凤喜（我们这脉杨姓的族谱里确实有这样的名讳）说，愿意把自己的闺女给他的儿子杨再兴做媳妇。

但可以肯定的是，这个杨再兴，肯定不是《说岳全传》里面那个战死在小商河的将军杨再兴。我们这脉杨姓人家，号称是杨家将的后代分支，可自从迁徙到这南太行山几百年来，仅仅出过一个当兵的，还是在解放战争时期，村子里的一位爷爷，名叫杨栓柱，十几岁时参加了八路军，先是在山西武乡，后来在平汉前线作战的时候牺牲了，政府也发了明确的阵亡通知书。至今，他家老房子的门楣上，还钉着“烈属光荣”的红色铜牌。至于这个杨再兴，则纯粹因为家穷，都二十七八岁了还没娶上老婆。为了传宗接代，他爹杨凤喜这才答应了赵凤仙的请求。可谁知，过门第二天，这张月娥也突然清醒了起来，跟常人没有区别，随后，也无师自通地成了和赵大妮一样的巫婆了。

杨金生爷爷说，以前（解放之前）的人，都是十二三岁就娶了老婆了，到了二十七八岁还娶不上老婆的，大多数是注定打一辈子光棍了。人来世上，不管咋样，好歹留个后，也算没有白来一遭。至于张泗水这个人，村里的人能说出他一星半点事情的人极少，杨凤喜也是。像他们俩一样的人，可能在活着的时候，也有很多的故事，可马鬃山长石崖的石刻没有专门记载，人们也就逐渐地淡忘了。人生一世，当时可能活得很精彩，为熟悉的人议论，可毕竟是草民和小民，如果对某一段历史没有影响，更没有参与的话，最终也只能是一缕轻飘的烟岚灰烬而已。

像他们这样的人何其多也？

从古至今，包括我们自己。

马鬃山摩崖石刻也有文字说：

张尤其者，张家洼人也。其父母皆凡民俗众。尤其与蝉房北峰书院读书，试，不第。后在老君山遇道士。跟随之，学真经术数。及年长，欲独步天下，行游八极，悟道成仙。其父怒曰：‘吾家脉单，赖尔相传。汝果真修仙，吾唯有一死以谢祖宗。’言毕，头掷石墙尔。尤其疾步拦之，幸无大碍。后，尤其从父命。以火道人自居。积得些许家财后，曾与其子走贩荆茎与木材。生活优裕。耄耋之年善终。

相比以上诸位，这个张尤其及其人生故事，至今在我们村流传不休。我们南昱村，也是一个大村子的统称，位于今山西左权、和顺与河北省武安、沙河、邢台的交界地带，全村目前有 2012 人，其中包括了杨家坪、曹家村、张家洼、南垴、西沟等七个自然村，均为一姓一村，极少有外姓加入。只是，这张尤其的父母，也大致因为太过平凡，没有人记得他们的名字和生平事迹了。从记载上看，张尤其当时的家境还不错，读过书，也参加过童试，但屡次考试都以名落孙山告终。尔后产生了遁世的想法，跟着老君山（位于今河北沙河市渡口村北）的一位道人学道，他个人的意愿是行游天下，逍遥人生，参悟道法，羽化飞升，可他爹膝下只有他这么一个儿子，非逼着他娶妻生子，接续香火。不然，他爹就一头撞死。无奈之下，张尤其做起了火道人，既娶妻生子，又在村里以算命、推八字、相面及“拾掇”某些与神鬼有关的事情，收取相应的报酬为生。积攒了一些钱财之后，又做贩卖木头和荆苤子的生意，成为我们南昱村当时生活条件比较好的人家之一。

所谓的荆苤，是由黄荆编成，而后送到炭窑（煤矿）敷顶用的一种简易编织品。我们南太行山区的各道坡岭上，黄荆尤其葳蕤，几乎每一面山坡上，都密密匝匝。这黄荆，初生的枝条比较柔软，也很直，每根荆条可以达三尺之长，村人用镰刀割下来，可以编成花篓子、挎篮、粪篮子和菜篮子等用具；长得扭曲的，也可以割下来，编成荆苤，送到百十里外的炭窑，卖给采煤的窑主。如此低价从其他人手中收集，高价卖出，当然也是一个较好的经济来源。木头亦然，大都在煤窑下做顶柱。但当时交通极其不便，做这样生意的人，不仅需要雄厚的财力作基础，还要拥有十几辆大马车，才能完成这一生意关键的运输环节。据《沙河县志》记载说，今沙河市窑坡、册井、葛泉、上关等地，从宋代起，就有人开窑采煤；与之邻近的綦村镇，在唐代中期就是全国重要的冶铁和武器制造基地，每一个王朝都派驻重兵把守。

另一个名叫赵竹新的爷爷说，这张尤其与张月娥算是南昱村里厉害的人了。其中的“厉害”一词，在我们南太行山区，都是表达人具有某种超常本事的赞誉之意。每年的卯月和辰月，村里都举行一次盛大的祭祀活动。祭祀的对象，就是现在张家洼村中央庙里供奉的猴王爷和龙王爷。这两座庙，我小时候就在，而且雕梁画栋，美轮美奂，一座里面端坐美猴王塑像，另一座当中便是龙王。猴王庙的内墙上，还绘有大闹天宫、唐僧师徒四人和白龙马西天取经的壁画；龙王庙的墙壁上，则绘着龙抓不孝儿媳和儿子的图画，龙爪一头一身子，还滴着血，极其恐怖，也富有教诫作用；还有一幅是龙王站在云端行云布雨的场景。

祭祀这一天，有巫婆神汉负责作法邀请龙王和猴王归位，又有七八个青壮年轻人，用绳子和长杆抬了两位神仙的塑像，出庙门之后，先是由类似张尤其和张月娥这样的人在前面引领，再有持刀赤着上身的男人走在队伍前面，不断地反转钢刀，朝自己身上砍，只见一道道白森森的血口绽开，但用红布一抹，肌肉便恢复如初。祭祀的队伍一旦开拔，犹如神助，其中参与的人，均脚不沾地，行走如飞，不断地越过悬崖，先是在附近的山坡上巡视一番，而后，再进各村，将南昱村八个自然村全部走遍之后，再回到原位。我曾经问我亲爷爷说，这是真的吗？爷爷说，这还能有假？我小的时候，人们还在进行这样的祭祀活动，我也亲眼看过一次。爷爷还对我说，南垴村有一个愣小伙子，叫赵石蛋，经常要二杆子脾气，和人打赌，依言到猴王庙里，朝猴王塑像的头上撒了一泡尿。次日，其两只睾丸肿大如葫芦，疼痛难忍，第三日去世。随后，村里按人头“起钱”，请豫剧和评剧班子来唱三天三夜的戏，而舞台下正中的位置，则摆放着猴王和龙王的神龛。

而关于张尤其的其他传说，最著名和流传至今的，是一起闹鬼事件。

曹家村一个年轻人上吊自杀后，冤魂多日不散，连续一个多月，每天夜里，其号叫声声振屋瓦，还屡屡上他人之身，以他生前口吻诉说冤屈。太阳还没落山，曹家村村人便房门紧闭，吓得瑟缩发抖。后请张尤其作法驱邪，张尤其出马，一番作法，结果当然是不负众望。

此后不久，在与人喝酒的时候，张尤其透露出一个极具诱惑力的秘密，即传说我们南昱村高崖处埋藏着一些金银珠宝的事情。而这个秘密，却是那位年轻死者的鬼魂告知张尤其的。因此，至今还有一个我们村人人皆知的传世口诀说：“高崖前，高崖后，高崖前后金子银子两络纠。要想找得到，除非黑小放黑牛。”从那时候到现在，很多人在高崖前后挖空心思地寻找那两络纠的金银财宝，但无一如愿。直到2006年秋天，曹家洼的一个五六岁的小孩因为逃学，躲在高崖那里玩，无意中发现了一只小瓦罐并一些碎银子之后，人们才真正相信，张尤其当年留下的这个口诀和传说是真的。

至今，那口诀还刻在高崖（当地人念nie）附近的一块石崖上，字迹清晰可辨。

无独有偶，无意中发现瓦罐和银子的人，居然是当年那位年轻死者的第六代孙。关于这一点，村人都说，这财富本该就是人家的，别人再琢磨、再费心费力，最终也是瞎子点灯——白费啦（蜡）儿。但那个孩子无意中挖出的瓦罐及碎银子，不过传说中全部财宝的千分之一，至于其他的金银到底藏在何处，虽然有口诀在，且我们南昱村人人皆知，但至今没有人找到。

大致是1996年，一个祖上先前从我们南昱村外迁到山西太谷某村，却在当地备受欺负的光棍儿，由于异乡的日子实在难熬，早些年，通过关系，最终又把户口迁回我们村，却把房子建在了高崖附近。就此，马鬃山上的摩崖石刻也有记载说：

高崖者，为吾村之屏障也，下临深涧，其壁百仞有余。多崖穴，大可藏身，小为鸟居。先，吾村有曹姓白鹿并李姓孝正者，皆富绅，辛苦奔忙一生，积得谷山钱财。然命运乖舛，二人均无继嗣。先后亡故，有人谋其财，遍寻不见。有云传于其侄并婿，然所云者均清贫如故，未见有所用之大也。”就此，我在询问白家村的老人白光柱爷爷的时候，他说：“曹白鹿和李孝正，也真是有这俩人，也是很富的人，可是俩人没有子嗣，只有女儿，都嫁到了南垴村，也有儿子和闺女。

白光柱还说，这高崖倒是一个神奇的地方。有一年，村里的老光棍杨真贵在那里突然着魔，先是从百丈高的悬崖上跳到深沟里，然后又跑到对面的旱地里，抓着沙子往自己嘴里塞，要不是张月娥来得快，那老光棍早就被沙子噎死了。

关于这件事，我爷爷也讲过。可惜，我爷爷死得早，不然，我还可以和他聊很多以前的事情。这个老光棍杨真贵，依照马鬃山的摩崖石刻，他还干过一件忤逆不道的事情。其文曰：

同治二年春，邢台、怀来等地俱旱。吾村连年不雨，庄稼无收。翌年仲春，饿死者十有一二。杨家坪有真贵者，鳏夫也，父早丧，与母生活。母饥甚，死，真贵不殡，数月后，人去其家，见门板后一尸，身肉全无。疑真贵食之。后，杨家坪族长杨凤天，以族规责之，鞭一百二十。毙。

（据我亲爷爷杨元祥说，早年间，我们杨家坪村，确实有一个光棍名叫杨真贵，饥荒中，他母亲饿死之后，没有告诉村人，而是将其母肉刮尽食之，保住了性命）。

我幼小时候，常和爷爷奶奶一起睡，每晚，央求他讲故事。除了那些妖精邪祟和鬼怪僵尸之外，爷爷还说到了许多村子里的老事儿。杨真贵的事情，按照爷爷的原话说。即某年饥荒，逃难者多，去往山西的路上，多有人饿死，乌鸦、秃鹫和金雕，啄食人肉。忽有人到杨真贵家，出门时，才发现，其门板后面吊着一副人的骨架，身上的肉已经干了，多处露出森森白骨。可是，从我记事起，我们村早已经没有了所谓的族长，更没有一个人具备承担“家长”的财势、品格等实力和素养。一直到现在，我们南昱村七个自然村，其中数百人虽出自一脉，但全然形如散沙、乱石不说，且经常为了一些蝇头小利、片隅寸瓦而相互攻讦、大打出手与相互坑害之事也层出不穷。正如卢梭《忏悔录》所说，人性的首要原则，是对自己的关怀，而人性之首要之恶，是同类之间为了物质利益而进行的种种冲突。我还记得，那些年间，我爷爷还给我讲过一个真实的故事。也是在我们村，有两户人家，先前，大家都年轻的时候，其中自家人口多的一家，经常欺辱同村里一家人口少的人家，没事找事地打骂人家是常事，最后竟成了他们家人的出气对象。多年后，经常欺辱别人的那个人老了，后来得病卧炕，而当年受他们家人欺辱的那位弱者，则每日必去探望他，而且，每次去，不是带一些点心，就是带其他吃的。强者起初觉得很是意外，不知何意。醒过神来之后，哇地一声吐了一口鲜血，登时气绝身亡。

对此，有乡谚说：“人打死人偿命，人气死人，就不用偿命。软刀子杀人，虽然不见血，可以夺命。”这件故事，当时我觉得很是震撼，尽管过去了差不多四十年了，我还记忆犹新。在乡村，尤其是偏僻的山区，人和人之间的关系，往往最原始，其中的暴力成分也足够多和大。平素，两家有仇，最多明火执仗地骂仗打架，甚至头破血流，再就是背地里相互坑害，类似这样软刀子杀人的，还是少之又少。我亲爷爷杨元祥还给我讲过一个关于狐仙的故事。他说他年轻时候，在我们村的水井边挑水，正是傍晚时候，只见一个长相俊美的中年妇女自街市的方向而来，没有走村子中间的路，而是沿着河沟向后沟走。后沟即马鬃山的深处。那女的，穿着一身蓝，挎了一个小篮子，面目极其陌生。爷爷好奇，问说：你是哪儿的人，去哪儿？那妇女冲爷爷笑了一下，说：俺是马鬃山人，回马鬃山。说着，就一飘而过。

再后来，多人证实也见过此妇女，到马鬃山半山腰一巨型石岩下不见了人影。那里蒿草厚密，荆棘成堆，人迹罕至。承继了张尤其和张月娥衣钵的人说，那是狐狸精，就住在马鬃山里。

如此奇异之事，大抵是我幼年时候的唯一精神食粮，传之于我的，便是我的亲爷爷杨元祥。除了荒诞不经的妖精鬼怪故事之外，爷爷还给我讲过不少村子里的奇人异事，如我们杨家坪村老队长母亲死后诈尸，老队长本人死后安葬当晚村子上方的树林里出现鬼火，等等；再还有我亲历的爷爷死后，午夜时分，空棺材里有巨大的石头滚动声，久久不歇，以及我父亲去世的时候，干姐夫突然中邪，而后请巫婆作法，方才恢复正常等诡异事件。就此，我始终觉得，在这浩茫的天地之间，人不独有，物也不独享。先民们之“万物有灵”的思维认知与精神信仰，大抵也确有其理和其实的。一个民族或者一群人的信仰的由来和确立，必定也是有其现实和精神依据的。正如滨岛敦俊《明清江南农村社会与民间信仰》一书中所说：“无论是谁，如要总体上把握近代以前中国农村的社会结构，都绕不过探明生活在基层社会的民众到底有着什么样的信仰、这些信仰与基层社会的共同关系有着什么样的关联等研究课题。”很显然，这些关于我们南昱村历史和异人的摩崖石刻，尽管涉及范围很小，但其意旨大致是可以代表整个太行山乃至中国大部分北方乡村的。其中的一些人事，不管是狐仙还是凡人，也大抵是这一带先民们在农耕年代生存与信仰的一个缩影。

但这些建立在情感和信仰认知基础上的“异人异事”，可能构成了先民们很长时间的精神生活及其历程，正如我亲爷爷杨元祥每次在讲述故事之前或之后，总要从他讲述的故事中“提炼出”一些所谓的“天道人心”，以及人间正道、做人法则与生活的种种禁忌等所谓的“教益”来一样，神鬼故事成为文化浅薄的偏僻乡野中的另一种“教人向善”“懂得敬畏”万物的“塑造人的心灵”的意识形态工具。从另一方面说，神鬼故事及其传说也是先民们的一种“宗教”。在民间，尤其是农耕时代的民间，神鬼传奇故事既是人们赖以传承的精神信仰及文化传统，同时又是民间文学和艺术之一种，间或还承担了历史、法律和智慧体现等功能，在实际生活中发挥着心理治疗和精神整合等功能，如萨满教仪式中所包含的医学功能考察，包括身体医学和精神医学等。

大约两年前，和我同村，现在北京工作的一位堂叔，在微信中与我交流说，应当把咱们南昱村马鬃山摩崖石刻做个整理，他甚至说，这是一部好的长篇小说的梗概，其中的人物已经设置好了，只用文学的方式串联起来，可能就很好看。他还说，这反映的是咱们祖宗们的现实生活和精神信仰，同时也是文化传承，体现的是庄子“天地与我并生，万物与我为一”的超越万物，回归自然精神追求的体现。我觉得他说得很有道理，但没觉得这是好的长篇小说的素材，因为，人类发展到今天，很多的事物神秘性已经被大幅度打破或者自行敞开，神鬼传说乃至草野之中的怪力乱神，已经不被人接受了。但他说，刚生出来的婴儿都是懵懂的，不明世事的。人和人类的最初可能也是这样。从混沌到清明，从唯心到唯物，也都需要一个过程。并且推荐给我一本书：美国人类学家罗伯特·雷德菲尔德的《乡民社会与文化：一位人类学家对文明之研究》。我买来读，觉得雷德菲尔德的“大传统与小传统”的说法很有意思，在雷德菲尔德看来，“大传统”是指代表着国家与权力、由城镇的知识阶级所掌控的书写的文化传统；小传统则指代表乡村的，由乡民通过口传等方式传承的大众文化传统。顺藤摸瓜，国内学者基本上也认同雷德菲尔德的说法，并将之以雅俗来进行划分，即将“上智”代表的精英文化作为大传统，将“下愚”代表的俗民文化作为小传统。

以此比对，我们南昱村马鬃山的摩崖石刻所言，无疑是“小传统”的。正如摩崖石刻所言：

夫天下生民，何止千里万众？生一层，死一层。无穷尽也。小民者，乱世人实于荒野，升平之际又极力迁徙至繁华之所。而吾民万众，自祖宗至此，二百多年来，皆安贫守业，祖辈于此生息，未曾远离。生民之存留动静，盖天运国运使然。行徙流离，颠沛不安，乃凡众之大痛，生民之暗疾也。非不得已不为之。此地虽僻，然有高岭深涧，可以避身，独不利盛世，山川逼仄，远离集市城郭，也为穷困之因。圣人庄言曰：“与天和者也；所以均调天下，与人和者也。与人和者，谓之人乐；与天和者，谓之天乐。”故，人间万事，进退显隐，盖有其数并运也，孰与好坏，实难究分。此石刻，云记往年至今之事，余诸流迁之赓续，还待后人矣。

这种以村为单位的“史记”，对于国家民族而言无足轻重，甚至有饶舌和画蛇添足之别扭，但对于一个村子和一方地域的民众来说，却是幸运的，其意义也大，至少，可以让他们的后人由此而记起往事并由此联想不已，甚至进行一些莫须有的猜测也是不错的。毕竟，大地上每一处都是人居所在，可人也像草木，岁岁枯荣，生生死死，想来也是无穷尽的。倘若能够用这样的方式将村庄的由来、流变，以及其中的奇异人事加以记叙，不论荒诞还是真实，总是一件于文化甚至精神传统层面的“功德之事”和“传之久远”的为生记录生死际遇，现实理想与乡土“信史”的大好事。如若不然，这大地上的民众，无论再宏大与激荡的历史，能够被记录下来其一生行迹的，都是帝王将相乃至在历史当中“与众不同”或“泽被众生”及其对立面，一般的小民，自然是人类历史演进的尘土炮灰，想想也是极其可悲的。如果没有这些“小传统”的民间历史，大地无疆，时空无限，如此之多流民定居之地，草民繁衍之所，倘若只是自我现实层面的存在与消亡，流传与接续，这种生和死，就真正地归于烟云般的寂灭与“陪葬”了，那么多活生生的乡亲们，就都好像没有来过人世一般，他们一生的喜怒哀乐与胜败荣辱，时过境迁，后人根本无从知晓，也是对他们的一种不敬。

我甚至觉得，这一种秉承文化使命的简略记叙，其实应当成为全民的一种自觉的文化传统，个人也是社会，个体也是整体。尽管，这种民间记叙当中，夹杂了诸多的荒诞与臆想猜测，但从文化乃至地域史的角度看，这些荒诞不经抑或无足轻重的文字，其实也是民族文化和心灵的组成部分吧。正如我们南昱村马鬃山摩崖石刻上，最后的文字所言：

生民所为，徒生耳；之所思，实存焉。圣人者，民神不杂，上下比义，教化无类，民能有忠信，神能有明德，敬而不渎，畏之而行仁义，厚德载物。吾诸氏所在，弹丸之地，蕞尔小众。百余年来，官宦不至，教化不牧，行教寡陋，无以仪节，是为最大弊也。愿嗣后修学务早，质以忠信为美，德以好学为极。神降嘉生，民以物享。祸灾不至，求用不匮。吾国与民，长之昌之也。

囍
囍

南太行的风花雪月

风中的石头之夜

好像是一群猛兽在持续不断地奔袭，从远处来，到更远处去，其情境，宛若好莱坞影片《博物馆奇妙夜》中的万兽狂奔。略微不同的是，兽蹄砸地的声音较小，也没有特别沉重的气息，倒是多了一些恐怖。我躺在新房子里，在巨大的连绵的风声中噤若寒蝉。这房子，是我十三岁那年冬天，父母亲修建起来的。他们的目的极其明确，即将来给我娶媳妇用。在我们南太行乡村，父母亲一辈子将为子女起房盖屋再娶妻成家，为双方的老人养老送终视为人生两件大事。要是哪一家人没有做到，或者做得不够好，他们本人也觉得活了一辈子的人很失败，常常哀叹出声，在同乡人面前，也抬不起头、直不起腰来。

大致是这一个原因，在我还没成年的时候，母亲就督促父亲，趁着冬天闲暇，冒着大雪在河沟边采石头，为我盖新房子。20世纪80年代中后期及至90年代中期，南太行乡村人家的房屋大都还是沿袭了古老的传统，就地取材，用山间层叠的岩石，为自己修建一生的安居之所。这里的岩石大致有两种颜色，一种为褐红色，多数在阳坡，一种为青色，多藏在背坡。所谓的阳坡，也是依照“山之南河之北称阳，山之北河之南称阴”的古老认知法则而命名的。说来也怪，阳坡承受日照多，岩石也接近太阳的颜色，背坡日照少，涵养水分的能力很强，其上的石头也如清水之色。

父亲是一个多才多艺的农民，除了文字之外，农耕的活儿，他都会。打石头看起来是一件粗活，只要用钢钎、铁锤就可以了，其实不然。南太行的石头，大都很坚硬不说，而且面积大，多以悬崖的形式，悬挂在更为庞大的山坡的某一个部位。上面是土，还有一些树，要想把大块的岩石采下来，危险系数很高，需要深谙石头纹理，尤其是石头和石头，石头和土壤、树根之间连接关系的人才可以，避免被砸伤、摔伤，甚至被乱石压死的巨大可能性。父亲和其他的农民一样，他们天生地对岩石及其纹路的走向有一种敏感，并会根据现场的情境，做出正确的判断，而这些，都是只可意会不可言传的。

人和大地，尤其是人在某个地域生存生活，熟悉其地理地形，似乎是与生俱来的一种天赋。每年冬天，不论是寒风呼啸，人在石崖上下被风吹透，还是一身热汗之后，又是一阵冰冻，即使大雪如盖，人在岩石上打滑，父亲也没有过早地停工。当然，他非常想回家里歇歇，坐在火堆旁，抽着烟，静静地坐几个小时。可是母亲不让。女人看起来柔弱，可一旦强悍起来，就有了暴君和猛士的意味。我总是看到，父亲在大雪中抡着铁锤，母亲蹲着，手握钢钎，当当当的声音在空旷的河沟里，像是苦难的敲门声。如此持续了三四个冬天，父亲和母亲，一个男人和一个女人，采了足够盖三间房子的石料之后，又利用一个冬天，把不规则的石头，用铁锤敲掉多余的棱角，按照石头自身的形状，分别修凿成长条形状，以利于垒墙使用。

石头房子的结构，也是一个颇有技术性的工程。尤其是垒墙，石头和石头之间要相互严密咬合，再用另外的小石块塞住无法填补的缝隙，里外要垒两层，方才结实牢固，不容易塌掉。房顶上，也用石板，大的如门扇，小的如簸箕，门扇状的用来敷顶，簸箕状的则用来弥补大的石板之间留下的缝隙。因为，岩石自然形成之后，是一个不可分割的整体，人一旦将它们揭开（从中水平分裂出来），就再也不能够弥合了。因此，在用的时候，只能以拼接的方式，大致整齐，下雨不漏水为最终目的。

前后用了五年时间，专门给我盖的新房子就立起来了，敷顶之后，内墙用掺杂了麦秸的黄泥敷上厚厚一层，再用黄泥水抹一层，房子就算全部落成了。但这是从前的方式，到了 20 世纪 90 年代中后期，乡村的人们也开始不舍昼夜地学习城里人，即使依旧修建石头房子，也要做成白墙，即用白灰（白腻子），其主要成分，也是一种石头烧成的粉末。

距离我们村三十里开外的，与冀南平原接壤的丘陵地带，多的是灰釉石，用高温的炭块将它们烧得肝胆俱裂之后，整个石头，就成了细腻的齑粉，手一触，就散了开来，拉回家里之后，再掺上水，里面放些羊毛或者很细的棉絮之类的，和成黏稠的白泥之后，用工具一点点地抹在墙上，一两天时间，就全部干了，看起来又坚固又平整。这种石头，在唐宋时期就大规模使用了，冀南邢台驰名的白瓷当中，灰釉石也是其中主要成分之一。

再打了水泥地，置办了家具，我就住进去了。此时，我已经十六岁了。第一次住在距离父母亲较远的新房子里，在一股新鲜的木头香味与黄泥的腥味中躺下来，蓦然觉得整个世界都是自己的了，可也暗暗地害怕。小时候，常听爷爷和其他村人说，这黑夜里，有许多与人不同的东西，他们有的善良，多数是邪恶的，并且，他们还具有非凡的超能力。

可我想，我已经长大了，还有什么东西可以随便给予一个人额外的欺负和苦难呢？

这是深秋，凋零的大地上充满无休止的风声，尤其夜里，风的速度和力度越来越高，越来越大。我入住新房子的第一天晚上，盯着在黑暗中也发白的新新的屋梁和椽檩，我想这房子是我的，再过几年之后，究竟是谁和我住在一起，成为夫妻呢？我想到了几个女同学，其中一个，我有点爱恋，也有表白，但被人家嗤之以鼻，甚至禀告了班主任。班主任是一个长我们几岁的同乡年轻人，那时候也还没成家，一接到那位女同学的小报告，立马在讲台上跳起脚来，开始用一副温文尔雅的口吻说，谁干的，谁站出来，这时候还可以原谅，要是负隅顽抗，接下来，他得到的将是更严厉的惩罚。同学们面面相觑，一时间，教室里的气氛充满了玄异和猜疑的味道。

尽管如此，我还是按住自己勃勃跳动，就要飞出来，跳到教室挂满灰尘的房梁上的小心脏，一声不吭，最终逃过了班主任所谓雷霆般的惩罚手段，因为，在向那女同学表白的纸条上根本没有任何落款。再一个女同学……当然是排在第一个女同学之后了，要是第一个女同学回心转意，愿意嫁给我，我肯定先娶她。第二个女同学，人也漂亮，但就是有些傻里傻气的，但看起来还不错，起码在我心里，莫名地觉得她还是可以配上我的。人有一种冥冥中的预判或者感觉，对人对事都是如此这般。

就这么想着，毫无知觉地睡着了，梦里边全是花花绿绿的，还有锣鼓花轿。这当然是假的，幸亏呼啸的大风把我惊醒，这庞大的无形之物，在我们南太行乡村，在我们家前后左右的山岭和众多的树梢、枯草上，进行着狂暴的袭杀与屠戮。我听到树枝折断的脆响，好像夜的骨头应声而折，随后，又闷闷地摔在地上。窗户上连续响动着疯狂的打击乐，把整个黑夜都搞成了血腥的刑场。而其中最脆弱的，大致是尘土，再就是各种荒草，以及丢在田里的庄稼秸秆。岩石和砂砾，还有我们坚固的石头房子，大致是侥幸的。哦，还有河里的流水，以及流水中的苔藓、细沙，过冬的螃蟹、青蛙和蛇，它们早就预知了这一年一年的规律性的灾难，早早地遁入地下的巢穴或者岩缝里过冬了。

而枯草和树枝成了狂浪北风中的被斩首和高强度震慑的事物，我似乎能够听到无数在春夏秋三季把自己的身子挺得直直的蒿草们，在风中纷纷折断，如被腰斩般的痛哭叫声，有的像是婴儿撕心裂肺的哭喊，有的如壮士般地大声嘶吼，有的如妇孺那样嘤嘤而泣。我感到了惊悚，不敢翻身。我在想，那风一定是有什么怪物在控制和指挥的，而且，那个怪物，一定凶神恶煞，毫无怜悯之心，长相很凶，还必定有一只长满獠牙的大嘴巴，和两只犹如蒲扇的耳朵；眼睛好像庙里神仙塑像那样，盯着每个进出之人；也可能，他的手里一定挥动着一把可大可小的法宝，大的时候，满世界都是鼓荡的大风，小的时候，人间就会风平浪静。

这使我想起老子的“物壮则老”和“坚强者，死之徒；柔软者，生之徒。”等话，觉得这太智慧了，就像人，远的不说，就说我的父母，他们都在壮年，可是，他们承受的苦难也最多。比如父亲，他在采石头和垒房子的时候，手上布满血口，一张开，就可以看到里面红艳艳的肉和血。我听奶奶说，有一次，父亲在采石头的时候，不小心从四米高的地方摔了下来，两根肋骨断了，休息了不到一个月，就又开始采石头了。也像我的母亲，她一个妇道人家，为了给我盖新房子，也和父亲一样地，把自己当作男人去干采石头，甚至扛石头的重活儿。而那些草，生长时候多么柔韧，镰刀有时候都割不断，可一旦枯了，身子看起来还很挺直，有一种宁死不屈的慷慨，可在这如杀如屠的北风之中，一根根地断了，有的不止断为一截，甚至成了草屑。

最可怕的是房顶上的风，有很多次，我听说，几乎人家房顶的某些松动的石板，都被大风掀了下来，摔在院子里或者房背后，成为碎石头。我想，这么大的风，这新房子顶上的石板不会被风全部掀翻，甩在地上吧？风要是再大一点，会不会把这房子也给吹倒了？想到这里，我的心脏发紧，有一种透不过气来的感觉。我打开灯，可还是黑黑的，这才想起，大风的夜晚，供电所早就拉了电闸，整个山区的村子，都陷入了原始的黑暗。关于这一点，村人都很理解，也知道，电力局的怕哪里的线路出问题，造成大的火灾。因为，从市里到村里的电线杆子，多数栽在荒坡上，荒坡上，覆满了枯干了的茅草和树木，一点的火星，就会酿成燎原大火。我只好躺在风吹得动的黑暗中，等待黎明。也不知道什么时候又睡着了，黎明时分醒来，一切安好，已经温度寡淡的日光打在窗棂上，我起身，打开房门冲出去，到院子里查看一番，所幸，父母住的老房子和我的这座新房子，房顶和四周的石板和石头都完好如初。我兀自笑了一下，心里想，爹娘修建的房子，真是结实，它真的能够替我们遮挡风霜雨雪，尽管日子苦一点，但有安全的栖身之所，这人生，当然是值得欣慰的。而这房子的每一块石头，都经过父亲母亲的手掌。

野花隐藏的地方

相对于阳坡，背坡上的野花最多。从八岁开始，我就替父亲放羊。先前，羊子们属于集体所有，雇请的牧羊人是山西左权某个村子的。我六岁那年，包产到户，羊子们也都逐一被分到户上，一家几只或者十来只。我们南太行乡村的羊子，是黑一色的山羊，皮毛长、两角大都直立，身材也不算太高。俗称黑山羊。黑山羊的优点就是善于爬坡，无论再陡峭的山冈高坡，甚至悬崖，只要有可以立身的阶梯，它们都可以爬上去，吃那些好吃的草。

包产到户后，母亲说，父亲没什么手艺，放羊还是一把好手，村人在雇请人集中放羊的时候，父亲就把这活儿承揽了过来。每天赶着羊群，在附近的山上转悠。远远看，羊群与岩石浑然一体，要是不动，那就是一块块长满黑色苔藓的岩石。一旦动起来，就像是一块块移动的乌云，要是整体地看，则像是贴着山脊奔行的铅色云块。八岁，我读小学二年级，暑假来临，我的牧羊生活也随之开始。母亲说，你白天替你爹放羊，让你爹回来，帮忙收庄稼或者干别的活儿。我极度不情愿，可还是带着一肚子的怨气，到父亲带着羊群歇晌的地方，从他手中接过羊铲。这羊铲，形状如铁锨，但只有通常使用的铁锨的十分之一大小，一般用来铲小石头，然后再使劲甩起来，教训那些不听话，常跑到别人家的庄稼地里偷吃东西的坏羊子的，有时候，也会用来教训那些不听话，胡乱蹿的捣蛋羊子的。

通常，羊子们吃了半天的草，中午要饮水，父亲就把它们赶到河沟里。在山坡上晒了大半天，羊子们的毛又多，还比较厚，自然是焦渴难耐，下山的时候，速度极快，一个个争先恐后地跑到河边，把嘴巴伸进潺潺流水之中，喉头哽动好一阵子，才抬起头来，使劲甩甩被水打湿了的小胡子，然后昂起头，咩咩地叫几声。随后，父亲把它们集中在一棵巨大的柿子树下，羊子们心领神会，就会相继卧倒，开始倒嚼。这里面，起主要作用的是头羊，选择的条件是，年龄较大，身体也很壮，熟悉这一带村道与各个山冈的，加以有意识地训教，慢慢地，头羊就可以做到令行禁止的表率作用。

我从家里到羊子们歇晌的地方。父亲也饿了，坐在阴凉树下，也和羊子们一样，一脸的倦容。见我来到，交代我说，下午应当到哪面坡上牧放，怎么管束羊的乱跑和疯跑，更不要越界，去其他村子所属的山坡上，那样容易引起纠纷，更不能让羊子们偷吃了别人家的庄稼，尤其玉米、谷子、黄豆之类的，不然的话，人家会找上门，要咱们赔偿。临了，父亲还特别交代我说，放羊的时候，人不能在羊群下面，一定要到羊群最上面去，不然的话，羊子们把松动的石头蹬下来，滚跑的石头会把牧羊人砸伤。就此，我早就听说过好几桩，邻村有几个放羊的人，千小心万小心，一不小心，就被自己的羊子蹬落的石头给砸死了。

羊子们卧在石头或者沙土地上，不断反刍，只有一些小羊羔和还不到一年的半大羊子才会走来走去，或者没事找事地和其他羊子抵角打架。羊子们打架，胜者王败者寇，和人类的游戏规则完全雷同，但羊子们没有相互杀戮的能力，它们自己和自己打架，胜者也只是在同类中炫耀一下，败者亦然。而能够杀它们的，只有人，还有自然界的某一些不可抗力，如滚石、疾病等。大树的阴凉开始偏移的时候，我知道，该叫羊子们起床，上山吃草了。我学着父亲，吼吼地叫一声，然后喊“嘚嘚，dei”，脖子上拴着铜铃铛的头羊闻声起身，抖抖身上的长毛，便迈开脚步，沿着河沟，向后山走去。其他的羊子们听了，也纷纷起身，跟在头羊的后面。

我们村子能够牧放羊群的山，都在村子后面，那是一处无人的所在，左边是高山，右边也是高山，中间是一条弯曲的河沟。河沟里堆满乱石，大大小小的，一看就是大洪水自己开拓的河道，但自从我记事起，南太行乡村似乎很少发洪水了，先前总是流水敲打日月的小河逐渐干涸了，只有雨水充沛的夏季，才会有一些浮水流动，但几天之后，就又恢复了日照荒滩的寂静模样。羊群奔行在河沟里，犹如蠕动的蚁群。到后山根，羊子们开始上山，低着脑袋，在它们不知道重复了多少遍的山坡上，寻草啃食，一个个极为认真，不放过任何一根好吃的草。

阳坡上的草大都直立，高大，散开的面积也大，其中有灰灰菜、马齿苋，但最平常的还是一般的马莲草，羊吃它们的嫩叶子，也会啃黄荆和酸枣树的皮。这山上的不少地方，还有黄芩、黄芪、当归、桔梗等药材，羊子们也喜欢吃，有经验的羊子们自己用嘴和前蹄挖这些药材的根儿吃。山坡上浮动的岩石下面，还有蝎子等，要是抓的话，一只成年蝎子，可以卖八毛和一块钱，村子里，不断有贩子来收蝎子。

我站在羊群的头顶，俨然一个小王子，属下的臣子们在山坡上自行其是，我可以悠闲起来，看看天空，总觉得日头走得太慢了，我就拿着羊铲，朝太阳丢石头，也想它如羊一样听我的话，赶紧跳下西边的山里，我好赶着羊群回村。可太阳总是不听话，我虽然愤怒，也只能束手无策。

天气晴好得可以一目千里，三十里外的村子都依稀可见。实在无聊了，我就在草丛中坐下来，像父亲那样，嘴里叨一根羽毛草，学电影里在深山修行的高人，一副看透世事的懵懂样子。然后闭上眼睛，畅想自己这一生的非凡生活。再多年之后，我肯定不是放羊娃了，而是一个大学生，然后工作，在一座高大的楼房里，那里面有电话、电视，还有直上直下的电梯……我的老婆一定也是一个大学生，而且是一个高干的女儿，长得肯定比我那几个女同学漂亮，还比她们懂礼貌，会说话。然后，我们生了一个女儿……如此等等，白日做梦的味道甜美无比，可就在我咯咯地笑出声来的时候，睁眼一看，我噻，这才多大一会儿，羊群就跑到一里之外的坡上去吃草了。

我赶紧奔跑，却发现这山上，居然还有这许多的花，其中一种是打碗碗花，花片呈粉红色，略大，犹如杏花，花蕊为黄色；还有一种是太行花，长在湿润的峭壁上，白色，与杏花有些相似；再一种是山丹丹花，看起来比较粗糙，花的周边还有一些比较坚硬的蓓蕾状的护卫；最好看的是水仙花，长在荒山野岭里，不密集成群，但每一朵都很高挑，亭亭玉立的样子，花瓣多数为三瓣，颜色粉红或者大红。……无意中看到这些花，我惊叫了一声，心里说，哦，竟然还有花！这句惊叹，完全出自我此前不相信我们这穷乡僻壤竟然还有花朵这种自然奢侈品的前设印象。这使我兴奋，蓦然觉得这穷山沟也有了一点城市的味道。有了这种意识，我跑得很快，还没觉得身动，就追上了羊群。

这是阳坡的最高处，半山腰上，有一座黄色的石崖。石崖下面是一片平地，荒草要比其他地方丰密得多，十个人二十个人钻进去，相互之间也很难找到。爷爷说，这里有一个狐狸成了精，好几个乡亲都看到过；父亲告诉我，千万不要去那片荒草里，进去就出不来了。可有些羊子钻进去了，我感到害怕，想进去又不敢，不进去的话，倘若羊子丢了，它的主人家肯定要找我爹的麻烦。平素里，村里人就欺负我们家，不论对错，都是我们家的错。母亲总结的主要原因是，我父亲是独子，这在以家庭人口多少论英雄，用肢体语言作为权威象征的乡村，我们家肯定吃亏。人们遇到问题和困难，不是向着更高处的呐喊与诘问，而是习惯拿比他们更弱的人来出气。

我只好再向上爬，想站在高处，会看到钻到荒草地里的羊子，即使看不到，我也可以用羊铲铲了石头之后，朝荒草里面丢，把羊子轰赶出来。我撅着屁股，吭哧半天，上到黄石崖的上面，俯身下看，啊，那荒草中间，居然盛开着一大片花，白色的、黄色的、红色的、粉红色的，不同的花拼凑在一起，多的有几十朵，少的也就三五枝。我惊呆了，脑子里顿时荒芜，也不知道该想啥了。愣了半晌，我才醒过来，心里想，茅草茂盛的地方，必定是水源充沛的地方，鲜花密集之处，也肯定是土质肥沃之所。大致，这荒草之所以长得好，是因为水源和土质好的结果。也就是说，我们南太行乡村虽然寡陋偏远，但从来不缺好看的物种，尤其是野花这类毫无偏颇之心的美丽之物。

雪中的暖意

最好的事情，是下大雪。夏天的暴雨破坏性太严重，不是雨加风，把正在成长的玉米吹倒在地，就是把果树上的果子打落下来。而大雪，在乡村，是有百益无一害的，而且，我们都盼着下雪，而且下得越大越久越好。雪只有下得厚了，才能不干活，不下地，更不用上山去放羊或者割黄荆条子来编花篓子、荆茇子，可以安心地睡觉，或者坐在火堆边，抽着旱烟或者香烟，嗑着瓜子，说一些淡话。要不下雪，父亲和其他的农民哪有休息的时间，一年四季，不管春夏秋冬，那片地里没活儿干，自家也没有多少事，也得找活儿干。父亲说，要想歇歇，除非生病了，不能动了；要想休息的时间长点，除非死了。

第一次听这样的话，我有点惊悚，但一想，事实也是如此。农民，自己不去做事儿，不卖力气，就没有一分钱进账，而家里的油盐酱醋，孩子上学，赡养老人，走亲访友，都需要花钱。钱从哪里来，只能是自己挣，靠山吃山，靠水吃水，父母亲又没有生意头脑，更没有本钱，以前还可以守家在地地替村人放羊，一年下来，挣点钱，可自从封山育林之后，牛羊一夜间没了，有的被杀了卖肉，有的则卖给了远处的人，但牛羊的最终结果，也都是死，血肉还被人吃了。这种残酷，与牛羊憨厚善良的本性大相径庭。生活中的某些真相，真的令人毛骨悚然，惊悚不已。

好在，还有下雪的时候，这对于父亲这样的农民来说，简直是上天的福利。因此，冬天的时候，每次天阴了下来，我就想，赶紧下雪吧，下吧，要下，就多下点，下得厚点，最好能埋住人的膝盖，再把山里的那些沟沟坎坎埋住，这样的话，就暂时不用上山割黄荆了，地里余下的秸秆也不用去背回来。雪中的世界，人就和动物平等了。

南太行乡村的雪，大都在夜里下，少数的在凌晨，倘若不是这两个时辰的雪，下一会儿就会草草收兵，甚至连地皮都没盖住，就又逃得神鬼不见了。这是最恼人的。往往，到了腊月边儿上，要是还没有一场大雪，即便是最勤快的人，也会念叨说，咋还不下雪呢？这不下雪的话，明年又是一个赖年景！我十五岁之前，也就是20世纪90年代左右，南太行乡村每年都会有大雪光临，而且年年不爽，固定在冬月中旬、腊月上旬和春节期间，肯定会有雪花带来上天的各种消息，来到我们南太行乡村。人们坐在自家的石头房子里，说着闹心或者舒心的家事，间或议论一下有些人从城市里带来的诸多消息，如谁家的闺女嫁到了市里，谁家的小子考上了大学，现在石家庄或者北京读书；还有谁家今年包铁矿发财了，起码也有几百万。与之相对的，则是谁家的闺女在城里打工，和某个小子好上了，结果怀孕了，又被人一脚踹了；再就是谁家的小子在某某铁矿煤矿下井，瓦斯爆炸或者冒顶冒水了，下去就再也没上来。

这些信息都是人间的，也都是我们南太行乡村的，一家有事了，很快传遍整个村子，无论好坏，人都会叹息；嫉妒是必然的，有仇怨的觉得气不顺，背地里骂几声；没仇怨的，说说而已，也不当真。毕竟，谁家的日子只能是谁家的，其他人家再好，也不是自己的，自己的再不好，也没有人来同情和帮助。世态炎凉在乡村，犹如在单位，得势和失势的遭遇大抵是相同的。而我们家那些年，似乎没有什么大事，都是琐碎的，没有办法，只能顺其自然的事儿，如我读书，能不能考上好的高中，然后也当个大学生；这是父母亲对我最大的期盼也是他们最荣耀的事情了。可事实是，我学习成绩一向不好，所谓的考大学，有一些异想天开的感觉。这一点，父母亲也想到了，说，要是我考不上大学的话，就得出去打工，挣了钱得马上娶媳妇，不然的话，过了二十岁以后，四周村里同龄的闺女就没有了不说，还有打一辈子光棍的危险。

最好的是，早上开门一看，雪就堆满了眼睛，打得人的意识瞬间空白，然后再沉闷而惊讶地说，下雪了，大雪！这样的情境，大抵是农村人感觉到最幸福的。通常，我只要睁开眼睛，听到嗤嗤啦啦的，铁锨或者木锨与泥沙地发出摩擦的声响，那么，一定是下雪了，父亲在铲雪。此时，雪正在以千军万马的轻盈姿势，从晦暝的天空上，一颗颗地，呈六角形地砸下来，砸在房顶、树枝、院子、茅房和冬麦地、流水的河沟，以及远远近近的山峰、低岭和草冈上。不论往哪里看，看什么，都是白的，都是雪，也都是雪掩埋人间万象之后，呈现出来的洁白与众生平等。在雪中，一切事物都没了等级，也没了你多我少，你争我夺，雪花的公平是人间没有的，雪花的一视同仁体现了天地的慈悲。

我开门，看到父亲弓着腰，几乎呈九十度，拿着竹制的扫帚在扫雪，他的腰身让我想到射往地心的弓。这何尝不是呢？人从大地上诞生，而后又把自己送给大地。期间的过程，像极了草木及其他生灵。我看着父亲，有点心疼他。就踩着咯吱咯吱的积雪，拿了铁锹或者另一个扫把，和他一起扫雪。有时候，我会向父亲要他手中的工具，可是，父亲却说，你不管了啊，俺来扫。我拗不过他，只好退步。我知道，父亲是很累的，可是他并不想我帮他。他也不像母亲那样，督促我学习。他就是不让。我有时候会乐得如此，自己躲在屋里烤火，听父亲扫雪的嗤啦声一下一下传来，也不觉得怎么内疚。男人的感恩心的觉悟是迟钝的，一般都要在自己生养了孩子之后，才会真的理解父亲。而刚刚长大，独自混社会的时候，只想着自己如何过好，哪里顾得了父亲？但男孩与母亲的关系始终是好的，无论婚前婚后，都与母亲保持着良好的互动。这不得不说，父子之间，始终有一种古老的敌意，它来自同性的排斥心理，也来自茹毛饮血年代的竞争意识。

如此一个早晨，父亲就扫通了往村里和去小卖部的路，积雪被他推在一边，中间是薄雪的小路。往村里的，可以去到爷爷奶奶家。有些下雪的时候，我会主动去爷爷奶奶家，帮他们扫雪，先是扫了院子里和通往茅房的，再扫房顶上的。但更多的时候，是父亲在主动承担这件事。爷爷早年失明，奶奶又是旧社会的小脚。两人都不具备扫雪的能力了。往往，扫完了我们家的雪，父亲就夹着扫把，翻过西边的山岭，再过一道河沟，上一面斜坡，就到了爷爷奶奶家。奶奶看到父亲来了，先拿出好吃的给他吃。父亲也不客气，坐在爷爷奶奶的土炕前，像个孩子那样，吃了东西，再抽烟，然后再去扫雪。到中午，奶奶早就做好了面条或者饺子，给父亲吃。每次，父亲都吃得很香，因为，爷爷奶奶家的饺子、面条里放肉，不是猪肉就是羊肉，我们家因为母亲和我不吃肉，做肉饭的时候很少，从而也委屈了父亲和弟弟两个吃肉的人。

可惜的是，雪往往不会下太多，即使很多，天一放晴，不用一个上午，日光就把阳坡上的积雪一扫而光，湿乎乎的山坡上一片黝黑，那是雪水的浸润，使得干涸的岩石和泥土有了生命的颜色。融化的雪，简直就是缓慢力量的代表，它们深入泥土，将自己无形地纳入大地的怀抱。尽管，日光会再度使得它们灵魂飞升，但雪水渗入泥土和石缝的动作，让人觉得了“润物细无声”的美感与虔诚。类似的情况还在房顶和田地里发生，还有树根，只要有雪的地方，融化就是一种使命，一种义不容辞的献身与润泽。我刚读初中一年级那年冬天，南太行乡村忽然下了一场极大的雪，真的没人膝盖。一大早起来，我背着书包，就往学校走。

对我的这种读书精神，母亲尤其赞赏，她也不拦我，也不怕越来越厚的雪，把我埋在上学路上。看着我走出家门，她还鼓励我说，这才是好孩子，这才像个念书的样子。我们家距离中学六华里的路程，我刚走了一半，雪又下来了，而且很大，远山近野白茫茫的，一个人都没有，就连南山夜夜嚎叫的狼，也没了踪影。我蹚着厚达膝盖的大雪，艰难地往学校的方向挪动。好不容易走到学校，却发现，同村的同学基本上都没有来上学，仅仅距离学校近的十几个同学坐在自己的座位上。老师看了看满身白雪的我，好像在看一头突然闯进教室的小狗熊。同学们愣了一会儿，不知是谁带头哈哈笑了起来。我站在门口，冻红的脸逐渐发热，继而发烧，看看讲台上的老师，再看看其他同学，一时不知怎么办好。

下午放学很早，我一个人往家走；路上的雪更厚了，已经到了我的腰部。我走到一片坟地的旁边，天空也暗了下来，好像故意和我作对一样。我害怕极了，也不管扑面而来的纷纷雪花，哭着喊着，一脚迈出去，陷下去，再拔出来，身子斜成七十度；就这样，交替着，趔趄着，奋力向前走。正在我快要吓破胆的时候，忽然听到有人喊我名字，有点隐隐约约，恍恍惚惚的感觉。一听就是父亲。听到他声音的刹那，我再也无法控制自己了，哇地一声，彻底大哭起来。父亲走到我身边，说，小子（在南太行乡村，即儿子之意），没事，爹背你回去。然后蹲下来，让我趴在他背上。我爬上去，父亲站起身来，一只手拖着我的屁股，叮嘱我要搂紧他的脖子，双脚像是两只剑柄，轮番插入厚厚的积雪，再拔出，再插入。不一会儿，我的胸脯升腾起一股温热的力量，那热量，来自父亲的后背，更来自父亲在埋葬整个世界的大雪中，背着他儿子回家的艰难的慈爱与深情。

月圆的时候

梦里其实什么也没有。

倏然醒来，还没来得及回想梦境的悬疑及其素常意义上的暗示或者预兆性，就被一阵奇异的明亮惊呆了：这……天明了吗?不可能啊！那时候，我没有手表，更不会有手机，只觉得奇怪，外面还是那么静，静得好像全世界都被封藏了，连平素彻夜闹腾的老鼠们也都停止了偷窃活动，但屋子里面大部分地方还是黑的，请木匠新打的写字台、组合柜等还在阴影当中，但轮廓鲜明。窗帘之外的天地亮如白昼，可我不敢掀开。我猜测，这时候大抵是午夜一点左右。

也就是子时，是一天和另一天的交替时刻，按照古老的五行的说法，子时暗冥，是子鼠的牙齿在不断咬破浓黑，逐渐走向淡冥的过渡期。在乡村传统意识中，子午相对，一个在极黑之夜，一个在中正之午，两者冲突而刑克，也是充满诡异意味的，这是很多不干净的东西最活跃的时刻。因此，我害怕，甚至不敢掀开窗帘，朝外面看。此前，爷爷就对我说了很多关于子时和夜里的恐怖故事，如死去之人游荡的魂魄，山里修炼成精的各种动物，夜间行走和活动的各种邪祟，等等，我怕一撩开窗帘，就有一张脸贴在窗户外面，朝里面窥看，正好与我的目光撞个正着。

可是外面明亮得令人生疑，不敢相信，肯定是月亮，可月亮怎么这么亮呢？尤其天光乍亮的时刻。也或许，神仙们趁着无人之际，在进行一场盛大的宴会。此时，万物回避，风清气朗，普照的月光是天地之间的明灯，也是天庭往返人间的走廊。我早就听爷爷说过，每年春天的月圆之夜，村子里新生的梨树枝叶的嫩尖，都会无故失踪，齐刷刷地，再多的梨树也无一例外。我问爷爷这是咋回事？爷爷说，梨树嫩尖是神仙最喜欢吃的，他们都是梨树嫩尖被露水浸满的时候，统一采撷，然后带到半空中的宴会上去，分享给更多的神仙。爷爷还说过，月亮特别亮的晚上，连坟地里都是明亮的，咱们的列祖列宗，都会醒过来，然后，在村子里走走转转，如同他们当年那样。

我觉得神奇，更害怕。我躺在新做的床上，盯着明如灯照的窗外。院子里的梧桐树早就挂满了叶子，蒲扇大的叶子往常总是摇摇摆摆，像是给谁扇凉。而现在，那些叶子竟然一动不动，一枚枚地，像是集体突然僵住的手掌。我翻了一个身，面朝里墙，却又觉得后背有一些眼睛在盯着我，有的不怀好意，有的显得迷茫。我急忙再翻过来，眼睛四处逡巡，除触手可及的大块大块的寂静，以及寂静中明亮如镜的均匀月光。连平素里总是在月圆之夜嚎叫的狼，也鸦雀无声。

那些狼，大都在对面的南山。那里山高水长，林幛茂密，极少人去，当然是狼们理想的生活和捕猎疆场。冬天，下了大雪之后，狼嚎声彻夜不断，从对面的山上，穿过一道纵深的河沟，在村子内外激荡。家家户户都垒了严密的围墙，对猪圈的防备更是缜密，石头墙壁垒得高不说，还加了一层酸枣树枝。酸枣树枝长刺密布，密密麻麻地在墙头上压一层，再凶悍的狼也难以突破。

尽管如此，还是有人家的小猪无故失踪，不用想，肯定是被狼叼走吃了，大的被开膛破肚，早就命归西天。人就骂，又让那畜生祸害了啊！惋惜之心，犹如割肉。其实，猪猡也是畜生，但猪猡是对人有用的，吃和卖钱。而狼，这野生的猛兽，人难以驯服，就把它们狠狠地叫作畜生。想报复，却又无从下手。倒是有一年，有人打死了一条狼。还扛回来，炒了一大锅狼肉，叫村里所有人来吃。人吃了，说不好吃。父亲也让我去吃。我说我不吃肉。吃了狼肉，狼就会在我胃里边咬我。

可怎么就没有了狼嚎声呢？这么亮的月圆之夜。

再睡着，也不知道什么时候，公鸡的鸣声从村子的四面八方传来。我长出了一口气。爷爷说，鸡鸣的时候，就是万物从黑夜重回人间了，一切的事物，包括神仙，也都回到了他们原来的地方，不再占据人的地方。我拉开窗帘，发现月亮已经偏西，光亮也暗淡了许多，院子里飘浮着一层薄薄的黑，像是一层轻纱。这时候，也听到了诸多人家开门的声音。南太行乡村人家的门扉，大都是两扇门，很笨重，无论关上还是拉开之时，户枢都会发出吱吱呀呀的响声。再后来，有人咳嗽，有人说话，有人拿了农具，在石头上磕土。天要亮了，我安下心来，才觉得很困。这时，距离天真的大亮起码还有一个多小时，我闭上眼睛，再次进入睡梦。

要是夏天，每月的月圆之夜，就成了人们乘凉的天堂。坐在月亮底下，有小风不紧不慢地吹，那种凉爽，是现在的空调难望其项背的。我则窝在自己的房子里，看书，或者躺在床上胡思乱想。十几岁的孩子，想的无非是将来怎么生活，做一个啥样的人，娶一个啥样的闺女做老婆。如此等等。但这些，却不是自己能够决定的。到夜里，还可以听到村里一些人的咳嗽声。因为热，又没有空调，电风扇吹久了，人很难受。不少人就索性扯了羊皮，或者毛毡子，睡在自家房顶。那个时候，南太行乡村已经开始流行平房，即水泥钢筋浇筑的。但人人都怕湿潮，就把极其防潮的羊皮和羊毛毡子放在身下。

夜间的乡村是敞开的，无遮无挡，人的轻微的咳嗽，也会在空气中变得锐利，明亮的月光大致也是一种加速。一个人在自家房顶咳嗽几声，全村人都听到了，就连鸡和狗，猪猡和牛羊等，也都会睁开眼睛。

而秋天，特别是深秋的月圆之夜，大抵是一年中最明亮的，只比白昼暗淡一毫米。就连阴暗的茅房里，也亮堂堂的。但秋季风大，时不时有狂浪的大风，也不知道从哪里开始，更不知道到哪里结束，呜呜地刮着我们的村庄，贫穷者的哀叹在其中湮没无闻，富有者也在其中毫无声息。人常说，普天之下，根本没有公平，只有公正。而公正，是一种玄秘的均衡力量。可是，我们村里有很多人不信邪，趁着月明之夜，到山里去砍木头，扛到路边，天没亮就运到其他地方卖了。还有一些人，好像也是夜里的生物，睡不着觉，东家西家地跑，不是明目张胆，而是蹑手蹑脚，或是趴在人家的窗户跟儿听夫妻之间的异常声响；或者偷听其他家族人员聚会议事；或者到其他人家的果树和田里，把不属于自己的粮食和果子扛回自己家。那些年，属于我们家的三棵已经成梁的大白杨树，月圆之夜过后，就只剩下了圆圆的树根，表面上还冒着清凌凌的水。

还有一年，父亲和弟弟都出去打工了，家里只剩下母亲和弟媳妇。也是月圆之夜，弟媳妇带着孩子，夜半，听到房顶上有响动，而且还很清晰地听到，有人在偷我们家新打的玉米穗子，可弟媳妇不敢吭声，第二天一早，房顶晾晒的上千斤新玉米没了。母亲听说后，责怪弟媳妇。弟媳妇也生气。我听说后，说，这事谁也不怪。妇道人家，贼早算定，你们不敢开门捉他们。而且，这偷玉米的贼，肯定是咱们一个村的。不然，不会知道父亲和弟弟出门打工去了。母亲叹息。我说，这没啥，也不是被偷了，就饿死了的年代。以后，只能加强防范罢了，其他的，还真的没办法。

这显然是一起月圆之夜的偷盗事件，甚至，我们都可以猜出来是谁，可没有证据，无法证实；即使证实了，都是乡亲和邻居，怎么做都不合适。只能说，月圆之夜，有人在不择手段地获得，有人在忍气吞声地失去。自此之后，月圆之夜好像也成了人间的了，很多人在月光之下行动，各取所需，各奔目标。神仙和邪祟似乎都消失了。爷爷说，这年代，鬼神开始怕人了。我问他这是为啥。爷爷说，以前，人心里还有点禁忌和敬畏，现在，禁忌和敬畏都没了。我点点头，并对他说，爷爷，你真不愧是咱村唯一读过书的秀才。我的这句话，爷爷显然很受用，笑着说，唉，那时候，俺读的都是四书五经，没有你们现在学的那些好。语文、数学、物理、化学、几何都很明确……这也是好处，可啥都太明确了，也不好。

对于爷爷的话，我似懂非懂。

直到他死后，有一次，我在月圆之夜偶尔路过他的坟地，才忽然顿悟，无论何时，人都需要敬畏感的，也要有些禁忌。人把一切都打破之后，就会以为天地之间，唯我独尊，以至于为所欲为，毫无顾忌。正如《道德经》所说："人之所畏，不可不畏。天之所予，不得不受。"大抵，这话至今还是正确和有益的。只是现在，我极少能够在月圆之夜，在南太行乡村体验那种"夜间的变迁"了，一切的事物，都在无形地流徙与革新，这是大自然自身的能力，也是天地之间永恒的定律。

雨水的少年

那时候雷电也少，也没有现在这么低。往往，一觉醒来，到处都是水，连平素干涸的山坡上，地边，都涌出来激荡浑浊的“天水”。而更多、更凶残的“天水”从后山如山般奔涌而来，声势浩大，轰隆隆地，好像来自地底的惊雷，砸得人心慌慌的。要是连续下七八天的大雨，整个村子，就都泡在水里了，洪水越涨越高，淹没了田地，冲走了人们辛苦种植的庄稼和蔬菜，甚至，濒临河边的房子也被冲垮了，泱泱的大水，好像突然而至的火山岩浆，在两边都是高山的狭长河沟里横冲直撞，发出巨大的玉石俱焚的惨烈叫声。

整个村子内外，都软了，泥土的软，比人的某种软和软弱更为可怕，尤其是大片的黄泥地，平素踩上去不小心还打滑摔跤，在大雨中一脚踩上去，不但不打滑，还会把整个人陷进去，就像是地下有无数双手，一把抓住人的脚踝，很快不见了人影。如此的情境，在我们的南太行乡村，最近的一次好像是一九六〇年，连续两个月的大雨，下得天崩地裂，万物软瘫，不少人家的房子无故下陷。最可怕的是，大雨下到最后，颜色都是黄色和红色的了，就像血，还像神仙的尿。直到现在，母亲说起那一次大洪水，脸上的恐惧仍旧深刻。

母亲说，那一次大洪水，下了整整两个月。她还说，我们家右边的那座断掉的山，就是那次发大洪水的时候倒塌的；还有村子前面的另一座山崖，也在那次发大洪水的时候，被雨水泡软，软塌下来，再被上游的大水一点点地，连石头带树木和土，……连皮带肉地刮走了，只剩下一块比三间房子还大的一块大石头，至今横在那里，好像是一块巨大的纪念碑。

大地的变迁不需要与人商量，人在其中，也只有忍受的份儿。说也奇怪，一九六三年之后，我们南太行乡村再也没有发过那么大的洪水。及至我小的时候，总是在夏季，尤其是三伏天和立秋前后，大雨总会不期而至，滂沱得天昏地暗，冲垮了河边的田地和庄稼，到下游的另一个村子，因为那里的人都住在河滩边上，一旦大水，濒临河边人家的房屋，就不可避免地被洪水掏空，然后塌掉。所幸的是，没有死人。可是，这村子的人总是以自已居住的地方比较平整，人口又多而自豪，说我们村的人，都是山里边的，还给我们送了一个外号："山葛筋"，意思是没见识、性格还特别倔。

人对地利的优势总是耿耿于怀，这和古代的带兵作战，双方对垒，有着某种渊源，但也是农耕时代耕种方便的某种意识遗留。一旦发了大水，看着下游村子的人遭殃了，我们村的人就会记在心里，再遇到有人讽刺我们山里的人是"山葛筋"的时候，就直接回怼他们说："山葛筋"也比光屁股河滩好，一发大水恁（你们）都连铺盖（即被褥）都没了。然后呵呵笑。这村的人，就不好意思再说我们是"山葛筋"了。一方地域，一衣带水，一地气候，一群"同人"，地域歧视不是一个新鲜的话题，也是一个悠久的传统。

关于大水，我幼年和少年时代经历颇多，最深刻的一次，是十五岁那年的立秋之前，连续下了一周的大雨，夜里，先是听到隐隐的，类似群兽同时低吼的声音，渐渐变大，而后传来乱石穿空的巨大的咆哮。此时，窗外的大雨下得均匀异常，听不到它变小，更没有突然加大的意思。它就那么匀速地下着，从天上，到地下，一根根的白绳子总也扯不断，就像是传说中的登天绳索，从天庭到人间。母亲说，最怕的就是这种雨，不大不小，持续时间长，大洪水就暴发得快。

后来我才觉得，所有的事物，慢就是快，快的结果只能导致早衰和灭亡，而慢的东西看起来慢，但它们深入和分解的力度却是巨大的。因此，相信缓慢的力量的例子，就有著名的童话《龟兔赛跑》。大雨是大，落地还没有停留，就跑开了，而匀速的雨，每一滴落地之后都有一个渗入和分解的过程，将干涸的大地灌满之后，再溢出和汇集，这种力量形成，就具备了不可一世，势不可当的爆破力与摧毁性。果不其然，大水的声音越来越大，紧接着传来的是巨石滚动的轰隆声，还有石头堤堰倒塌的响声。这时候，我觉得院子里有人。趴在窗户上一看，是父亲，披着雨衣，拿着一只手电，还提着一把铁锹。他在加固房前屋后的水口和水渠，以防山背后的雨水汇集起来，对我们家的房子形成威胁。

男人在很多时候的表现，是刚性的，也是“刚需”的，是对整个家庭具有决定性和方向性的成员，难怪古人称男人为“顶梁柱”“当家的”。那一次，在大雨的夜里，父亲一个人，加固了我们家房前屋后的水渠，我甚至都没有出来帮他一下。他也没有喊我一起。现在想起来，有一种剧烈的愧疚，让我心疼。人有时候的偷懒，也会酿成一辈子的遗憾。很多年后，父亲在这个世界上消失了，每年夏天，我都打电话给弟弟，让他闲暇时候，提前加固一下房前屋后的水口水渠，也要检查好电线线路，以防夏天发洪水。

大致是从20世纪90年代初期开始，南太行乡村的雨水逐年减少，三天以上的阴雨和大雨天气已经很难遇到了。偶尔下了雨，水库聚满了之后，还没入伏，我们就开始下水游泳。"游泳"这个词有点官方化，我们叫玩水。这个时节，麦子正在疯长，穗子大都沉甸甸的，秸秆和叶子青得让人想立马变成牛羊，扑在地里吃个够。我们那一带的水库，多数修建于70年代和80年代，几乎一个村一座，把上游的水，基本上都截住了。没有截住的，就从地下渗透着，流到下游的村子。

其中一座，距离学校最近。我刚上小学三年级，看着高年级的同学都下水，在水深四五米的大水库里游得浪花飞溅，我也心痒痒。可是自己不会玩水。高年级的同学就说，你把裤子脱下来，扎住两条裤腿，然后在水面上使劲倒扣，里面就充满了气，然后再把裤腰也扎住，爬上去，扑腾几下，就会玩水了。我如法炮制，果不其然，扑腾了几下，身子就能浮起来了。尽管如此，还是不敢游得太远，只能在水库的尾巴上，水浅的地方学狗刨。那些高年级的倒是厉害，一直从水库坝根游到库尾，差不多有五百米的样子。到五年级，我也就可以了。第一次从水库尾巴往坝根游的时候，正精疲力竭，忽然，一条水花蛇从水库右边的茅草丛中冲了出来，眼看就和我迎面相撞。我当然吓惨了，一阵慌乱，呛了几口水，灵机一动，索性潜水，穿过花蛇的游动路线。这一招还真凑效，我惊慌失措、四肢瘫软地到达坝根，再回头看，那条很粗的水花蛇也不见了踪影。晚上回去和爷爷说起这次遇险经历，爷爷说，这还不到伏天，不能玩水。这时候的水还是凉性的，还没有被太阳烧透。现在玩水，到了秋天的时候，可有你的苦吃！我说，这没事的，很多人都在玩水。爷爷说，你小子，不知道吧，那水库里面有一个王八，早就成精了，有人看到，那王八盖子比十个人用的铁锅还大。我惊异了一下。第二天，日光依旧烧得人脚心冒烟，我又去玩水。下水之前，我把爷爷的话说给了其他同伴。同伴嘻嘻哈哈地笑了一阵子，说，那是你爷爷故意吓唬你的，哪有啥王八精！

每一次去玩水，我们都能看到，一个女同学坐在他们家门前吃饭，我们一个个脱得光条条的，裆下的器物还没发育完全的器物总是恬不知耻地游来荡去。有时候，我们故意大喊，目的是吸引濒临水库边的女生的注意。有些女生装着不看，其实偷偷地看。到初中一年级的时候，这种情况更甚，一看到女生跟在后面，我们立马跑到水库，慌里慌张地把自己脱光，站成一排之后，一起面朝女声大喊。女生看到了，就从马路上捡石头，使劲向我们抛掷。可她们的手劲儿太小了，石头还没飞十米，就像公鸡羽毛一样落在田里或者草坡上了。

到初中，我们就开始寻找更大的水库，一个个站在高高的坝基上，脱光了，一起跳进水库。有时候姿势不对，水面拍得肚皮疼。有时候跳不好，或者水浅的话，还会被库底的乱石割伤腿脚。那些年，总是有人在夏天因为玩水溺水而亡，大都是我们的同龄人。听说了这一骇人的消息，老师一通教育，父母苦口婆心。其实，我们自己也害怕，就会消停一段时间。但没过多久，就又明目张胆，不顾死活地玩水去了。尤其是末伏前后，水开始发凉，为了抓住最后的玩水时间，我们中午也去水库玩水。

秋天来到了，水也变得少了，一个是雨水少的缘故，另一个，收了玉米，就又该种冬麦了。种冬麦之前，人们都要先把地浇一遍，存些墒，有利于冬麦发芽和成长。如此，水库的水就被放光了。一座座的水库，就会干涸见底。我们只能一座座地找，一座座的失望之后，才彻底打消这个念头。而更痛苦的时候也随之来到，那就是秋天肚子胀，不断地拉肚子，有时候是半夜，肚子疼得犹如刀铰，然后是无法控制的一泻千里。这时候，父母亲就会埋怨说，不到伏天还去玩水不？立秋了，还去玩水不？我捂着肚子痛哭说，俺以后再也不了啊。

可人这个东西，总是好了伤疤忘了疼。来年春天，我们依然如故。直到自己真正的长大了，有了羞耻心，也有了安全意识，懂得了爷奶父母的苦心，这才收束了自己，即使看到水库满盈盈的，水色碧绿，一圈圈地涟漪在其上荡漾出好看的波纹，我们也绝不再随便下水玩水了。二十年之后，我们南太行乡村的水库多数废弃了，一些是被大水冲垮了，更的则是水源枯竭，封住水闸，十天半月，也聚不满一水库的水。到现在，连人吃的水也很少了，水管时常断流。

云峰山上下

春节后开学最初几天，同学们都很兴奋，说的谝的都是过这个年前后，亲戚们给了多少压岁钱，家里买了多少根二踢脚和多少挂花炮，还有在外地工作的哥哥或者姐姐给自己买了啥好吃的和新衣服，等等，还有一部分同学，炫耀自己春节去哪儿玩了之类的，而大多数同学，基本上没有这个条件，比如我，还比如大寨山下的某些村子的同学。听那些家境比较好的同学说这些事儿，我们只好躲得远远的。大寨山下的同学就说，他们大年初一爬上了大寨山。还说，大寨山上，有个特别好的泉眼，一年四季水不断，清汪汪地，哪怕山下旱得天崩地裂，那泉水也不枯竭。

自此之后，我就对大寨山特别向往，有一年春节，我对母亲说，想上大寨山去。母亲说，挺好的，那上面有个寺庙，还有泉水。不过，那寺庙20世纪60年代时被拆了，也早没了和尚。最近几年（80年代中后期），大寨山下的村子的人也不知道咋想的，又集资建了一座庙。母亲还说，那山崖上的泉水，人喝了，一年内肯定不生病。从前，村里有人生了治不好的大病，他们的孝子贤孙们就爬上大寨山，打点水回来，给病人喝了，有的神奇地好了，有的没好。我听了更是向往，爬上大寨山的愿望更加强烈。可也不知道啥原因，每年都决心爬上去，可每年都没有实现。

再后来，我离开了家乡。再回来探亲时候，嫁到大寨山下村子里的表姐，带着她的女儿和儿子来我们家看我，还带了一些野生的木耳。这位表姐，是大姨和大姨夫唯一的女儿，长得不算好看，长脸、不大不小的眼睛，个子大约有 1.65 米的样子。没有读过书，性格也木讷，有时候也显得不懂事，无论对谁，都极少说话，总是沉默着。表姐带着孩子走后，母亲才告诉我，那野生木耳是表姐带来，专门送给我的。我说，表姐也不宽裕，她应当留下卖个钱，贴补家用的。母亲说，这是你表姐从大寨山上采的，也算是人家对你的心意。这时候我才知道，大寨山上还有野生的木耳。弟弟说，大寨山上有很多桲树，我们习惯叫栎树，青冈木属，据说原产自北美，不知道啥时候被移植到我们南太行乡村的。我好像在北京西山一带也见过此类树种。如此来说，大致是从北京燕山一带，逐渐在太行山上引种开来的。

这栎树，还可以嫁接成板栗树。这两个树种，大致是同母异父的兄弟。因为桲树很好活命，尤其在土地贫瘠的阳坡地带，只要有点土，桲树就可以活下来，并且长得非常壮实。每年，有不少人到大寨山上砍柴，有的树桩会再长出新的树芽，有的就干枯死了。过了夏天的阴雨天气之后，树桩上就会生长出木耳来。先前，村里人不知道木耳能吃，后来不知谁家学农业和果木栽培技术的大学生回来之后，说这个是很好的野菜，于是乎，村人就去采来，多数人家晾晒干了拿去卖钱，少数家境好的，就自己吃。表姐的情况，肯定是采来拿去卖的，但她觉得我回来了，没有啥好的东西当礼物，就拿了五六斤干木耳给我，如果折合成人民币，怎么说也得一千块钱以上。

这时候，正是腊月，马上又要过年了。看着表姐给的木耳，我又想起，大寨山离我们不过五里地，可我从来没有上去过。据说每年大年初五，很多人上大寨山，去拜佛，山上还有一座山神庙，据说很灵验，有不少人上去求神拜佛的。越说我越心动，大年初五，吃了早饭之后，我就和弟弟一起骑着摩托车，先是到大寨山下的村子，然后沿着村后的羊肠小路，跟着许多提着香烛纸箔、馒头苹果等祭品的人，爬大寨山。山的海拔大致有 1200 多米，也不算我们这一带最高的山，但爬起来尤其艰难，主要是坡度太陡，几乎都是乱石和荆棘，虽然有人清理了，可还是磕磕绊绊，极难攀登。

路上也遇到不少熟人，有同学，也有亲戚。一边气喘吁吁地爬山，一边上气不接下气地和他们说话。东西南北的，说一通与己无关的国际大事和别人的喜怒哀乐。差不多走了半天时间，冒了好几身臭汗，才走到目的地。这是一个巨大的石崖所在，东西长有两公里，石崖呈黄白色，镶嵌在大寨山上半部分。也就是说，到这里，其实还没有到达山顶，但寺庙和山神庙都在这里。所谓的庙，其实是石头垒砌起来的简易房屋，里面放着一尊塑像，还不是佛教里面的佛陀，倒像是道家的某位尊神。

这时候，里面有一个巫婆，在里面专门替人烧香，她用极其夸张的歌唱声来表达人对神的跪求与敬仰之情。庙旁边，还有一面石碑，上写“重修佛岩寺碑记”，才知道这座早已乌有的寺庙修建于唐代，至明代万历年间又有重修。而这大寨山，起初的名字叫作戴家寨和云风（峰）山。可是，查遍周围的村子，居然没有一户姓戴的人家。这名字，大抵是很久远了，也许是在某个朝代，为土匪啸聚之所，或者为某个驻军所在的营寨。至于云风山或者云峰山，倒是好理解，即以山高云深而得名也。

我沿着石崖走到山的东边，沿途所见，都是羊子们的痕迹，崖下有一块地方，羊粪还很厚，大致是夏天的时候，哪个村子的羊群总在这里过夜的缘故。旁边就是常年不竭的泉水，一共有三处，其他人说，这泉水，以前叫龙池。那佛岩寺中，原先有各种佛像 53 尊，还有一口铸于明代的铜钟，但都被破坏了。

从东边的斜坡上抓住荆棘爬上去，就到了这道石崖的上方，起伏的山坡上，仍旧密集地长着梂树，大小不一，稀稠不同。但更多的则是块块兀立、形貌奇特的岩石，以及掉光了叶子的黄荆。再向上爬，大约 300 米，到山顶，哎呀呀，居然是一片平阔之地，密集的蒿草呈枯黄色，在冬日阳光的照耀下，则发出金黄金黄的颜色。总面积大致有一千平方的样子，平展展的，简直就是天然的跑马场和运动场所。

这或许是古人练兵的地方，也可能是某些神仙的居所。早年间，我就听爷爷说过，这大寨山的样子，就像是一把结实的太师椅，两边还分别有一座山，东边的叫东小寨，西边的就叫西小寨。有人说，这山下的村子里，一定能出一个大官，而且是宰相级别的。可不知道哪一年，从南方来了几个人，说是受皇帝之命来这里勘察地形的。他们在大寨山上下和四周的村子里转悠了几天，数日之后，便有人来到这里，修建了一座庙；也在不久之后，来了两位修行的和尚，在这里住了下来。村里就有人说，这山本来是一个好地方，风水也属上乘，一修庙就给灭掉了，再也不会出什么大人物了。这大致是村里老年人的一种说法，有根据和没根据都不重要，重要的是，这大寨山虽然没有山西昔阳大寨在现代那么如雷贯耳，可在我们南太行乡村，也算是声名赫赫的一处所在。

站在山顶，武安市、邢台县和沙河市的西部农村尽收眼底，零散的村庄横七竖八地堆在山下的各个山坳里，向东，可以看到明朝末年大名总兵卢象升剿灭李自成残部的奶奶顶和老爷山。这老爷山，又叫北武当山，是张三丰修行处之一，至今，老爷山正面的绝壁上，还插着一把剑鞘，据说是当年张三丰斩杀蛇妖，为民除害之后留下的。向西，可以看到“牛郎织女”故事的策源地山西和顺县、横亘在晋冀两省之间的摩天岭以及修建在其上明朝真定十三镇之组成部分的峻极关、郭公关和货郎神关等。

下山的时候，一直是踉跄和趔趄着的，有几次，差点头朝下栽下去。我想到表姐和其他乡亲上山采木耳的不易，心里觉得很过意不去。回家之后，就对母亲说了。母亲说，过年去给你舅舅妗子磕头拜年的时候，可以去你表姐家走走。我点头同意。按道理，亲戚到了表姐和表哥与表妹及表弟这一代，亲情就淡了很多。可母亲和大姨、小姨，还有两个舅舅的感情非常好，亲情自然也很浓。大年初二，去舅舅家磕头拜年之后，我和弟弟又去了表姐家，也给表姐、表姐夫磕头拜年。

此后多年，每次回家路上，都能看到大寨山，但再也没有爬上去过，也总是会想起表姐给的木耳。大致是2006年，一天傍晚，我接到弟弟电话，弟弟哽咽着说，可毁了（即事情到了绝路和无可挽回的程度的意思）啊！然后说，咱大姨一家出事了。我一听急了，吼着让弟弟赶紧说，弟弟说，大姨出了车祸，昏迷了，在医院抢救，表姐和他的唯一的儿子，当场没了。大表哥、二表哥和三表哥的孩子，都是严重受伤。

这莫名震惊，令我半天没回过神来。也想到，大姨家这种遭遇，在我们南太行乡村上万人口当中，可谓百年不遇。一家人中一人遭难，或者横死的情况很多，可是，一家人同时遭难的现象，可谓闻所未闻。现在，我觉得还是极其诡异的一件事。大姨最终神志不清，一年多后去世。奇怪的是，大姨神志清醒的时候，居然也不问表姐，好像全部忘了一样。据母亲说，表姐死得很惨，头部被三角石头直接切开了，她和表姐夫生的唯一的儿子也当场没了。我唏嘘不已，悲痛莫名。直到现在，每次看到大寨山，脑子里就出现了表姐和她已经十六七岁的儿子。心里边隐隐的痛，火焰一样地跳跃着，烧灼着我的心。

仁慈的野菜

我肯定吃过，有点香味，但不能算是花香，有点像无毒的嫩叶子的蒸熟了的味道。吃起来有点掣（形容在下咽的时候喉咙有割裂感）嗓子，但口感还是不错的。每年春天，南太行最先来到的，把自己送到天地之间和人及牛羊嘴边的，就是榆钱儿。榆树不算很多，多生长在洋槐树林之间，或者村子边上的荒坡上。开始的时候，榆树也是以灌木的形式，一丛丛地生长，几年后，也只有其中一株能够冲天而起，长成比较大的榆树。这种残酷的竞争，在树木当中也很常见。

榆钱金黄，黄得好像小型的金叶子，叶片透明，呈蝴蝶状，一枚枚地从干枯了一个冬天的枝叶上生出来，乍看起来，似乎一串串的铜钱。大致，榆钱的名字，就是由此而来。有一年春天，母亲带着我，又拿了一个头上带铁钩的长杆子，还挎了一个黄荆编织的篮子，出家门，走到村子后面的一道小山沟里，先是在树下仰着头看了半天。我也看。榆树周边的树枝早就光秃秃了，连叶子也不见了。母亲嘟囔说，唉，来迟了，榆钱就都被其他人捋光了。

但树高处还有，母亲脱了鞋子，叮嘱我在树下好好待着，不要乱跑。我懵懂答应。我刚坐下，就看到母亲撅着屁股，两只手抱着榆树树干，猴子一样一下一下地向上爬。我也仰起头看母亲，心里想，这个人真有本事，还能爬那么高！到树冠上，母亲用手，折了一些细小的长满榆钱的榆树树枝，然后丢在树下的茅草上。这时候的茅草也才冒出新芽，可去年的枯草的尸体还乱蓬蓬地扎在一起。

当然了，把结满榆钱的榆树树枝扔在乱草上，减轻受力点，上面的榆钱就不容易掉。这也是一种劳动的智慧。母亲在树上张望了一会儿，可能觉得没有可以折的树枝了，就从树上倒退着下来了，穿上鞋子，把地上的榆树枝子捡起来，自言自语地说，差不多够咱们吃上一顿了。然后拿上工具，牵着我回家。榆钱饭的做法，我在那一次就学会了。具体方法是，把榆钱捋下来，清水洗干净，和玉米面（麦子面当然更好，但那时候麦子面家家都很少）掺在一起，加适量食盐，然后再放凉水，用筷子搅匀之后，然后放在有笼布的篦子上，铁锅加清水烧开，差不多二十分钟，就熟透了。揭开锅盖，将篦子取出，再用勺子把蒸好的榆钱饭舀在碗里，拿筷子吃就行了，倘若条件好点的，再撒点香油会更好吃。

几乎家家户户都是如此，榆钱饭的香味从村东飘到村西，甚至连茅房里都充斥着榆钱饭的味道。再后来，父亲对我说，闹大饥荒的那几年，别说榆钱了，榆树皮都被人剥光，磨成面粉吃了。其实，在我小时候，母亲也习惯做面条、馒头的时候，往麦子面粉当中放点榆皮面，做出来的馒头和苗条就很滑溜，吃起来顺口。榆钱也有健脾安神，清心降火，止咳化痰，清热利水，杀虫消肿等功效，可以治疗失眠、食欲不振、带下、小便不利、水肿、小儿疳热羸瘦、烫火伤、疮癣等，说起来，也是一味中药。

看起来，大地上的植物，多数是对人有益的，只有少数的，自身的防御性极强，甚至还有攻击性。

榆钱被人们采光没多久，灰灰菜就一枚枚地冒了出来。这种菜，大都长在河边，麦地边上和没有草的荒坡上也很多。人采了，拿回来，先洗干净，再开水烫一下或者稍微煮一会儿，捞出来之后，切成小段小段的，有条件的，加食盐之外，还可以把花生油或者核桃油烧开，然后倒在灰灰菜上面，更好吃。当然，灰灰菜还可以直接放进面条锅里，具体方法是，等面条快煮熟了的时候，再把洗干净的灰灰菜直接放进去就可以了。

尽管灰灰菜很多，但我小时候却吃得不多，主要原因是，母亲吃素，也更不愿意花心思在吃喝上，以至于现在的我和弟弟，也都对吃的丝毫不讲究，只要能吃饱，吃啥都行。也没有光吃菜不吃主食的习惯。其实，南太行大部分人家都是如此。这一带的人，大致是因为蔬果种类少，再加上地处偏僻，经济状况一直不怎么好的缘故，人们对吃的追求向来没有什么动力。到90年代中期以后，方才有人家追求吃得好。那时候，谁家门前堆的鸡蛋壳稍微多一点，其他人就会说，哎呀呀，看人家生活好的，天天吃鸡蛋！羡慕之情溢于言表。当时的村里，只有乡政府所在地才有卖生鲜猪肉的，对于谁吃肉多，屠户和肉贩子是最掌握实际情况的。往往，经他们无意中一说，人们就会以为，吃肉多的人，肯定是富有的。尽管，其中也有几个家境并不好，但喜好吃肉的“吃货。”

灰灰菜告终，或者长大了，茎干粗了，叶子也老得人嚼不动了，也就免除了被人采挖和嚼食似的悲惨命运。但天地自然从不薄待任何人，灰灰菜之后，南太行的乡野便又一次进入了草长莺飞、众生喧哗的热闹时节。接下来人们喜欢吃的，就是洋槐花了。这种树木，据说也来自北美，其花成串，洁白的，只有花的尾部，有些呈粉红色或者暗红色。这是蜜蜂最喜欢的一种花朵，每年农历三月初，远近养蜜蜂的，就都把蜂箱搬到了洋槐树林的旁边，便于蜜蜂就近采撷花蜜和花粉。但在我小时候，个人养蜜蜂的还很少，山上的洋槐树一旦百花齐放，人们便都挎着黄荆篮子，篮子里放着镰刀，还有麻袋，直奔洋槐树林，捋下洋槐花之后，小心放在篮子里，回去自己做着吃。方法和吃榆钱饭差不多，但洋槐花饭肯定要甜过榆钱饭，吃起来，就像是吃蜂蜜一样。洋槐花据说有凉血、消炎、抗溃疡、预防动脉硬化等卓越功效。除了简单的槐花饭，还可以用来炒肉、炒蛋，凉拌着吃。

捋下来的洋槐树叶子，用麻袋扛回去，或者架子车拉回家，用菜刀切碎了，放在清水缸里，再放上一些麸糠，等叶子和麸糠发酵了，有腐烂的味道之后，再喂给猪猡吃。猪猡极其喜欢，每次都吃得嘴巴甩得震天响，哼哼唧唧地，吃了一猪槽还不够，还嘶哑着猪嗓子，要主人再给些。

和榆树一样，洋槐树的叶子再生能力极强，但它们也都不会一年开两次花。到农历三月底，以前白灿灿的，把黑夜都照得明亮的洋槐花，一旦消亡之后，更加浓绿的叶子就把白天也映得有些黑了，坐在洋槐树林里，有一种阴沉压顶的感觉。只不过，这洋槐树下，要是水多，土质较为松软一些的话，多数地方还生有柴胡这种药材。只是，柴胡只能泡水喝，不能生吃，还有党参、黄芪等药草。如此到夏天，南太行乡村一带可以吃的东西，除了半生不熟的苹果、李子和梨子之外，其他的就只有茄子、辣椒、黄瓜、西葫芦、�子、土豆（当地人叫山药）等人种养的蔬菜了。其中，西葫芦的瓤子，是我小时候最爱吃的。做的方法也相当的简单，即，切瓜时候，专留下瓜瓤，放在锅里（无论锅里煮的稀饭还是面条）煮熟，捞出来，放点盐，再搅碎，连瓜子一起吃，味道鲜美，美不胜收。

再就是土豆、嫩玉米，但这些都是正常的庄稼和蔬菜，算不得野生的食材。到了秋天以后，就是红薯、花生和南瓜可以煮着吃了，而且不用太多的油盐和调料。柿子、山楂和板栗、核桃等，虽然可以生吃，但不是正经的、可以填饱肚子的食物。

南瓜在北方，也叫冬瓜。春天的时候，可以随意把它们的种子丢在地里，待它们长出新鲜的蔓子之后，再施肥，而且最好是大粪来灌，会使得这种瓜越长越大，还一条蔓子上结很多的瓜。至今，南太行乡村的人不知道嫩的瓜蔓可以炒菜吃，即使掐掉了，也会丢掉，任那些新鲜的蔓子，被毒烈的日光烤成蚯蚓状的黑条条。另一种，便是红薯叶子。南太行乡村人也觉得这个不能吃，以前多数用来喂猪。后来，极少人养猪之后，也就任着红薯叶子一点点延长，一点点变老，到最后，刨了红薯，红薯蔓子和叶子也被丢在了地里，慢慢地被风抽干水分。

余下的酸枣，可以磨成面粉，解毒利肝，安神，还有敛汗、生津的功效；多用于治疗虚烦不眠、惊悸多梦、体虚多汗、津虚口渴等症。但这种东西，酸性太大，吃几颗，牙齿就受不了了。其核磨成面粉，可以冲水喝。我幼年时候，家里的灰猫多次吃了他人用药毒死的老鼠，气息奄奄之际，母亲用酸枣面，加上温水，给猫灌进去，几个小时后，猫又活泼如初。说起来，这也是一味神奇的土药方。

还有栎树（俗称椽树）的果实，与板栗相像，但外壳的刺比较粗一些，不怎么扎人的手。里面的仁呈圆形，有拇指肚那么大，色彩黄白，也和板栗很像。这种树，据说叫河北栎树，多长在日光强烈的阳坡，土质比较贫瘠的地方。春天长出叶子，深秋干枯，但不轻易落，需要冬天的北风持续不断地扫荡，方才片片凋零，堆在树下，形成一个涵养水分的地方，一来，滋养大树继续成长，二来，还在根部生一些蘑菇，但毒性很大，一不小心是要中毒的。早年间，村里有人捡了栎树的果子，去皮，放在碾子上碾成面，再加点玉米或者麦子面，搅成团，放在锅里蒸熟，切成条条状，犹如凉粉一般。再加上食盐、些许醋和香油，就可以吃了。但这种吃食的苦味，吃过的人都说自己尝到了人生的无常，世间最深的苦。也觉得了活着的卑微和不容易。

剩下的冬天，山里的山楂、野葡萄、酸枣，即使人种植的玉米、红薯、萝卜、花生、谷子、黄豆、绿豆、南瓜等，也会在地里留一些，但多数是无意中留下的，给松鼠、野兔、鸟儿等捡着吃。从这一点上说，人和动物之于大地，是仁慈无比的。

我还记得，在我们南太行乡村，春天和秋天，还有一种隐秘的吃食，那就是野韭菜和野韭菜花，还有野葱。这些与杂草混淆的野生植物，多数生长在陡峭的，且水分较为多一点的背坡，也就是阴地。采撷比较困难。我幼年时候，很多人去采回来，洗净，控干水以后，再放点食盐，捣成碎末，无论吃面条、米饭，还是稀饭、烙饼，都可以夹一点，就着饭吃。牛羊也极其喜欢。据说有很强的消炎功效。大地从来都是没有轻重薄厚之分的，它给予人和其他动物的，都是同样的食材。

青 刺

满山都是板栗树了，前后没几年，就完全性地遮蔽或者说取代了原先的荒坡，即使在我小时放过羊的，堆满乱石，土质坚硬的后山坡，也都绿叶婆娑，三四年树龄的板栗树一棵棵开枝散叶，覆满了整个南太行的乡野。大致十多年前，板栗树也有，但多是村里先人们栽种和嫁接的，多数大致有水缸那么粗，有的需要两个人合抱。新的板栗树崛起之后，老的板栗树多数在时间中阵亡了，它们的枝干被村人砍了拿回家去，做了柴禾，烧饭吃了。

村人说，从前，相邻的邢台县农村多数种植板栗树，一年下来，平均每户能卖到十几万块钱。这在偏僻的南太行乡村，当然是一笔可观的收入。再后来，我们这边的农村也被“封山育林”，一时之间，先前在山坡或者河边低吼的黄牛，以及登山如履平地的黑山羊彻底没了踪影。次年夏天，牛羊翻来覆去啃食，因而有些光秃的山坡绿草葳蕤，黄荆的嫩枝条蹿起一人多高，屡屡被羊的牙齿啃得浑身斑白的洋槐树也逃脱了有史以来的灾难，进而嫩枝横生，不断伸向各个方向。

我们家背后的山坡上也是板栗树，是父亲还在世的时候，买的树苗种的，嫁接之后，很快就结果了。板栗树春天生叶子，然后开花，花状呈长条形，犹如加长版的毛毛虫，一根根地悬挂在边刃上长着尖刺的叶子中间。板栗树的叶子，犹如刚出生婴儿的手掌，初生颜色暖黄，继而清脆，至秋季，则蓝得发黑。一条条的板栗花，犹如好看的金黄色的门帘，挡住了树叶和树叶之间的某些缝隙。大约十多天后，板栗花枯萎、变短、萎缩，有的直接掉落，有的则会一直待在原处，与新生的浑身长满绿刺的板栗果纠结在一起。

板栗这种果实，大抵是我们南太行所有树种里面最有自我保护意识的，也是最具备抵抗外力侵袭能力的，此外，就是著名的漆树和核桃树。其他的树木，都较为温和，也极其擅长逆来顺受与随遇而安。就像几千年来，我们的祖先，一直到父母这一代。树木乃至其他的生灵，大抵也是地域性极强的产物，同时也和当地的人，性情、脾气、观念、意识和文化缝隙有着紧密甚至相互构成与催发的关系。

每次在春夏秋时节回去，整个南太行的茂密与青翠，总是令人想起“仙境”或者生态极其良好的地方。当然，从生态角度看，矿产资源较少的北方乡村，相对于其附近的大小城市，自然环境的完整度还是比较可观的，当然也是周边大小城市人群周末和节假日寻求放松的、就近的休闲去处和旅游资源。据村里人说，这些年来，有不少离退休的城里人，不断回到乡村，专门寻找那些带有土炕的旧了的石头房子，花千把块钱，租下来居住，至冬天方才返回。因此，多数人家看起来被绿苔和荒草侵袭的老房子大都还在。有的人家，还在老房子前后种植了板栗、苹果、山楂、柿子、核桃、樱桃、杏子、梨、桃等树种，一来不使空间闲置，二来还可以多一些吃的。要是有人租住的话，也是一道风景，为乡村的田园意味又增加了一层色彩。

站在我家背后的山岭上，环望四野，起伏奔走的各道山冈的阴面和阳面，大都是一片片的板栗树林，即使没有路的后山之中，生硬的岩石之间，也都长着板栗树。其中，村里有一位堂哥，与我父亲年岁差不多，许多年以来，以后山为家，毕十多年之功，硬是将先前犬牙差互、岩石深嵌、碎石成堆的山坡修成了一片大的板栗树林，并且，春夏时节，还在板栗树林中点种了玉米、芝麻、黄豆、花生等农作物，一年下来，板栗树和玉米、豆类等，都能收获几千上万斤，卖几万块钱。这也是一种不错的生活。在这位堂哥身上，我看到的是人定胜天的“奋斗”精神，也觉得，他于荒山野岭之间不间断的农业劳作，也是一种有意思的晚年生活，既劳动锻炼身体，又可以在这几无人迹的山里，获得一份心灵上的安静。

可我挺反对这样的，南太行乡村，几十上百座自然村，家家户户都在栽种板栗树，挖掉原先的黄荆和酸枣树，也将原生的野草驱逐干净了，尽管板栗树一年年长大，根部向着黑暗而坚硬的地下不断扩张，树冠乘着日光和风，吮吸着大地的琼浆，朝着四面八方拓展，也努力接近青天。但自然本是多样性的，板栗树的板栗能卖钱，人们便都偏爱这一种，以至于每一片板栗树林之外，其他树种皆是异类，如洋槐树、楸子树、酸枣树、黄荆等，一旦接近板栗树，无一不遭到人们的斩草除根式地彻底驱除。早年间，母亲在院子东边种了一些毛竹，不几年时间，这南方普遍的植物，竟然蔓延了整个北方的山冈，其色四季苍翠，成群的细竹根根峭立，以柔软而强大的姿态，为我们家带来了一道别致的风景。有几次，母亲居然把那些竹子砍掉和挖掉了一些，说是要种板栗树。我听说后，坚决制止。说，这多好啊，板栗树很多，可是竹子，在咱们南太行，这还是独一家呢！

母亲这才答应，再也不砍竹子了。每次回去，站在板栗树之外的竹林里，恍然置身于另一个地域，竹叶尖尖，犹如匕首，质地也相对坚硬，相互摩擦的声音，有一种飒飒的清爽之感。我这才觉得，苏东坡"宁可食无肉，不可居无竹"的真正况味。

到了夏天，先前犹如线团的板栗越来越大，浑身的青刺，向着所有来犯之敌，哪怕是狂风，也难以吹到它们的内心。板栗生长的状态，像极了所有哺乳动物的怀孕过程，在胎儿尚未足月之前，任何外界的干扰和可能的伤害都被母亲遮挡了。农历六月和七月初，板栗持续膨大，摘下来，用石头或者锤子砸开，里面的果仁就有些饱满了，表皮正在变黑，内仁洁白而微微泛黄，吃起来清脆，但没有什么甜味。

果子还没熟，人为地中断它们的发育，有些残忍和暴殄天物的感觉。到农历八月底、九月初，风忽然凉下来的时候，大地也跟着降低了自身的温度，整个南太行乡野，瞬间就感受到了时节轮回的那种不容置疑的强大张力。这时候，板栗树的叶子也开始老化，大地停止了对它们的营养供应，板栗树本身，也像是一个鞠躬尽瘁的忠心之人，知道自己的使命差不多完成了，便开始迅速衰败下来。

日光是最好的抚慰，也是最犀利的剥开。不几天时间，原先全身布满铁栅栏的板栗纷纷打开了自己的城门，里面的板栗果仁露出了它们浑圆或者弯月形的身材，并且在不断的日月轮换之中，嫩嫩的皮衣开始变黑，而板栗外壳，也开始张大，萎缩，果实在一夜之间，就代替了板栗树和板栗外衣在天地之间的现实生活。为了防止板栗自己掉下来，人们拿了长杆，提着黄荆编制的各种篮子，站在板栗树下，采摘秋天的果实。如此几天，板栗们便都成为人们的战利品，被放在院子里，然后被剥开，放在日光下晾晒，再或者，直接卖给收购的人，进而被运到更远的地方，一颗颗地进入不同的嘴里和人体。

我从重修于明万历年间的《沙河县志》上看到，明、清两朝，我们南太行的板栗，也是贡品之一。这里的水土适宜，板栗仁儿越放越甜，但个头不算很大，但饱满度，还是可以的，大的如青李子、小的也有一般瓶盖模样。李时珍《本草纲目》说，“咸、温、无毒。主治腰脚无力，小儿口疮、鼻血不止”等。母亲说，这些年，村里板栗种植多的人家，遇到好的行情，一年也可以卖十多万，最少的，差不多三四万块。要是果真如此的话，这一带乡村人们的温饱问题算是解决了。可这些年以来，南太行乡村一带的气候也有了明显的变化，一是春夏干旱，秋冬无雪的现象越来越多，甚至连续三四年都是这般，以至于先前的小河已经全部断流，泉水干涸。二是夏天的雷电越来越低，有几次，击穿了村子旁边的电线杆，目击者称，当时，电线杆浑身通红，他们打比方说，犹如孙悟空的金箍棒。三是遍地栽种板栗树之后，其周边的荆棘和杂草全部被清除，多数山坡裸露，犹如一块块的瘢癣，猛然暴雨之中泥沙随流下奔，水土流失严重。

利弊总是缠绕着世间万物，自然界也不例外。就像板栗外壳遍布的青刺，既是母亲般的保护和防御，也是拒绝其他事物靠近的武器。人们热爱的，只是板栗的经济价值，从而精心地栽种与呵护。

这其实也不公平，爱板栗而弃其他树种，似乎是对生物多样性的人为改造。

无论何时，人总是功利的，或许，这种功利是集体性的，因为，在物质和货币的社会层面，凡物都在交换，等价或者差价，次或者好。这也不能够怪任何人。每次回到南太行乡村，闲暇时候爬山，去小时候经常去的地方，重温一下童年少年时候的某些心情与情境，无不与板栗树遭逢，几乎每个角落，都静默着大片的板栗树，挂着果子或者果子稀疏，或者满身青葱，或者光秃凋零。即使村子之外数里的明长城遗址，没人居住的，传说张三丰修行过的和尚山上，也充满了极好辨认的板栗树。有一年夏天，傍晚的时候，趁着落日扑上西边山顶的时刻，坐在板栗树下，山风吹来，凉爽得令人有一种神仙的感觉，满树的绿叶之间，以青刺而全身戒备的板栗摇摇曳曳，那种姿势，令人想到美妙的诗歌，而且是那种充满力量的不朽之作。

附近的山上

我做梦也没想到，十岁之后，我每天醒来，第一眼就看到了张三丰修行过的山峰。它就在我们家对面，中间是一道低岭，过了村子，之后是长而弯曲的一道大河沟，再向上，就是森林开始的地方。郁郁苍苍的森林，据说播种于20世纪70年代，一色的松树，间杂着楸子树、黄荆、柿子树、核桃树、山楂树等。整座山呈馒头状，但山顶上，分别又凸起两座石崖构成的山峰，左边的两个，像大拇指和食指，右边的有三个，如中指、无名指和小拇指，合起来，就是一只巨大的手掌。分开的话，一个叫和尚山，一个叫茶壶山。如果越过邢台和邯郸的分界，也就是明长城所在的山岭，到武安市活水乡牛心山村外，再看，和尚山，就真的像是一位身披红色袈裟，双手合十，向西默诵的和尚；茶壶山也真像是一只茶壶。

我们家原先也在村子里住，对着一道河沟，再一座低岭。搬到这里的原因，是母亲和父亲在村子里老是受人欺负，为了躲开他们，下决心在村子前面阳坡的一个小山坳里修建了新房子，修好之后，就搬了过来。在乡村，至今的情况大致还是，谁家有钱有权，或者人口多，谁就是王者；人口多，拳头大，或者政府里有人，或者赚了点钱的人家，往往不怒自威，不战而胜，像我们家——父亲是独子的人家，再加上没钱没权，当然是众人欺负的首要对象。当然，这里面，还有自身的原因，比如父亲生性木讷，不多管事，又嘴笨，母亲和我与弟弟被欺负了，父亲还反过来怪母亲话多惹事。父亲说的也是实情，母亲生性就是话多，一句话，一件事，总要说几遍，更要命的是，与人交往中，信口开河，本来好心也能让人误以为使坏。

搬到这里，路都是父母亲修的，随后，又有一家跟了过来，至今两家还矛盾着。每当家里和邻居闹矛盾，我就想，要是现在能遇到张三丰就好了，我可以拜他为师，学些武艺，不用去欺负别人，威慑住那些“软的欺，硬的怕，见了驴锤子圪蹴下”的，“弱者愤怒，挥刀砍向更弱者”的坏人们。可爷爷说，张三丰是啥时候的事儿了？都几百年了，现在去哪儿都找不到武艺高强的人了。我沮丧。爷爷说，这和尚山上，张三丰是住过一段时间，可他住的时间最长的是老爷山，到现在，他当年那柄斩妖除魔的包间，还插在几百长高的山崖上面。我说老爷山在哪儿？爷爷说，就在咱们乡政府前面，再向南拐一个弯儿，到大欠小欠村以后，再上山，就是老爷山了。

所谓的老爷，其实就是真武大帝。按照传统道教的说法，真武大帝乃是北方之神，也就是玄武大帝，据说是太上老君的第八十二个化身。有一年，南太行乡村忽然兴起了捉蝎子收蝎子之风，一只成年蝎子可以卖到一块钱，最高的时候卖到一块五。半大不小的，可以卖七八毛钱。放了暑假之后，我们这些财迷和非财迷就被父母驱赶着，去山上捉蝎子。那时候，我的财运特别差，别人一天捉几百只，我最多捉不到二十只。每一次，看着别人家孩子提着铁桶或者塑料袋子去卖蝎子，一会儿几百块就到手了，我总是不敢近前，怕被别人笑话。我母亲和其他人的母亲攀谈起来，问到我一年捉蝎子卖了多少钱，她也羞于出口，一个暑假下来，我捉的蝎子，总数不到两百只。我发誓要多捉蝎子多卖钱。于是乎，就约上一个和我捉蝎子捉得少的同村同学，离开众人经常翻的村子四周的山坡，迈开双蹄，马驹子一样直奔茶壶山和和尚山。

这山看得低，路也近，可走起来，才知道，看山眼里边，走路累死人的真实含义。这茶壶山和和尚山，在我们当地人心里，不仅是制高点，也是有传说的神奇地方。其一，说不少人看到，每当下雨后，天空放晴之时，站在其他山岭上看，只见茶壶山、和尚山四周金灿灿的一片，老人们说，那是长虫（蛇）出来晒太阳了。还有的说，某年夏天，他亲眼看到一条大粗蛇，从茶壶山飞起来，到河沟里饮水，然后又赤条条、粗楞楞地飞回去。我奶奶坚持认为，茶壶山上有仙茶，谁喝了，谁可以长生不老，要是有了病，喝了那茶，也可以起死回生。还说，那飞蛇，就是看护仙茶的。谁要是想采茶，就那条飞蛇，人肯定打不过不说，还会被它一口吃了。

我俩翻山越岭，一路翻石头，心里期望每一块浮动的石头下面，都有蝎子，最好是一块石头下面，有几只或者一窝。可我们走到茶壶山跟前，翻了无数的石头，捉的蝎子比平时还少。

有些懊恼。就坐下来吃带的干粮，喝水。那位同村同学，和我同岁，他的父亲是一个极其会讲故事的人。两个人闲聊的时候，他说，娘的，算球了，咱们捉不到蝎子，不如去开开眼界。我说，这深山老林的，开啥眼界？他说，你不知道吧，听俺爹说，这和尚山凸起的山崖上，有一个石洞，里面有石桌子、石椅子、石炕，要不，张三丰咋会选择在这里修行呢？我一听，就有些好奇。

两人走到和尚山跟前，这是主峰了，但主峰以上，又凭空长出了两座巨大的，足有100米高的两座红山崖，我俩一前一后，抓着茅草和荆棘，爬到山崖的中间，果真有一个很大的山洞，可到山洞之间，还有很深的裂缝，根本看不到底。我俩面面相觑，觉得不能冒这个险，只好原路返回。回到家，也没敢跟父母说。倒是写作文的时候，我把这次经历写了出来，语文老师一看，说很好，并且把我介绍给了乡文化馆的馆长，那人姓朱。他看了我的作文之后，拿出一张报纸，我一看，报纸上有他的文章，写的就是我们茶壶山、和尚山。从他的文章中，我才知道，这和尚山上，不仅住过张三丰，抗日战争时期，我军一位高级将领也在那里住过一段时间。

被老师一表扬，我就飞起来了。对这类的探险或者说当地性的书写，兴致忽然越来越大。有一次，我听说，我们村子与武安市交界的山岭上，有一些长城遗址。具体是哪个年代的长城，谁也不知道。趁着一个周末，我和表哥一起去看。走到跟前，才发现，那里早就立了一块水泥碑，上写省级保护文物，明长城。再到文化馆查看《沙河县志》，才知道这里的长城确实是明代“真定十三镇”长城防御体系的一部分，这里还有一座关，名字叫作郭公关，再向东十华里，还有一座大岭口关，武安市长寿村与山西左权拐儿镇接壤的山头上，还有一座货郎神关。这一段长城，当时主要为了防止蒙古俺答汗大军从山西翻越太行山，直入冀南平原，向北可以直逼京师，向南越过黄河，占领中原等战略要地。

可惜的是，那些长城都已经残毁了，原先的石头上面长满了青苔，当年的城墙散落在草丛和荆棘当中，唯有几座瞭望台，还完好无损，但也被茂密的树木遮住了。我觉得非常可惜。表哥长我十一岁，他还告诉我说，先前，在这一座瞭望塔里面，还放着一把锃亮的龙泉宝剑，还有一座石碑，后来，不知道被谁偷着拿走了。我觉得那人太可恶了，干吗要拿走古人的东西，要是放在这里，做个纪念，保持原来的模样，不是更好吗？起码，也是对那些曾经在这里戍边的将士的尊重。

但老长城确实残毁了，没人在乎，也没有人管。我读初中以后，有一年春节，和几个同学去了老爷山。斯时的老爷山，已经更名为北武当山。沙河市占了一半，武安市也占了一半。但武安的开发力度显然高于沙河。用了大半天，带着热切的期盼与满身的臭汗到达山顶，才发现，这山顶，其实也是一处绝壁。绝壁也不平坦，最窄处不到一米，极其的险要。山上有真武大帝庙，但没有了道士。只是，张三丰当年斩妖除魔的宝剑，确实还插在庙下的绝壁上，我仰头看了一会儿，觉得不像是人故意装上去的，确实是非人力所能够做到的，不由赞叹，也觉得，张三丰在此修行的传说，大抵是确凿无疑的了。

对于大地上的神奇传说，我总是深信不疑，但又觉得，这里面也存在着一些似是而非的东西。关于神仙鬼怪，现在的很多人已经坚决地否认了，可在科技不发达的完全封闭的农耕时代，人们相信万物有灵是对的，也是人和自然相和谐的一种策略，或者说一种相互间顺应与适应的结果。很多年之后，我已经参军入伍，某一年冬天回家，不见父亲，就问母亲父亲去哪里了？母亲下巴朝西边的远山岭努了一下，说，在黄门岩修长城呢！这时候，我才记起，我们沙河与武安交界，也就是明长城所在地，名叫黄门岩。果不其然，一道新的长城在草木扶疏的山岭上重新展现了出来，虽然才修了一截，但我隐隐觉得，我们老家这一带，可能也会像武安西部山区一样，成为旅游区了。

想想也是，如此多的人文古迹和神话传说，还有森林与其他的深谷、奇形异状的山峰，怎么就没有做旅游开发呢？做成旅游区的话，我们村的人，就不用再出去打工了，也不会有那么多年轻人在煤矿和铁矿下面，因为事故而惨遭横祸了。正当我满怀希望，期盼再次回来之后，去新修的老长城看看的时候，却被告知，因为先前决定开发明长城的老板突然横祸去世，工程便停了下来，直到现在，我们村周边的这些人文古迹仍旧在荒草与荆棘中被湮没无闻，而关于张三丰及明长城的种种传说，记着的人差不多都去世了，压根不知道的人，自然也不去关心了。

多少年后，我们家的房子翻新了一次，但每天早上起来，第一个看到的，还是对面的和尚山与茶壶山，以及早就被乱草遮蔽了的沉寂的明长城。闲暇时候，我也去相邻的邢台县和武安市的各个景区，人之多，超乎想象。然后回到家里，看着沉默的北武当山、郭公关、大岭口关，以及附近的大寨山（云峰山）、北五指山，以及对面的茶壶山、和尚山等，觉得有些对不起曾在我们这里戍边以及修行过的那些人，尽管，有些人没有留下自己的名讳。但他们在这里留下的古迹，对于我们偏僻的南太行乡村来说，无疑是一种珍贵的光阴记忆以及无形的财富，一旦开发出来，对我们村里的经济发展，乃至区域文明的进步，等等，大致也是非常有益的。

简单的生活

与其他地区相比，在吃的上面，南太行山区乡村人是最不讲究的了，直到现在，还是一人一只碗，坐在院子的石头或者小凳子上，往嘴里扒拉饭食，极少有人炒菜佐餐，即便是有，也多在春夏秋三季，种的豆角、黄瓜、土豆、�子、南瓜、西葫芦、白菜、萝卜等蔬菜熟了，便炒上一盘，或者炖上一锅，一家人吃。这些蔬菜生来是素的，即使被炒的时候，南太行乡村人百分之九十九的人家，也还让它们保持不沾荤腥的清洁与坦然。

对肉食的渴望与回避俨然是人的两个极端。幼年时候，我跟着母亲不吃肉。弟弟则跟着父亲吃肉。但在吃东西这个人的基本欲望上，也是有权利的。我们家因为是母亲当家，她不吃肉，也不会做肉食。父亲和弟弟只好委屈着。但母亲的素食主义的同道者，据我所知也就大姨妈一人。母亲呢，还能沾点荤腥，比如用切肉的刀和砧板，即使小有腥味，再切素菜，她是可以接受的。大姨妈则不然，即使三天前切过肉的砧板，再用的话，她还是能够敏锐地嗅出来，并且坚决地拒绝食用。

除了她们姊妹两个和我之外，整个南太行山乡域的人，大抵都是肉食主义者。我幼年时候听到的一个印象最深的情节便是，有一个人特别好吃肉，但又生活在物质相对匮乏的年代，基本上没条件吃肉。每年到了腊月，便有人杀羊卖羊肉，或者杀牛卖牛肉。这个人便整天蹲在屠杀牛羊的地方，趁人不注意，便会拿着自备的小刀，割一块生肉，放在嘴里嚼几下就吞下去。如此几次，人都知道他爱吃生肉，就有意排斥他。但他却丝毫不顾别人的黑脸和呵斥，一如往常。

其中一次，有人说，这人吃肉太“恶”（特别喜欢和有些过度的意思）了，在杀羊杀牛现场捞不到肉吃，等人收拾了现场，有人看到，这人居然趴在地上，伸出舌头，像狗一样一点点地舔残留在石块上的牛羊血。我听说后，一阵恶心，正在喝小米粥，忽然觉得喉咙哽动，赶紧跑到院子外，稀里哗啦地，把吃的饭都又吐了出来。这一情景，让我想起了爷爷所讲故事里的僵尸，以及再后来的欧洲的吸血鬼传说。后来，还有人说，这人吃肉太恶了，即使别人家的小猪、羊羔生下来没能成活，他也要吃掉。甚至，家里逮到老鼠他也会剥皮炒菜吃。这样爱吃肉的人，我觉得像狼，尽管是人，但似乎还带有某些茹毛饮血的原始本能和欲望。

我小的时候，南太行山区人是不怎么吃羊蹄子的，不像现在，羊蹄和羊蹄筋的售价甚至高过羊肉。有人杀了羊之后，就把羊蹄子剁下来丢了。有一些特别爱吃肉的人便会捡回去，收拾一下，晚上吃，再配上几两白酒，大致是很美好的生活了。奇怪的是，居然没有听说因为吃这些肉而中毒或者感染鼠疫的。不像现在，一旦接触到因病死去的牛羊的肉就会被各种病菌感染。

尽管如此，南太行乡村的人在吃的上面，还是简单甚至是匮乏的。及至80年代的中后期，人们开始自己吃自己养的鸡下的蛋，此前，都是拿到小卖部或者改制后的供销社卖钱的。我记得小时候，爱吃糖，有一段时间，老是偷拿家里的鸡蛋去换糖吃。这样的童年必定是无聊的，但极其有趣。通常，村人的每一天，大都在简单的吃喝与繁重的体力劳动中度过。早上，一般都是雷打不动的小米粥，有些人懒，就只是小米煮粥，有些人勤快一些，小米粥里，再加点豆子、花生、板栗之类的，倘若是春夏秋，还会放点切开的土豆块、西葫芦块、南瓜块、豆角等。

要是再勤快一点的，早上炒个土豆条，也不放肉，甚至放的油都极少，盐巴便宜，根据个人口味可以多放，大致是没人在乎的。如果是懒一点，或者农活紧迫的时候，早上就只是小米粥加窝头、馒头和饼子，吃了之后，根本不用洗洁精之类的，清水一冲，碗筷就都干干净净的，没有一点油腥。中午回来，一般情况是面条，手擀面，即用清水和了麦子面粉至适合的稠度和湿度，再放在案板上，用擀面杖擀。这案板和擀面杖，最好的料子是枣木，因为质地坚硬，怎么剁也不会受太大的损伤，可以用很多年。

面条里面，一般也可以放些�子、西葫芦、茄子、南瓜、豆角之类的自产蔬菜，先煮好之后，再把面条放进去，烧开，煮熟。与此同时，一般人家都会用铁勺子，放在灶火上面烧干，再放点核桃、花生、葵花等植物油，待其沸腾时，放入花椒、葱花、食盐等有限的调味品，然后再放入锅中，只听嗤的一声，高温度的铁勺与油脂，在锅里咕噜噜地泛起一阵浪花，再搅匀，就可以盛面条吃了。这样的饭食，也极少有人放肉，要是亲戚们来了，最多另外炒一些鸡蛋，待面条盛出来，用勺子舀了，浇在上面，这样的面条，算是南太行乡间人和人之间最好的招待餐食了，要是有条件的，做了手擀面条，再另外炒了肉菜的话，那就是至高无上的待客之道了。

要是自己吃饭，南太行人以节俭为美德。有些女的走到一起，说起一年吃了多少斤的植物油，有的说，俺一家五口人，一年吃了五十斤的葵花油，唉，油太贵了，吃不起。有的说，俺一家六口人，一年吃了四十斤的核桃油。人就说，哎呀，可要吃好啊，老少爷儿们都是下苦力的，吃不好可不行！到了90年代初期，则与之相反，谁家吃的植物油和鸡蛋、肉多，谁家就是有钱人，人人羡慕。有不少妇女，为了显示自己的生活好，把吃了的鸡蛋皮堆在粪堆上，过往的人一看，就惊叹说，哎呀，看人家生活好的啊！一年四季鸡蛋和肉不断。有些人家，一年四季，吃掉的鸡蛋皮，还没有院子里栽的树多，除了特别的节日如春节、元旦、端午之外，基本上都和平时吃的差不多。

即便是过年，南太行人吃的也不丰盛，最多的也就是买肉，主要是猪肉和羊肉。但猪肉占据主位。一来包饺子，二来切片炖一些，用来自己吃，亲戚们来拜年吃。羊肉也可以包饺子，但南太行人吃肉多年，可至今没有掌握去膻味的技巧，过年时，若是谁家做了羊肉饺子或炒羊肉吃，老远就闻到一股汹涌而来的剧烈膻味，呛得人鼻子发疼。因此，吃羊肉的人家也比较少，凡是吃羊肉的人家，多数喜欢的是那种膻味，而且膻味越大，腮帮子甩得越响亮。

至于牛肉和鱼肉，南太行人是极少吃的，驴肉更是，狗肉吃的更少，一百个人里面有那么三五个。要是能逮到野兔和野鸡，南太行人也是毫不客气的。这山里，野兔和野鸡数量之多，也是出人意料。有些人便用了铁丝，在野兔经常出入的地方，设套捕捉。野鸡则需要用枪打。我小的时候，大致是个人还可以用鸟枪的。邻村一人，说是打狐狸，也不知道怎么回事，跌到深沟里死了。有关他的死因的传说，一时间纷纭流传。有的说，狐狸是灵性的，咋能随便打，你看，这不，把自己小命送了吧？有的说，这个打狐狸的人，看到一只狐狸，想打死了剥皮卖钱。谁知道那狐狸极其聪明，爬到一个山崖上。他看到，也向上爬。他开枪了，枪的后坐力使得他脚下蹬的石头松脱，也使得他直接摔了下去，很久才有人发现。

但凡人事，都有寻常和不寻常的。寻常时候，南太行人便如此对付着吃喝，并且至今以节俭为美，若不是时代变迁，年轻人有了一定的文化和阅历，并且与城市的联系越来越紧密，吃饭炒菜的习俗才开始小范围地流行起来。而这些小范围的人家，都是有一定的收入或者说收入高于其他人的，才会如此讲究。其他人见了，也不怪，反而羡慕，说，人家挣了钱，爱吃啥吃啥，这是本事。但大部分人家，一如既往地吃简单的饭菜。一旦谁家有了红白喜事，也是村里其他人大开洋荤的重要时刻。娶媳妇是人生大事，谁也不马虎，一般过门的那天，女方家的亲戚来送闺女，婆家要好好招待一顿，一般要上十个菜，而且基本上都是荤的，不上荤的，亲戚们就瞧不起。再后来，一桌要上十六个菜。这还是普通人家，要是有点头脸和钱财挣得多，在本乡本土又有点名号的，一桌上二十个菜、三十个菜的话，一方面，人觉得理所应当，另一方面，来客自然也更高兴。

相对于娶媳妇这样的红事，白事要简单一些，以前的时候，帮工的人，能吃到的就是面条加肉臊子或炒鸡蛋，现在，帮工的人，也能吃到炒菜了，还可以像娶媳妇那样喝到当地最高价格的酒，啤的白的都有。与此同时，南太行山区的癌症（膀胱、食道、直肠、血管、脑、肝等）也普遍高发，还有高血压、糖尿病等，这些以前被视为富贵病的疾病，也开始在南太行山区蔓延，而且居高不下。记得我父亲去世那年，附近村里先后也有十多个人因为各种癌症去世了，这在不足千人的一个小村落里，数量和频次还是很惊人的。

至于我本人，十六岁离开家乡之后，才开始吃肉。也早就知道，这个世上的人，基本上都是无肉不欢的，也都是嗜爱各种各样美食的。以至于我参军之后，饭堂里做了鱼和牛蛙之类的，我还是吃不惯，夹给其他战友吃。红烧肉这类的纯肉的菜肴，我一开始也不想吃，后来吃了，也觉得不错，但吃的也少，不怎么贪恋。每次回到南太行老家，我最想吃的，是炒饼、饸饹，前者其实是死面做的饼子，切成细条，加包菜或白菜、豆芽（其他蔬菜也适合），再加肉片，爆炒出来就行，鸡蛋当然也可以。我年少时，以为每天能吃到鸡蛋炒饼，再加一碗鸡蛋汤，就是最好的生活了。饸饹是用红薯粉加面粉做的一种类似粉条的吃食，颜色为黑，蒸熟之后，有甜味，加油泼花椒为最好的味道。还有一种是炸麻糖。这种麻糖，和油条相像，却又兼具麻花的形状，可以加黑糖，凉着吃较好。但后来，专营这类的小店，有加洗衣粉及其他有害物质的说法，吃的人便少了。

现在回去，只想吃野菜，灰灰菜、蒲公英、红薯叶子、南瓜叶子之类的。我还特别怀念小时候吃过的玉米面窝头，以及清水煮西葫芦瓤子，当然，火烧新鲜嫩玉米、板栗、核桃也非常好吃。有一次回家，去一个饭馆吃饭，说有野猪肉。要了一盘。也觉得骚味异常浓烈，我一口都没吃。乡亲们说，这些年来，也不知道怎么回事，野猪越来越多，甚至大白天都敢跑到村里，在院子里乱拱。野兔、野鸡、黄鼠狼也很多，松鼠也是。河里还有螃蟹、田鸡等，但南太行人好像不怎么去捉来吃。蛇也多，可吃的人也相当的少。从祖上传下来的教导便是，狐狸、黄鼠狼、蛇之类的，都属于灵性动物，遇到了最好绕道走，即使捉住了，也还是放掉的好。

南太行乡村笔记

灵魂的胎衣

远得像是一个旧朝的模糊的墨点，又近得如眼前世道的驳杂和汹涌。这大致就是离乡多年的人对于生身之地的感觉了。2020年4月初，我的第二个儿子在成都出生了。在病房照顾妻子的时候，母婴师指着放在病床地上的一只厚塑料袋说："这是胎盘，按照我们这里的风俗，要找个地方埋掉的。"我惊诧，看了看那只厚塑料袋子，但没有打开。母婴师又说："一般来说，埋的地方好，孩子就不哭不闹，埋得地方不好，孩子就不怎么好带的。"这一点我确实没有想到。记得大儿子出生的时候，医生和医院并没有把胎盘给我们。也或许给了，岳母可能按照甘肃的风俗进行了安置。

当晚，我打电话给母亲报喜。又添了一个孙子，她当然高兴。我们还用视频，给她看了新生的婴儿。事后，我再问母亲孩子的胎盘怎么办？母亲说："要是以前，咱这里的人，都埋在屋里的灶火下面。不过，现在都是水泥地了，有的就埋在自家院子里。"我这才知道，婴儿的胎盘是要埋掉的。母亲还告诉我说："谁家的孩子都一样。你看以前咱们这里出去多少年，村里都没了亲人的人还会回来。那些人也会说：'俺咋个能不回来呢，这里埋着俺的胎衣呢。'"

这句话让我心有震动，宛若飓风，但很短暂。至此我才知道，一个人在母腹之中，是有胎盘的，婴儿的生成和成长，都是由胎盘所包裹和提供营养的。母亲一旦分娩，胎盘也跟着落地了。我想到自己从娘肚子里生出来之后，胎盘落地，大致也埋在了我家的某一处。由此再想，我也忽然明白，从老家出来这么多年了，尽管我从心理上排斥那个深处山区的南太行村庄，但在情感上，她总是显得很亲切，无形中，好像有一个什么柔韧的东西，在我和它之间，若即若离，有时候觉得已经斩断了，可稍微一转身，又被它扯得心疼。

这大致就是出生地与外乡的区别与联系吧。但"故乡，就是埋着我们胞衣的地方。"这句话对于每个人来说，大致是没错的。仔细想想，我离开故乡也有近三十年的时光了，在这一期间，我也无数次回去，但都是住一段时间，然后就走了。这种短暂的停驻，一方面是重温和回忆，另一方面则是从新认识和判断。我总是记得，幼年时候，由于家境的贫寒，父亲的兄弟姐妹少，在古老的传统的，甚至至今还带有某种原始性的乡村生活，向我们这样的人家就算是底层中的底层。在乡村，决定一家人兴衰荣辱的，一在于是否掌握一定的社会资源或者是否与之有着血缘上的牵连，二在于人口，尤其是精壮劳力的多少。十八岁之前，我基本上目睹了我的父母在乡村的种种磨难和屈辱，比如，村里下分田地和荒坡等物产的时候，我们家总是被少分或者被其他强势人家赖掉。到我三十岁，因为我在外地，村里的矛盾，尤其针对我们家那点田地和荒坡，还有宅基地的纷争也没有间断过。我母亲和弟弟是其中最受欺负的，不是被这个乡亲骂了，就是被那个邻居打了。每次打电话给家里，我的心都是悬着并焦灼着的，要是遇到一次说家里没事，一切平安，我就会长出一口气，暗自庆幸，也会因此而莫名地高兴很多天。

乡村是一个看起来简单，实际上复杂斑驳的世界，或者说人类生存和生活图景的一隅或者一个侧面，其本质上与国别、族群之间的政治斗争有些类似，只是大与小、轻与重、多与少的区别，其中也有生死、谋算、屠戮、反抗、冤屈、暴力、邪恶等，只不过，平民历来是无足轻重的，他们的生死与具体苦难历来没有被记叙的惯例。就像很多时候，我们总是乐意对某些事物做全面的概括和评价，而把细微的、个体化的、局部性的、不影响大局的问题和现象称之为“个别现象”或者“局部情况”“无关大局的常态”等，而不予理睬和正视。而在我看来，人类所有的苦难和灾难都是个体化或者说由个体化而组成（汇合）的，而不是以偏概全的笼统代表与一二概之。

由此导致了我多年对那座村庄的深度厌弃与发自内心的鄙夷，离开之后，我最大的愿望是永远脱离，即使在某个列车或者飞机上与家乡人不期而遇，即使有纸笔，也不愿意让那里的人代我捎回家书，哪怕只言片语。可我还是要一次一次地回去，不是贺知章般的乡音无改鬓毛衰，而是鲁迅式的悲凉与复杂。中国农民是最精致的农耕的手艺人，同时也是极其隐忍且能够把自己很深地藏起来的生存主义者，更是精打细算，善于察言观色、瞄准对象献媚或者施虐的机会主义者。他们有时候淳朴得令人心疼，有时候愚昧得令人呼天抢地，他们更多地在自我的群体里开展斗争，而且兴致勃勃，乐此不疲。

几乎每次回去，我都会听到和看到一些事情，令人揪心，又无奈，叫人啼笑皆非，却又细思极恐。有一年，我带着大儿子锐锐回到老家。那时候他才六七岁的样子。有天中午，我正在睡觉，他一头汗水地跑回来大喊说："老爸老爸，走走走，跟我走。"我急忙跟着他，沿着小路到下面的马路上。那里住着一户人家，开着一家小卖店。店主是当地非常有名的一个愣子兼恶人。到跟前，我才知道，一个年过半百的寡妇去他店里买东西，他居然怀疑人家偷了他的东西，二话不说，上去就把这寡妇踹倒在地，又狠狠地踢了几脚。我知道，这类的事情我不能插手，尽管那被打的妇女是我的表嫂。儿子则一脸不满地问我说："老爸，你是解放军，你就是要主持正义的！怎么不管？"我无言以对，只能摸着他汗水津津的头顶，劝他和我一起回家。

这令我惭愧至今，总觉得对不起儿子的热诚之心，也感到庆幸。大儿子有乡村生活的经验或者说对乡村的某种具体的感受，他懂得了人生活的不容易，也知道同情和支持他人，尤其是弱者。作为一个男孩，这肯定是他最好的品行之一。现在，我们的小儿子出生，无意之中，我竟然遇到了一个老问题，即胎盘（胞衣）的处置问题。尽管我自小在乡村生活，也有过一个孩子，居然没有想到新生儿是有胎盘的。母亲还告诉我说：“这胎盘是一味药，治发疯之类的很有效。咱们这里，也有人找胎盘吃。”我听了，喉头梗动，有一种强烈的呕吐的感觉。胎盘又叫紫河车，李时珍《本草纲目》说：“儿孕胎中，脐系于母，胎系母脊，受母之荫，父精母血，相合而成。虽后天之形，实得先天之气，显然非他金石草木之类所比。其滋补之功极重，久服耳聪目明，须发乌黑，延年益寿。”

我和妻子商量之后，决定把孩子的胎盘先冷冻起来，等回老家的时候带回去，然后再按照故乡的方式，把它埋在父母和我生身之地的某个角落。我甚至迷信地认为，尽管我们的老二可可，将来可能也不会在我的老家生活和成长，也或许，等到他长大之后，一切就都物是人非了。但我还是希望他能够在遥远的外乡，能够感受到某一种冥冥的呼唤和牵引，等他也老了的时候，能够自觉地回到他父母亲的故乡。就像我和妻子这样，尽管我们都远离了自己的生身之地，但我们总是会在某些时候，想起自己的故乡，并且一次次地回去，哪怕是稍作片刻逗留，也总是令人滋味复杂地感受到，一种神秘的力量或者声音，在内心回旋不息，轰鸣而响。

就像我，尽管离开多年，如果天下太平的话，这一辈子，我可能也回不去了。我的孩子们，也只能在户籍上或者其他表格上，填写他的祖籍为“河北沙河”之类的字样，而他的真正的故乡，即南太行乡村，可能就会被他们有意无意地忘却了。尽管，在当下年代，人类的往来迁徙已经是常事，并且会持久性地发生居住地的不断“飘移”，可在我这一代人的内心和灵魂当中，故乡——确凿的地域所在，哪怕在地图上找不到它的名字，可也只有那一片地方才是自己的真正的故乡，即埋下胞衣的“血脉的中转站”与灵魂的胞衣之地。

也因为二儿子可可的出生，以至于在我心里越来越淡薄和虚化的故乡，以及自己在乡间成长时的诸多往事及其影像，又一次云朵般地纷至沓来。

春雨帖

在幼年，我看到的所有的光明和黑暗，最先都是从村庄两边的山岭升起或者说持续降临的。山坡、地沿和河沟的茅草刚刚发芽，趁着春风，扑腾着嫩黄色的翅膀，虽然一直紧贴地皮，但它们都有着飞翔的欲望，像法国诗人博纳富瓦的诗句表述的那样“热闹得像一场雄伟的事业”。田里的玉米和麦苗、谷子见风就长，野草趁机混杂其间。山坡上蝴蝶最美，可我总是熟视无睹，一脸麻木，有些小女孩儿，走在田间的小路上，嚷着喊着让母亲或者姐姐捉来给她们玩。我没有姐姐妹妹（这是多么刚性的事情），幸好，我还有一个弟弟——男孩不喜欢蝴蝶，看见就看见了，没有特别的感觉。我一直厌倦劳作，总是说出很多的理由，拒绝下田干活。十二三岁的孩子，我的欲望仅仅是能够轻松而且顺着自己的意愿，毫不疲累地度过每一天。这是简单的，而在乡村，尤其大人眼里，只有一个字：懒。有人对母亲说，你家这孩子，成不了大气候，懒字当头！母亲说给我后，我不高兴——但仍旧懒。“懒”成了我在乡村时候的另一种“疾病”。

早晨的风尤其清凉与舒爽，清水一样，浇过身体。目击的远处近处，还有不少的枯黄，有大片的绿色在暗中蔓延，像是围剿的军队，从荒凉的根部、四周和头顶，温柔占据又一个冬天之后的大地表层。站在自家的院子，可以嗅到青草的芳香。接着是房后杏花的香味——蜂蜜一样甜，在风中流传。花朵还没落，孩子们就想到了酸杏——我也是，拉着弟弟，爬到山岭上，再顺坡下去，站在满是粉白花朵的杏树下面，像饿极了的猴子，眼巴巴地要找到花朵之后的青涩果实。

到正午，天气热了起来，热得满身淌汗，外罩穿不住了，急忙忙地跑回家，没来得及擦掉汗水，就把外罩脱下来，扔在凳子上，然后又风一样跑出去。没几天，梨花也忽然开了，洁白的白，纯白的白，气味也像杏花般蜜香。

我们家下面地沿边长了一棵大梨树，每年春天，花朵盛开如雪，把无数个黑夜映得如同凌晨。我们一家，都在梨花黑夜的光中睡眠，包括老得只剩下喘息的房屋，已历数百年的青石台阶、还有千疮百孔的老梧桐树。而桃树已经不多了，从十三岁那年起，一边山岭下的桃林忽然不见了，第二年，还有一些嫩桃枝滋生出来，但不久，他们就彻底消失了。

因为庄稼，村人都行动起来，在各自田里，穿着春天的衣服。汗水流下来，不是滴在泥土上，而是顺着脖颈向下，穿过衣服，再从腿角流到湿嗒嗒的泥土上面。奶奶叫了我和表弟，两个孩子，背着装满柴粪的荆篮，沿着村前村后的小路，一趟一趟往地里运粪肥。

我给奶奶干活，弟弟一直反对。他不喜欢奶奶，我不知道为什么，我也不明白，一个七八岁的孩子，心里怎么会有怨气呢?

谷雨前后，撒谷点豆。这一节气一过，不用几天，种籽从去年的谷子、花生和玉米里脱颖而出，或者被人从远处的商店买回来。太阳热烈，连续一个月，土壤所蕴含的水分在连续的照耀中急速溃散，三指以下的泥土干燥犹如白面，手指伸到里面，有一种灼热感。父亲说，这样的土壤不能点种，种了也是白搭。我知道，每一粒种籽都要发芽，如果不能，撒就是浪费。

这时，村人们开始抬起头来，看天，流云缓慢，深远湛蓝，风中的花粉和蜜蜂的飞舞让人厌倦。一连好多天，一点下雨的迹象也没有。

无雨的乡村春天，不啻于一场灾难，再美丽的花朵也只好凋落，没有果实的树木就像是一个没有依托的灵魂，树叶的繁华只是一时的浮华行为，显得浅薄和短暂。又十多天过去了，天空依旧晴朗，风除了在清晨时分收拾一下夜里难得的露珠之外，只有飞行，持续不断地在山冈和田地，河沟和树梢，似乎一个百无聊赖的过客，迷失在南太行山一带的村庄。

有人再次想到神仙，古老的祈雨仪式，或者唯心主义的现实表现。坐落在另外一个村庄中央的龙王庙扫掉一年的尘灰，再次光彩起来。有人挨门挨户凑了钱，有人去往更远的地方，请来戏班，在大队部外搭起了舞台，开始唱戏，旧朝的故事在方寸之地复活，咿咿呀呀说的唱的都是人间的喜怒哀乐，众生百相。天还不黑，人们就拿了杌子、凳子，坐在舞台下面，等夜色漫浸。帷幕拉开。

我们这些孩子们是最快乐的，三五成群，平时见不到的伙伴和同学，都在傍晚，呼喊着奔向这里，一个个神采飞扬，情绪激昂，好像这戏班专门为我们所请一样。锣鼓响起之后，大人们坐在黑暗的舞台下面，张着眼睛，仰着脖子，眼睛和内心跟着舞台的人们转呀转的，演出完毕，回家路上，一个个还在讨论剧情，哀叹前人，顾怜己身。

小孩们是不看戏的——听不懂咿咿呀呀的唱腔，只是在大人背后，灯光明亮或阴暗处打闹嘻笑，或静静地趴在某个地方，看自己喜欢的事物。最吸引人的似乎就是心仪的女同学了——说到这里，我蓦然觉得震惊：十二三的孩子，为什么那么早就对异性有了一种朦胧且强烈的感觉呢？那时候，我心仪的女同学每晚必去看戏，和家人一起，坐在黑暗的舞台下面，反射的余光将她白皙的脸庞映得像玉石一样晶莹剔透——我就站在戏台一侧，从帆布一角伸出脑袋，整晚整晚，目不转睛地看着她一个人，没有一点疲倦。

父亲和母亲当然不知道，也不会注意，在他们眼里，我只是一个孩子，而且懒惰得出奇。他们只有苛责，骂完了还叫我吃饭，衣服破了还是母亲一针一线地缝，无论多忙。但那时候，我是不知道的，总觉得，父母生我，就是他们的人，所有的事情都应当由他们来做。

母亲有一个很好的习惯——无论怎样，我去学校或者走亲戚，她从来不让我穿一件有补丁或不干净的衣服。母亲后来对我说，孩子就是父母的门面，一个家的象征——这话是我成家之后，母亲才说的，虽没有这样文雅，当时，还没有听完，我就泪流满面。

春末的一个傍晚，西边的天空突然乌云四起，黑压压的，在头顶及其四周快速奔腾和凝结，那种态势和形状，让我不由想起“青海长云暗雪山”这句诗歌。父亲和母亲说：看起来就要下雨了。语气里充满欣喜与期待。久旱逢甘霖，大抵是所有以农业为生的人们共同欣喜的时刻。

在夜幕中，我明显地感觉到了一种源自土地的湿润气息，像是无色无味的烟岚，一圈一圈儿，向上扩散。我也有点高兴，躺在被窝里，竖起耳朵，专注听着窗外的动静。开始，好像什么都没有，接着一阵大风，呜呜地奔过院落和树梢。再后来，我睡着了，梦见自己站在一道深不见底的悬崖边，并且一次次被无形的力量推下去，然后是持续的恐惧和晕眩。我惊叫出声，睁开眼睛，屋顶是黑色的，连眼睛都是。

父母和弟弟的呼吸从一边蜿蜒传来。

好像是后半夜，窗外噼噼啪啪的声音，像是一群虫子在集体叫唤，不大的雨珠。落在屋顶的那些是没有声音的，落在树叶和泥土上的却是响亮的，巨大的梧桐树和杨树叶子在紧凑的雨滴中弹跳，让我联想到水龙头下面的花色盘子，它们溅起来的水珠一定是纯白色的。我有点激动，就喊母亲。母亲睡意蒙眬地说，俺听到了！语气并不像我期待的那样高兴。我有点沮丧，心想：不是盼着下雨吗？下了又怎会不高兴呢？我怎么也睡不着，想趴在窗台上看看外面的春雨，可是又不敢。母亲总说：黑夜里有不干净的东西。所谓的不干净的东西，就是祖父故事里所说的那些：异于人的另一种生命形体，有着超乎寻常的能力和诡异力量。我害怕了，缩在被窝里，在雨声中，不满于黑夜的漫长。

后来想起在书本上学到的杜甫的诗歌：“好雨知时节，当春乃发生，随风潜入夜，润物细无声。”背完细想又不对——这首诗歌的情景与那一夜有些区别，一是好雨倒是好雨，但时节似乎迟了好多；二是润物细无声也不恰当，窗外的春雨是有声音的，而且格外响亮。倒是“润物”二字深得其味。

清晨打开门扉，泥土的院子里都是清水，每一个水洼里都飘着一个刺眼的太阳，像是一只只荡漾着的秋千，令我眼花缭乱。弟弟走到院子里面，穿着布鞋蹚水，母亲呵斥我说，快把弟弟抱回来！好不容易一场春雨，懵懂的弟弟想来也是高兴的，蹚水没有什么不好——稍大一些后，才明白，母亲不让弟弟趟水是从世俗角度考虑的：布鞋湿了，就会着凉，甚至感冒，接着花钱买药。现在，我也有了自己的孩子，冬天下雪，夏天雨后，他也常常蹦到雪地和雨地去玩。我也会叫他回来，担心他着凉、感冒。

没吃早饭，父亲和母亲就各自扛了镢头，提了种籽和化肥，往地里去了。太阳升高，天空没有一丝云彩，深得像是一面巨大海洋。我知道这个比喻很俗，但确实如此。院子下面的苹果树开花了，湿了的树干上趴着好多“花大姐”，飞不高，但总在飞，从一根树枝到另外一根。多年后，我在一本书上读到这样一句诗：“高高的苹果树下生长着一群野草，粗糙的苹果树皮看起来很性感。”（美·布莱《乘车经过一处苹果园有感》）其中的“性感”打动了我——从没有人说苹果树是性感的。当时，我只是觉得苹果树湿漉漉的，只不过比它们下面的野草更为显眼一些罢了。

从早晨到傍晚，村庄内外都是铿锵的刨地声，清脆或者笨拙。中午，太阳的光热深入大地，泥土表面氤氲着一些类似腐烂了的青草和泥土气息，山坡上的野花都开了，朵朵兴奋莫名。倒是一些叽叽喳喳的飞鸟，在屋檐和田间飞飞落落。梧桐树花一朵一朵噗噗落下。我和弟弟捡起来，把花屁股放在舌头上舔：淡淡的甜味，叫我们迷醉，舔了一个又一个。

也就在这一天，村里的一个老人故去了。没有任何征兆。子女们下地回来，看到她的房门依旧紧闭，呼叫不应，破门而入，老人早已尸首冰凉。大片的号啕响彻村庄，接着是锣鼓鞭炮，在春天第一场雨后，将村庄的心情弄得格外急躁、灰暗。母亲不让我们去看老人的葬礼，让我带着弟弟，在自家周围的草坡、树下转悠——弟弟问了我好几次，我说那里有人在打架，小孩子不能去。弟弟将信将疑，踮着脚，站在山岭上，努着身子看。

那个春天，因为一个老人的死亡，让我记忆深刻，或是这样的春天重复得多了，渐趋麻木，无所感触。但春雨是不可重复的，每一场，每一滴，都是独立的消失和过往。多年后，弟弟和我都长大成人，而此后南太行乡村的春雨，每年都来得异常迟缓。我不知道因为什么——或许是气候变迁的因素。

那好像是土地包产到户的第五年。长到十八岁，我从军离乡，此后很少在春天回家。所谓的家乡春雨，如今只剩下如上的一些残损记忆。现在，母亲和弟弟一家仍旧在那里。今天他们再也没有给我形容过春雨的迹象和感觉了。打电话回去，他们只是说：下雨了，点种了，一切都好，不用担心。这些年来，我一直想再一次回到村庄，在白昼和夜晚，再倾听和感受一次春雨。因为，南太行乡村在我心里的情感，正如俄国诗人勃洛克的诗歌所表述的那样：“我的故乡有着最为广阔的快乐和忧伤，像一些公开的秘密，到处传唱。”

秋天的事情

又一个夏天快要过去了，收割了玉米、大豆和谷子，村庄就显得空落起来。庄稼秸秆堆的到处都是，村人们忙着，还顾不得搭理它们，或者背它们回家，先在地边的山坡上扔着，没有了粮食穗子，就不用担心被谁偷了。有勤快的人们，在地里干完活儿后，随便往肩膀上扛上几捆，捎带回去，省去了专门用架子来背的麻烦。

庄稼还没熟透的时候，风就凉了，傍晚是从东边过来的，早上就成为西风，嗖嗖的，刮在人身上，禁不住打一个冷战。很多人手里拿了镰刀，肩膀上扛了镢头，本来已经出门了，风一提醒，就想回去再穿件衣裳，秋天的时候容易感冒，感冒就要打针吃药，村里人不愿意花那个钱，孩子上学和盖房子要紧。

暖和或者不暖和的早上，都有露珠，大片大片，每个叶子上都是。不像村里的黄花大闺女，专挑有钱有本事的人嫁。露珠不嫌贫爱富，不挑地方，树叶子上，草头和草茎上，人放在院子里的镰刀和荆篮子上，甚至连茅房边儿的藤蔓上，顶上蓬的旧玉米秸秆上，它们都不嫌弃，一个个，一颗颗，没风的时候，静静悬着，等着风、牲口和人来蹚，打湿人的裤管，让牲口腿凉，让风有些湿润的气息，从它们身上飞到更远的它们身上。

昨晚刮风了，温度就下降，还没到天亮，冬天轻手轻脚，拍拍人被子外面的小腿和胳膊，这时候的村庄，会发出许多的梦呓、拉被子和咳嗽的声音。猪猡和牲口在各自的圈里面，扯开嗓子嚎叫或者哼哼几声，然后传来嘴巴衔草的嗦嗦声。早上打开门一看，院子里面有一层霜，白白的，更远处的麦地也是，像谁撒了一地的白糖和碱。大人们知道，但懵懂的小孩子就嚷着要吃，大人就说，那是霜，不是糖。孩子就哭，嚷着让娘买糖吃，娘就把八月十五蒸馒头剩下的一些糖粒拿出来，用勺子刮干净，喂进孩子的嘴巴。

一到天亮，家畜的叫声就越显得响亮，公鸡的眼睛一睁开，就像人一样两脚不停，刚从石头的窝里面出来，就炸开飞不起来的翅膀，追着母鸡满院子乱跑，母鸡一边拉着稀屎，一边咯咯乱叫。跑得羽毛都掉了，公鸡冲上去，啄住鸡冠，不由分说，更不需要征得母鸡的同意，就上了人家后背，强行向母鸡表示爱意。公鸡累了或者啄够了，不用母鸡驱赶，自己跳下来，安静一会儿，就又看见了另外一只母鸡。沐浴了公鸡爱情的母鸡，待公鸡下来了，好一阵轻松，抖抖身子，甩掉被公鸡蹬掉的羽毛，没有了刚才的紧张，迈着游闲的步子，四处觅食去了。驴被人牵出来，拴在树干上，绳子和脖子之间的距离很长，驴可以吃到一定范围内的草。大概是驴们也感觉冬天就要到了，站在树根，大声叫上一声，打几个喷嚏，对着头儿已经枯干了的草，不客气地啃起来。

猪猡要比鸡们幸运的多。人一起床。端了尿盆，急急去茅房一趟，一阵水声之后，裤带还没系紧，就又返回屋里，舀了凉水，摸一把脸，打上香皂或者洗衣粉，涮了，再用毛巾一擦，随手往脸盆上边拉的绳子上一搭，就算清洗完毕，又一天的日子开始了。

放开了鸡，收拾了自己，接着就给猪们送饭去了，提上一缸子水和菜叶，再撒上几把玉米粒，猪们的生活虽然清淡，但没有鸡羊那样辛苦，只需睡在圈里，自会有人送上饭食，吃了再睡，日子过得很是惬意。

这时候，东边的太阳也出来了，在山岭上露着一张被人泼了猪血的脸，笑也不像是笑，哭也不像是哭，像人一样表情复杂。人一看，就知道自己也该上工了。饿了的就吃上一块馒头或是烙饼，渴了再喝点水。

男人拿了镰刀，舀上一碗水，在自家的磨刀石上磨镰刀，镰刀的脸本来很干净，明亮亮的，闪光，经男人一磨，就变得污浊不堪了，混浊的水从石头上流下来，颇似男人脸上的汗，一绺一绺的，扑沓沓地洇湿了男人脚下的一小片地。

男人头也不抬，张开嘴巴说，上塘的玉茭熟了，把穗子掰回来，找个时间刨了，还种麦子吧。女人当然知道男人是跟自己说的，也不停手中的活计，看也不看，答应一声，算是知道了。这是比较老实或者赞同的女人，若是有想法的女人，大都会提出自己的意见，说先去后背子那块儿地吧，谷子熟得都掉地上了。收回来，就不用管了，明年春天再刨了种玉茭。男人说，要不你去收谷子，俺去掰玉茭。不懒的女人会说，那也行，懒得女人就找借口说，我拿不动。或者太多了，我一个人一早上割不完。男人知道，毕竟在一块活着，白天一锅饭，晚上一个花枕头，谁有几个心眼，啥样的脾性都知道。

遇到感情好或是刚结婚的两口子，要干啥一块儿去。刚结婚的心里当然乐意了，生理的需要和快乐有时候也威力无比。至于感情真好还是假好，一年过去了，不光自己知道，连村里才懂事儿的孩子都知道了。

这时候，风起来了，一会儿大一会儿小的，像是老年人喘气。大的时候，吹得村子不远处的玉茭秸秆唰唰响，干了的庄稼杆子摇头晃脑，一副不耐烦的样子，催人赶紧来把自己砍掉。小的时候，露珠扑沓扑沓地往下掉，看起来很干净，摔在了地上，就看不见了，不但沾了一身的土，还被土给没收了。但草茎还是湿的，人走过，小腿就有些凉，低头一看，裤管已经湿了。随便找根木棍，伸在前面，左右磕打着草们，虽然还有露水，但要比不打少得多。

地到处都有，村后面的山顶上有，下边的河沟边儿有，远近坡上也有，往石盆走的路上还有，很分散，但村里人不嫌麻烦，就拿石盆路上的地来说，一户不过几分地，好赖种点儿粮食，水源很难保证，几乎没有什么收成，即使遇一个好年，收到家里的还没有石盆人偷的多。鞍子沟人自己也偷，尤其是家里有三马车和四轮车的那些人，去乡里回来天黑了，就趁着月亮，偷上几麻袋，胡乱往车上一放，只要当时没人抓住，百分之百地就变成了自己家的东西。

但主要的田地在村庄四周，远的不过二里地，爬一段坡，上一道岭就到了。近的就在门前，抬抬脚就到。村里人把山上的叫旱地，河边的叫水地，山坡上自己刨的叫坡地。旱地和水地是生产队的时候大伙儿一块儿整的，包产到户之后，人人都有份儿，队里找几个人把全部的地量了，按照一口人几分地，好的赖的掺乎到一块儿，然后召开群众大会，按抓阄的方式各自分开。坡地除了队里统一整的几片，也算作旱地分到各户。队里的地不够种，个人就拿了镢头和铁锨，跑到山坡上，找土质肥厚松软的地方，把草和树刨了，春天挑几担子灰粪撒上，种些玉茭谷子，改良了之后，再种花生和红薯。开始的时候，一个人刨了，另一个人也刨，大家见了，就都跟着刨，到了最后，村子远远近近的山坡都成了坡地，就连后山石头成堆的阳坡，也有人刨成了地，种了庄稼，收成不一定好，还遭松鼠和野猪的糟蹋，但村人愿意种，大家都说，多一片比少一片好。哪管夏天下雨时候，山坡上到处都是水沟呢?

雨水稠、及时的时候，旱地和坡地收成也不错，年景不好，就等于白种。村里人谁也说不上老天爷啥时候下雨，啥时候不下雨。好不好先种上再说，至于有没有收成，就看老天爷的意思了。

对于水地，谁都格外珍惜的。分地的那段时间，家家户户都吵着自己的地少了，赖了，家里人多的，还相互骂了打了几架。我们家人少，不敢和别人说什么，能忍就忍，一般的小事，吃点亏就吃点亏。母亲有时候爱说，妇道人家说不到地方，就老受别人的气，遇到横的，还挨人家的打骂。为此，我常常劝告母亲说：咱家人少，不要跟人家争那个长短，说了不管用，自己还吃亏。

村里修了几个池子，遇到天旱的时候，河沟里的水也不争气，小的跟小孩儿尿一样。一天两天水都聚不满。这时候，人比水着急，看着天不下雨，一个个就都红了眼圈，本来按地远近轮着浇的，可有的人不管，仗着自家人多，在村里凶横惯了，就抢着浇。但若遇到比自己更为凶横的人家，便大气不敢出，背地里骂娘，当面还要说不着急不着急。

秋天到了，收掉庄稼，又要种冬小麦，抢水战也到了高潮。人人都怕别人偷着把水放了，看池子的时候，吃饭和晚上都要有人在，替换着吃饭，晚上就抱了被子和羊皮，往池旁边一放，干脆睡在那里。第二天一早，池子差不多满了，就捅开，把地浇了。有的人也很会办事，趁别人在自己地里浇水的时候，偷着把水口改到自己地里，浇多少算多少。水快没了，再把水口改回来。自己扛着铁锨，回家重睡第二觉儿去了。

看池子的人发现了，一看地，就知道是谁改的水口。扯开嗓子骂，骂得全村人都醒了，站在自家门口听听，就知道是咋回事儿了。不碍自家的事儿，谁也不搭腔，隔着门墙或者一道山岭骂。要是骂到了自己，力量弱就挨着，自己干生气，不敢明目张胆和人家开骂。若是双方力量均衡，吵骂算是小戏，挥手舞拳，凶神恶煞，那才叫战斗。

这个时候，晴展展的天能下些雨的话，田地湿了，可以翻松种麦子了，也能为村庄平息一下战争。

好不容易都浇了田地，晾上一天半天，地皮就干了，人来看看，觉得可以翻松了，先挑些土粪，用铁锨扬满田地。拿了铁锨，扛了镢头，一家人一块儿来到地上，再撒点儿化肥，就抡起镢头，哈下腰来，用最原始的方式，向板结了的土地宣战。

刚刚改革开放的时候，鞍子沟村一口人还可以分到半亩地，以致到了我长到十二三岁的时候，由于人口的不断增加，一口人只可以分到三分多地了。以前地多，还喂着牲口，翻地的活计都是牲口代劳，人只是捉个犁把，挥个鞭子，吆喝几声，再用铁锨平整一下，把麦籽撒在地里就可以了。地少了之后，上面又不让村里养牲口，说是封山育林，家家户户就响应号召，将牲口直接卖掉或者杀了卖肉。临到翻地的时候，牲口的工作就有人来做了。一个个扛了镢头和铁锨，撅着屁股，在各自的地里抡起家伙，一点点翻松土地。

早上是冷，到了正午，太阳就醒过神儿来，在瓦蓝的天空没命地照耀，晒得人背上流油，汗水流进嘴里，咸咸的，像盐水一样，流在胸脯上面，就有点扎疼的感觉。

本来已经奄奄一息的蜻蜓顿时也活跃起来，在田地、河沟和草坡上胡乱飞着，胡乱落着。不知道从哪里又飞回来的乌鸦站在和它们一样黑的柿子树上，哇哇乱叫，啄着树枝上残留的干柿子浆。

田地东一块西一块，离得很近，每到这个时候，大都聚在一起，各刨各家的地。关系好的就打个招呼，拉呱几句，关系不好的，即使在同一块儿地里，谁也不正眼看谁一眼，心里还觉得别扭。多年之前或者最近吵闹和打架的恨气在各自心里翻涌，逮了便宜的就装作高兴的样子，故意气另外一家。另外一家就以夸张地吐口水、指桑骂槐和含沙射影的方法给予回击。一方若按捺不住，就又可能再面对面斗上一场。

这个时候，鞍子沟村长长的河沟里面，到处都是镢头和铁锨深入泥土的声音，沙沙的，当当的，传得很远，在满河的光石头上跌宕，就是到了后沟里边，也还能够听见。

我们为什么热爱母羊

羊和牛、鸡鸭等牲畜，与人的关系与生俱来，名义是为人所养，其实是它们自己在大地上觅食，就像人一样。只不过，人以圈养或者看护式的放养，权作人家的主人而已。在我少年时候，南太行乡村大多数人家还养羊，改革开放政策一施行，羊就全部分到了各个家庭户头上。什么东西成了自己的，又能带来实际利益，人们就会诞生出空前的热情来。

秋天收庄稼，大田里的玉米穗子并不都结结实实，还有一些瘪的、先天发育不全或者被雨水泡得发霉的，但那也是粮食，哪个农民都舍不得扔掉。天地总是公正的，也都是仁慈的。对于那些未能成熟的粮食，父亲和母亲也像好玉米一样的掰下来，扛或挑回家，堆在房顶上，任风把它们吹得瘪了又瘪，干了又干。北风呼啸几天，冬天就迎头来了。每年这个时候，总有几场雪遮盖山河，山坡上的枯草也都趁机躲了起来。这样的天气，山路陡而滑，羊们不能上山，人也不能。早晨起来，娘说羊们该饿了，你赶紧拿些瘪玉米去喂喂吧。我从被窝里爬出来，脸也不洗，提了一篮子瘪玉米，踏着大雪，去羊圈喂羊。

羊圈在后沟，和人一样住着有顶的房子，因为很多，羊们挤在一起很暖和。那时，村人合起来出钱雇的放羊人还没有起床。通常，他和羊睡在一起，时间久了，好像放羊人也成了羊。母亲说，羊们是善良的孩子，需要人看护，怕人偷、狼吃掉，还怕生病，要在夜里不断叫它们起床走走。我站在羊圈门的屋檐下面跺掉鞋上的雪。放羊人也许累了，也许晚上喝酒多了一点，好长时间，才打开他和羊的门。

我们家统共有五只羊，两个母的，两个公的，还有一个是春天出生的羊羔。我认识它们，时间长了，它们也就认识了我。人和牲畜的关系，是天然性的，其中有亲情的互助，也有仇恨的杀戮，甚至迷惑和欺骗。我先把玉米穗子放在羊只们够不到的高处，然后快步走到门口，它们看到了，一个个起身，从众多的羊中跑过来，伸出带胡子的嘴巴，舔我的手。还有一些别人家的羊，也跑过来抢着吃，我急忙挡开它们，把自家的羊拉出来，放在羊圈的院子里。

我把玉米穗子从篮子里拿出来，先给怀孕的母羊吃。正巧两只母羊都怀孕了，我就让它们两个一块儿先吃。羊们看到玉米穗子，一个个急得恨不得把篮子抢走，头颅伸进来，张开嘴巴，咬住一只玉米穗子，不管能不能装下，就使劲地咬和嚼动，弄得玉米满身都是它们的口水。其中一只身体大些，黑色的长毛几乎拖地，角儿弯曲而长，呈麻花状弯曲向上。它的肚子也特别大。父亲说，它可能怀着一对双胞胎。另一只是白色的，一直不知道它属于哪个品种。毛儿也很长，但角儿却是分开的，弯曲成圆，它的肚子没有黑母羊大，看起来也很瘦，后背上都看见骨头了。我想先让它吃吧，就把高大的黑母羊挡开，抓了几个瘪玉米，送到它嘴前。它不陌生，也不害怕，看我也不看一眼，张嘴就吃玉米。它吃得满嘴流水，大的分两三次，小的一口咬住，胡乱嚼嚼，就吞到肚子里，返回来再吃另外一个。黑母羊等得不耐烦了，凑过来，嘴巴伸进篮子里，我打它，它眼睛闪一下，叼住一个玉米，就把头缩回去，放在雪地上慢慢吃。

早就候在一边的两只公羊和小羊羔也早就等不及了，一个个咩咩叫着，黑色的眼睛看着我的脸，那里面有一种叫人可怜的光亮。我给两个母羊丢了一些瘪玉米，到小羊羔跟前，拿玉米给它吃。小羊很腼腆，见我走近它，先是后退几步，抬头看看我，再看看我的手，确认没有恶意，才走过来吃。两只公羊急躁而大胆，它们不管怀孕的母羊，冲过去就和它们抢。我生气，用脚踢它们的背和屁股。它们不听，甚至连一个哆嗦都不打，我生气了。跑到院子边儿上，捡了一根棍子，使劲打。而这些顽固的公羊，棍子落在身上，轻微地打一个哆嗦，可还是不听话，我急得大喊，骂它们是狗东西，它们也不生气，只顾着抢着吃。正在这个时候，又有人来了，也是一些像我一样大的孩子，提着同样的瘪玉米，还有黑豆、高粱和谷子之类的，都是人不愿意吃的。他们也像我一样，把自家的羊拉出来，放在院子里，但不和我家的羊掺和。他们家的羊跑出来，看到我家的羊在吃，就跑过来抢。我早有准备，站在前面挡住。有一次，老林子家有一只大公羊，蛮横、强硬，我打了一下，老林子看到了，和我生气。他说话不清，把羊叫成了娘，我很高兴，抓住这一点，把他气得一个星期没和我说话。

粮食再多，也不够羊吃的。太阳一出来，雪就化了，放羊人吃了饭，踩着正在消融的积雪再次赶着羊儿上山。傍晚，娘说，那两个母羊怀着小羊羔，光吃草不够，得补充营养。通常，放学回到家里，羊群也快回来了。我放下书包，自己拿了篮子爬到房顶上，装一些玉米穗子，去羊圈路口等羊回来。

夕阳很黄，像生日娘给我煮的鸡蛋，在山头上挂着，羊群在下面，到河沟的时候，太阳就没了，慢慢升起的黑夜，星星一颗一颗地清晰可见。羊们先是喝足了水，再一只只地睁大眼睛，寻找来喂自己的主人。我们这些小孩子，就在那儿等着，看见自家的羊，就喊，来来来。大概是时间长的缘故，我家的羊很自觉，不用我专门叫和拉，总是主动跑过来，吃我带来的东西。在母羊怀孕期间，我是明令禁止给公羊加餐的。开始，它们也来抢着吃，被我打了几次，它们就远远地站下，看我的脸色和眼睛。我不出声，它们才无可奈何，一脸失望地随同羊群，往圈里走去了。

大年初一，放羊人也休息，下午时才赶羊上山，前后不过两小时。吃过饺子，到村里拜年完毕，爹娘就会让我再拿一些黑豆之类的粮食送给羊吃。有一年，一个叫曹云云的女同学也来了，她是邻村杏树凹的。他们家里的几只羊也托我们村雇的放羊人代放。喂羊的过程中，她家的一只羊和我家的一只羊打架。我怕自家羊吃亏，只好用棍子把它们强行分开。而羊们不听，继续缠斗。我只好大喝一声，把两只羊都打了一棍子。曹云云一下子哭了起来，呜呜地，说我欺负他们家的羊。她尖细而霸道的哭声满河沟乱淌。我不知道该怎么办，村里其他几个同龄孩子一边喂自家的羊，一边看我的笑话。羊们吃完，我就快步走出了羊圈院子。她也没有追来，回去和娘说，娘说没事的，打的是羊，又不是人。我想也没事的。没想到，第三天去大姨家，路过她家门口，她娘看到我，就张口骂我，骂得很难听不说，她还骂我娘。我急，就用粗话回骂她。她们母女两个就一起上。我骂不过，正急得满世界找脏话，刚好三表哥开着三轮车路过，二话没说，一把把我提到驾驶室里，突突开走了。

到大姨家，三表哥对大姨说了，大姨特意交待我说，回去不要给你娘说。我不知道啥意思。三表哥说你娘的脾气你还不知道？我想想也是。回家也没对娘说，直到现在。参军十多年后的一个春节回家，却发现，父亲养了两只小尾寒羊，一个公的，一个母的。正巧母的怀孕了，父亲经常拿了玉米、大豆、谷子、高粱等粮食喂它。春节前两天，刚吃过晚饭，我们都听见羊的叫声很痛，急忙拿手电去看。母羊正在生产，好一会儿，生下一只白羊羔，站起来，过了一会儿，又卧下，又生了一只。肥壮的母羊身子一下子瘪了。我觉得心疼，想起小时候喂羊的情景，忍不住心头发热。跑回家，冲了一小盆奶粉，快快地端过来，打着手电筒，看着它一口气喝完，母羊甩甩嘴巴，粘在胡子上的奶水箭珠一样分溅开来。有几滴还落在了我的脸上，感觉很香。

在雷声中惊醒

最可怕的，是在夜间活动的事物。

沉沉的黑夜是对大地之上的风物和生命的轻浮覆盖。在梦中，我一次次地从高高的悬崖坠下，而后上升，如此往复不止。我沉重的肉体在眩晕和恐惧中惊叫出声，这样的梦境已经持续了很久，几乎贯穿了我少年的全部睡眠。我想阻止这种无休止的坠落和上升，可是没有人来挽救，哪怕是就睡在一边的父母和兄弟。

母亲说，这是你在长身体呢。此外，还有很多人这样说。大致，每个孩子都会有这样的经历。果不其然，二十岁后，这类的梦境或者感觉越来越少。肉身是一个奇妙的构造，它在时间当中分阶段成长和枯萎，像极了乡村乃至人世上所有的事物。

而少年时候无疑是最美的，每一项经验都影响和贯穿了整个人的一生。

那时候的乡村夜晚，天空的颜色大多时候应当是幽蓝的，也可能是黢黑的。尤其是夏天的时候，忽然雷声大作，暴雨泄天的时候。

我时常能够想象到比黑夜还要沉重和漆黑的乌云，从某一座山顶奔涌而来。之前，是彻底的死寂或者犹如万千马蹄奔腾的狂风，再后来是由远而近的雷声。当然，雷声也会自村庄头顶轰然炸响。那声音，好像天空自我撕裂的巨吼，大地也随之现出无际鸿沟。按照爷爷奶奶的说法，只要有雷声和闪电，就是妖精受难、渡劫的严峻时刻。

在老人们看来，大地上每一处都是有生灵的。看见的是阳物，看不见的为阴物。阴阳的平衡，使得这个人间有着各种各样的蹊跷与庸常，怪诞和实在。明亮的闪电犁开大地，锋利的光亮，仿佛是对某种僵硬之物的快速切割，也好像天地之间的一次次爽快沟通。可每一次闪电之后，我都会陷入深深的恐惧。

这种恐惧一方面来自天地的威力，另一方面，则源于老人们的一再教诫。

雷声痛苦而果决，在村庄和众人睡梦里炸响。这是世界上最大的声音，也是无根但却威猛的宣言。我总是觉得，闪电和雷声肯定来自宇宙的内心或者某一尊超能力无穷的神灵的专用法器。

我被惊醒的刹那，感觉到有一把锋利的刀子，先是在空中淬火，灼红、饱满，充满无限的目的和意义。乍然、轰然、决然、勃然地从高空挥下，对着大地上的所有的事物，展开了有目标的追击和摧毁行动。

我全身哆嗦，哇哇大哭，急忙往母亲的被窝钻。母亲也醒了，没有阻止我。我蜷着小小的身子，在她温暖的被窝里，贴着她的身体。说来也奇怪，在母亲身边，我内心无边的恐惧顿时消散，继而觉得了一种无以伦比的安全和温暖。然而，当闪电不再，雷声消失之后，我又觉得这好像有点虚妄。闪电和雷声是大自然所为，对人和物应当没有什么实际的意义。

我有点厌恨母亲，她为什么一再拿那些被雷电劈死的忤逆不孝者和恶人的故事来教诫我？有几次，母亲特地带着我，去邻村的龙王庙看雷电惩罚恶人的壁画。那实在是血淋淋的，一条飞在空中的长龙张牙舞爪，一只前爪抓着一颗滴血的人头，后爪则提着一具无头尸体。那个人的表情里充满了猥琐和恐惧，头发披散，嘴巴大张。还有一幅画，也是一条龙抓着一个妇女的头颅和身体。龙的面目虽然凶恶，但眼睛当中充满了正义。

就此，我问询过爷爷。他说，你娘说的对，谁要是不孝敬父母，打骂父母，父母不能把他怎么样，但是龙会这样做。我问他龙是谁派来的。爷爷说，龙是玉帝派来的，一方面负责风调雨顺，让人能够吃上粮食，活下去。另一方面，就是要惩治恶人，还有那些祸害人的妖精。

来自长辈的灌输对一个少年来说，无异于某些神秘的自然和天地律令的再宣讲，贯彻的人不仅包括受众也还有他们自己。在乡村，如此一类的故事，几乎可以从每一个年长的人口中听到。天长日久，就成为我最初的心灵食粮，一颗颗、一粒粒地进入我的内心，逐渐成为一种真实的谶语和预言。从六岁那天初夏开始，每每闪电打雷，我就感到恐惧。急忙跑到母亲身边，寸步不离。惊惧地看着撕开黑夜或者阴暗白昼的闪电，整个身体和内心在暴烈的雷声中瑟缩发抖，随之而来的恐惧如铅水深灌，令我内心惶恐不安。

老人也说，心里有愧和做过忤逆和恶事的人，遇到打雷天气，只要待在他（她）的生身母亲跟前就会没事的。因为，龙绝不会伤害无过之人，特别是那些善良的人。我之所以恐惧打雷，在青少年时期，我确实是有些对不起母亲的，比如说不听话，要什么东西马上就要得到，一刻都不等，也不管父母到底能不能做到，有没有足够的钱帮我满足心愿……此外，还多次反驳了他们，顶嘴，甚至和他们吵架。我清晰记得，有一次，我偷拿了母亲五块钱，也不知道做了什么，不到半天时间就没了。母亲发现后，很生气，追着打我，后来强行把我带到龙王庙，指着那些被龙爪撕裂的恶人的身体，淋漓的鲜血，警告我说，要是再不听话，偷拿家里的钱，就会像那些人一样。

自此之后，闪电和雷声成为我的可怕噩梦，在雷声中，我总觉到有一些强大而凶猛的事物，在用恶狠狠的眼睛盯着我，残暴的指爪随时可以捕捉和撕裂我小小的身体。但只要有母亲在，再凶横的神灵也不敢伤害我，它们怕连累到我母亲。母亲善良，是好人，它们不可以也不敢的。可母亲和父亲不在家时，遇上雷雨天气，我就赶紧关上房门，自己抱紧自己，在闪电摇动的房屋中，瑟缩发抖。后来有了弟弟，我想他小，没有罪过，我就抱着他，在炕上，弟兄两个睁着惊恐的眼睛，大声号哭。

雷声贯穿了我在那个村庄的每个夏天。它们来去无踪，没有确切时间。有时候我在地里或坡上，在上学的或者去往别处的路上。它们来了，我哪儿也不敢去，大雨落下来，我在其中奔跑，在平面或者陡峭的山路上一次次跌倒，泥浆满身。那些高大的树木和层叠的石檐是最不可靠的，是雷霆在大地上的巢穴。它们虽然可以遮挡大雨，但是不怀好意，善良只是表面，内里却包裹着欺骗与伤害。尤其是在人和人的世界，互助合作是一种高贵品质和团队精神，而为了某些利益的争斗与攻讦则是可恶甚至悲哀的。

即使在人多的地方，我仍旧害怕。我总是想，再多的人也抵不住母亲，他们大都像我一样，谁也不足以阻止雷霆，也不会被雷霆饶恕。这样的时光持续到十八岁，一个人在远处的巴丹吉林沙漠，干涸的瀚海，尘沙满地，无边的戈壁连着浩荡大漠，终年阳光直射，风暴频仍。偶尔的雷雨让我惊恐而又欣慰，尤其是半夜的闪电巨雷，使得我辗转难眠，总是想起年少时候在乡村的经验……直到现在我还固执地认为，雷霆天地之间最强大的愤怒及其暴力反应，是各种物质以流体的方式，在空中进行的炫目之战，当然，雷声，也是对人和其他物质的某种警告。也可能，因为人间有悲欢离合、善恶美丑、罪孽和荣耀，雷声一次又一次从天庭的花园或者牢狱之中，以闪电的形式艺术地脱笼而出，在大地的上空和具体的生命之上轰然炸响。

秋天的芦苇荡

好像是20世纪60年代，很多大坝在沟谷的狭窄处相继隆起，聚拢或大或小的流水。我们南太行乡村也不例外，几道沟里，分别都修建了水库，虽然大小不一，但对当时的农业灌溉，无疑是起到一定作用的。田地都分给个人之后，水库就成了没人管的公共水利设施，每年秋天，种冬麦之后，为使土地拥有足够的墒，要赶在霜降之前浇一遍水。每年那时候，父亲带着我，去水库放水，然后跟着水流，一起走到麦地里去。

从水库一边的山腰上，沿着不知哪年开凿的简易人工水渠，就可以走到另外的一些村庄，甚至更远。我们村唯一茂密的芦苇荡是必经的地方。秋天，我和父亲去放水浇地，钻到大坝下打开水闸，积攒了一个多月的大水便轰然而出，携带着上游河道的泥垢、浮草、人们身上的泥垢、汗液、洗衣粉乃至妇女被河水稀释了的经血布条和厚厚的纸。沿着水泥渠道，拨开两边垂头低掩的蒿草，一路向东。

渠水不断向前，优柔而果决地水头就像不停游走的巨蛇，一次次吐出它衔泥带沙的黑色信子，舔着干涸的渠底之中残存的焦白或者湿润的沙土。通常，父亲从另一面山坡上的马路径自向前，我跟着渠水，或者让渠水跟着我。孩子一样追逐和被追逐。路过的田地，冬麦破土而出，青青的身子在表面发白的泥土上，在徐徐展开的秋风中摇晃着身子。

柿子树叶片凋零，余下的在晨霜中颜色粉红，远看上去，像是一群穿着红绸衣服扎堆儿在一起嘻笑的妇女。核桃树的叶子颜色发黄，留在树上的那些则呈墨黑色。它们被霜打过的身体充满了浓重的无奈和压抑的愤怒。大片的洋槐树早就干枯了，满地的碎叶子被羊只一次次捡食和践踏。对面村庄的房前屋后悬挂着金黄的玉米穗子。马路上偶尔的机动车转过一个山头，又转过一个山头，突突的声音在河谷两边的岩石和悬崖上跌宕。

渠水和我几乎没有什么可以阻挡。在山坡上，水声、脚步声和杂草摩擦裤腿的声音只有我们自己可以听到。走着走着，芦苇荡就要到了。秋天的芦苇根根白发，蓬松的绒毛在风中摇动。远看像是一群老者在集体运动，也像古代老迈的将军窃窃议论。它们高挑的身子相互击打，匕首一样的叶子在风中相互切割但又各自安然无恙。我远远地看见，有些紧张。不是害怕芦苇，而是害怕潜藏其中的众多的蛇。小的时候，父亲带着我路过，不到一公里的芦苇荡边上奔窜或者卧着好几条颜色不同，粗细不一的水花蛇。

我总觉得蛇是可怕的，它们拥有着人类无法企及的灵性，以及强大的集体主义式的坚决和攻击性。祖父给我说过很多关于蛇的故事，其中，说到了二十岁那年被蛇精娶走的栓柱爷爷；不小心用铁锨斩死一条小蛇而遭群蛇围攻的四奶奶，还有一直潜藏和游弋在村后水井中那条头上长角的大花蛇。

对蛇天生的惊惧和害怕导致了那片芦苇荡长久的茂密、壮大和杂乱。除了个别胆子大的人偶尔去割些芦苇，回来晾干，编织苇席之外，多少年来，它几乎没有受到过人的大面积的伤害。一年一年的枯荣。村人并不以为那是一个风景，它的本质，只是人们眼里的一个可有可无的存在。

我拉着铁锨，抓着山坡上高高的蒿草，远远离开那片芦苇荡。在爬的过程中，心脏突突跳着，大睁着眼睛，惊恐地留意每一个草丛中的突然扭动。这里是蛇们聚集、交配、孕育和生产的地方，我不敢造次。也不能造次。在离它五百米的高处，我看到，蜂拥的芦苇荡充满了神秘，浓密的根须下面一定活跃着大批的生灵——应当不仅仅有蛇吧。

越过芦苇荡，我重新下到水渠，水走的路是平坦的，它们的速度必然要比我快——它们已经走出了好远，沿着混浊的渠水，我在渠沿上快步向前追去，遇到有缺口的地方，就铲了带草的泥土，厚厚地封住，也一次次地把漂浮其上的断草捞出来，扔在其他的草上。

渠水到达麦地，正是暮秋降临的时候，刺骨的寒风在寒霜上磨着刀子。一些生灵开始退隐，臃肿的大地层层下陷。芦苇荡干枯了，蛇们早就选择了冬眠的去处，它们不会为了这片芦苇荡而与冬天对抗。我也不觉得害怕了。有一年冬天，村人好像想起了什么，一个一个拿了镰刀，从芦苇荡最为茂密的地方开始，锃亮的镰刀贴着冻结的泥土，以最快的速度刈倒芦苇。不到一天时间，浩大的芦苇荡便空空荡荡的了，只留下箭矢一样的根茬，一支一支，以荒芜和愤怒的姿势，向着天空和看见它们的人们，说出隐藏的秘密。

北河沿：两座庙宇和三个智障者

从杏花村向东，沿着马路，或者从马路一侧斜坡下去，就是南太行莲花谷所属的北河沿村。对这个村子，我最初的印象来自祖父的讲述。那些年冬天，和他一起躺在烫得可以烙饼的热炕上，在黑暗中睁着眼睛，听他讲故事。祖父说，北河沿村是咱莲花谷最大的自然村，也一色的张姓。大概是解放战争时期，有几个人参加了刘邓军队，死了几个，不死的，最后分别留在了大连、葫芦岛和桂林等地，偶尔也会回来。脚没进门，就一头扑在父母坟前，刨地指天地哭上一场。

而这些并不吸引我，只是对祖父所讲的那些神仙鬼怪故事充满兴趣，每次都把耳朵竖起来，生怕漏掉了一个细节。没多久，祖父就掏光了他自己的那些道听途说，转身讲述自身经历。关于北河沿村，我至今还记得他讲的这样的一个情景：

十几个男人光着上身，下身穿黑粗布短裤，腰里缠着一截红布。他们用粗如檩椽的木杆抬着两尊泥塑像。一个龙王，一个孙大圣。前面还有一群人，嘴吹唢呐、笛子，手敲牛皮鼓和铜锣。最前面，还有一个人，头戴古装戏专用的凤冠，穿着花色短袍，一边唱一边闭着眼睛唱和说。其中还有几个男人，手提砍刀，不时翻转，朝自己胸脯和后背砍。每砍一下，身上便裂开一道红艳艳的血口，白肉都翻卷起来了。观者惊惧，而当事者满脸从容，用一块红布轻轻一擦，伤口瞬即不见，皮肤如初。祭祀队伍一路喧闹，越过河沟，再上山坡。

山坡陡峭，牛羊难攀，荆棘、岩石幽深茂密，且还有不少高逾数丈的悬崖，横在高低不一的沟壑某处。而那些人抬着神像竟健步如飞，仅仅眨眼之间，就从这道山岭窜到另一道山岭。

两尊神仙就住在北河沿村中央，两座庙宇一墙之隔，院子四周，长着四棵冠盖庞大的核桃树。每年农历三月初十，这一全民性的祭祀活动都会如期在北河沿上演。邻村的人也来参加，神汉和巫婆好像是专职的。“破四旧”的时候，几个十七八岁的小子热情呼啸，冲进龙王庙和猴王庙，开始打砸前，其中一个说，各位，稍等，俺先在这猴头上撒泡尿再砸不迟！随即解开腰带，冲着孙悟空泥像淋漓而下。翌日一早，邻居和稍近的村人就听到一种撕心裂肺的呼叫。人说，那冲孙大圣泥像撒尿的半大小子睾丸肿大如葫芦，捂着裆部满地打滚。其父找郎中；其母提着馒头香烛之类的跪地哀求孙大圣原谅儿子无知。

可还没到天亮，那个小子就死在极端的痛苦中。爷爷说，巫婆（实质上是蒙昧年代巫师和巫术的民间传承人）和神汉也都是平常人，先前是张老二的老婆，再后来，可能就是朱老三的婆娘。神汉也是如此。

这些传闻，祖父讲的时候，我听得毛骨悚然而又津津有味。还问爷爷说：怎么刀子砍伤了红布一抹就好了呢？人抬着几百斤重的泥像怎么还能在山坡上跑呢？爷爷说，那些人都被神仙“神教”（即神在被祭祀的时候赋予凡人的超常能力）了。至于那个半大小子的真实死因，至今村人不但没有一个科学的说法，而且早已被莲花谷人丢在了遗忘之中，若非爷爷当年给我讲过，恐怕全莲花谷找不到一个记得的人了。

我们的小学也在北河沿村，学校和我们家只隔了一道斜坡，下到马路上，再转到北河沿村子里，混杂在一排青石房屋于众多雷同房屋之间。

20世纪80年代初期，曾被砸毁的龙王庙、猴王庙再度被村人重新集资修缮一新。读一年级时，有一天下课，我到两庙前去，还没接近，就觉得了一种穿人心胸的凉——应当是僵冷或阴森，身心都冰透了，似乎任何一道缝隙，都扩散着一股令人心神肃杀的诡异之气。从那时候开始，我就知道，任何神灵其实都是阴性的，与白昼及其光芒无关。

虽然我们家距离学校近，也就是七八百米的路程，但我总是喜欢到四里外的大姨妈家吃住，每次都要斜穿过北河沿村。有年夏天傍晚，太阳仍旧斜挂，光芒暴烈，把北河沿村乃至整个莲花谷照得半是灿烂、半是黑暗。我和几个同学背着书包，像小马驹一样蹦跳着正要穿过一户人家门前，忽然一个黑影冲我迅速扑来。我本能闪过，只听后面嘣地一声。回头，只见一个头发乱如蒿草且遮住大半脸颊的女人，呈撞倒姿势，左边头颅和脸紧贴在对面石壁上。

我吓出一身冷汗。到大姨妈家，还没听我说完，大姨妈就说，那是北河沿村张顺的三女儿，叫张三妮，从小就傻，一见人，就猛不防往人家身上扑。还说，北河沿村比较怪，因为修了猴王和龙王的庙，村里代代出傻子。其他村子就没这情况。并且强调说，我遇到的张三妮，只是北河沿村傻子中的一个。

另外两户人家也代代出傻子，其中，张三妮的堂伯生了七个孩子，有两个是傻子。傻男孩叫张锁成。长大后，他自己娶妻无望，弟兄们又多，家里房子少，只好一个人搬到北河沿村向南，河沟最深处。

那里是老北河沿村旧址，解放前，北河沿村人都住在那里，20世纪60年代中期，平涉公路修通，先前栖身山野，与鸟兽草木甘为同类的村人逐渐搬到了马路边。房子一旦没了人气，朽坏就很迅即。几十年的时间，就成了一堆废墟，蛇和荒草，甚至狐狸、野狼成为它们的主人。

有好心人劝张锁成还是回村里住，一个人毕竟不方便，再加上山间野狼众多，太阳没落山就越人院墙，爬人窗户。张锁成摇头，用含糊不清的舌头说不！一个人住着老石头房子，种着几亩荒草比庄稼多的田地，要不是买香烟盐巴之类的日用品，平素不回村。但若村里放电影或唱戏，他得到消息，便一个人打着灯笼（后来换成手电筒），嘟嘟囔囔哼着豫剧评剧选段独自来去。

张锁成的傻妹妹叫张土妮。脸色白，身条正，眼睛也大，脸盘子也周致，可就是脑子没长好，不管见谁，都嘿嘿笑，眼睛还死盯着对方的脸看，甚至手脚上去抓摸撕扯。我有几次在路上和她遭遇，她瞪着一双几欲爆裂的眼睛看我——应是剜，歪着头，下颌微收，两只眼睛似乎要从我脸上挖块肉吃。有时上下牙齿大幅度暴露，嘿嘿笑，笑得人毛骨悚然；有时则一脸怒，嘟着两片厚嘴唇，而且还使劲向下拉，鼻子眼睛都挤在了一起。

有一年春天大旱，一镢头下去，十几厘米以下的土都干踏踏的，点种谷子、玉米、豆子等于给泥土上供。村干部合计了一下，发动群众按人头拿钱请戏班子。有时按人头，不论老幼，有时候十岁以下孩子和七十岁以上老人免交。唱了一台戏，后半夜里，雷声大作，果真下了一场大雨，虽没完全湿透，但也可以点种了。村人说，这是龙王和猴王显灵，家家一大早就到地里撒种子。中午吃了饭，扛着板凳，慢悠悠地去戏园看戏。

戏班来到的第一天下午，会有几个演员化妆穿好戏服，专门到两座庙前唱一段，然后再由巫婆捧着神像，毕恭毕敬地安放在戏台观众席正中央。而后，大人们下午和晚上坐在戏台下看台上不停旋转的才子佳人、乱世英雄。我们这些孩子，则三五啸聚，在马路和戏园前后追逐打闹，不可一世。晚上，灯火被蚊虫围困，咿咿呀呀的唱腔由着高音喇叭从北河沿村婉转而出，一直传到人迹不见的后沟村。其他村人回家时，可以看到一个灯光，鬼火一样出了北河沿村，向着黑漆如墨的深山一节节地飘移。有人会说，张锁成胆子真大，要是俺一个人去那地方，就是有一百个熊胆拴在腰上也得吓破！

秋天，庄稼被手掌和汗水运载，鸟鸣收割了漫山遍野的绿色。村人刚摘完柿子，夜晚就被霜打了。等核桃纷纷跳进小贩的三轮车和拖拉机车厢里的时候，先前冷不防扑打过我的张三妮出嫁了。她的婚事办得不怎么张扬，就只见一个白白的、高高的男人，同一些近邻和亲戚，用一辆拖拉机把她拉走了。我们几个同学围观时，发现张三妮也穿了一身红衣服，头上还盖着一面像大表哥媳妇一样的红手巾。只不过，别人刚刚给她盖上就被她一把撕了下来。

我的同学老民棍子说，这傻闺女也有人要？年纪稍大的曹老东说：男人长得再俊也会打光棍，女人再傻也不会剩在家！次年，我又看到一个脸特别白、个子高挑的男人，赶着一架驴车，车上堆着花花绿绿的被褥，还有怀里抱着一个大胖小子的神情呆滞的张三妮，来到北河沿。村人议论：三妮子会生这么一个大胖小子！然后啧啧赞叹。

我到莲花谷中学读书的第一年冬天，张土妮也出嫁了，男人好像是县城附近某村的。

二十郎当岁时，我还在外读书，爹娘托人给我说媳妇，他们中意的竟然是张三妮堂哥的小女儿，我小学到初中的同学张霞。尽管张霞爹娘把头摇得跟歪嘴葫芦一样，但我还是心动了一下。我和张霞同学七八年，彼此有好感，倘若她敢违父母之命，我还真有可能成为北河沿村的女婿。

从 20 世纪 90 年代初到中期，我在外读书，又参军，其间回去几次，但很匆促。再后来，因为生活相对稳定，回家次数增多，有时候能盘桓一个多月，可始终没再见到张三妮和张土妮。倒是听说，某年深秋，北河沿村一人到张锁成所在的深山锯木头，中午想在他家喝点开水。可怎么喊也没人应声，房门反锁，撬开后，发现张锁成已经身体僵硬，躺在一张吊在梁头的床板上。

近十年来，莲花谷村请戏班子唱戏的次数少了。位于北河沿村中央的龙王庙和猴王庙仍旧矗立在一棵巨大核桃树下，门窗紧闭，灰土沉厚。几次回乡，我看到不少人在破旧房子里谦卑站立，捧着《新旧约全书》，用当地方言唱赞美诗，集体朗诵《圣经》诸如“耶和华说：因为困苦人的冤屈，和贫穷人的叹息，我现在要起来，把他安置在他所切慕的稳妥之地。耶和华的言语、是纯净的言语。如同银子在泥炉中炼过七次。耶和华啊！你必保护他们。你必保佑他们永远脱离这世代的人”之类的片段，并且至今不绝。

大奶奶的强悍人生

杨家庄是生我和我生活的村庄，尽管只待了十八年，剩下的时间在上海、西北的巴丹吉林沙漠和目前的成都。十多年前，祖父母、舅舅、姑夫等亲人先后辞世，但母亲和弟弟一家仍在那里生活。关于杨家庄，我总是有一种既爱且恨的感觉。爱是生身之地，父母之所，胞衣和祖根都在那一弯山野。恨是幼年经历——来自肉体和内心，更源于母亲受难及人性在我成长年代所展现的那些凌厉和复杂。

在很多时候，我愿意将之说出，并且不厌其烦。但一直烦恼的是，我无法用一句话概括或者形容一个本乡本地人对故乡——具体村落的确切感受与印象。我只能说，杨家庄在莲花谷，同样是一座由几十户同姓族人构成的自然村。据祖父讲述，我们的先祖来自山西洪洞县（大槐树下），具体时间可能是明万历或者满清某些时候。迁徙的原因，无外乎洪水、饥饿、战乱、家族内讧和躲避屠杀和仇杀等原因。

村人常说，我们村先祖是三个亲兄弟，分别叫杨天啸、杨怀玉和杨玉真。从名讳来看，这三个亲兄弟绝对出自书香世家。果不其然，村人在论说祖源时，不管有无考证，便推到北宋名将杨令公那里。起初，有人说有家谱；又说没有。前几年回家，又说家谱在一个堂哥家里，据说他视如宝贝，秘不示人。我几次动念想问并翻看，但无从开口，搁置到现在。

从我记事起，杨家庄人的日常便被此起彼伏为一寸地基、一分地、一棵树，甚至一滴水一句话而进行天长日久的窝里斗，有些是亲兄弟，有些是堂叔伯兄弟、有些是女人和女人，有些是男人和男人。最典型的，应当是我的大奶奶，即我大爷爷的媳妇。那是一个强悍的女人，我们杨家庄村在莲花谷之所以形成好窝里斗的广泛口碑，大奶奶是立下了汗马功劳的。因此，我总觉得，大奶奶应当是杨家庄村近五十年来当之无愧的“典型人物”。

大奶奶姓朱，具体名字忘了，娘家在莲花谷另一个自然村——盆上村。到2007年去世时，估计有一百岁左右，死前几个月，每天还可独自走十多里的山路，耳朵一点也不背，口齿伶俐得照旧能把一棵树说得缩回地里去。

我很小时，爷爷就对我说，你大奶奶那个人不简单，可是咱们村的大人物儿——具体怎么不简单，他没说，我也没兴趣。待年事稍长，我听到的一些闲言是：我的大奶奶三十多岁的时候，正是公社时期，家里孩子五个，分的口粮不够吃，稀汤寡水加麸糠菜叶，根本没法填充孩子们饥饿的胃。

某夜，大奶奶正在地里偷生产队的玉米，正手忙脚乱，冷不丁，一个男人在身后断喝一声，大奶奶一惊，手里玉米落地。回头一看，竟然是生产队长。队长年岁最大，是村里最大的官，在那个年月，也是最有权威的人。

队长两目圆睁，不由分说，拉了她的手，提了不满一袋子的“赃物”，大声说：召开社员大会，对这种偷窃和“挖社会主义墙角”的不法行为进行批判。大奶奶惊恐，脸色惨白。大声哀求队长看在五个孩子饿肚子份上，饶了她这一次，但队长似乎没听见，仍拉着她走。大奶奶急中生智，一屁股坐在地上，任队长怎么拖拉，也不起身。

大奶奶坐在地上，本想号啕大哭，可又怕更多人听到，只能小声饮泣，继续哀求。此时，风吹着大片的玉米叶子，沙沙响声在空寂的黑夜中，就像刀子和刀子相互摩擦。大奶奶见哭泣无效，索性站起，手往腰里一伸，就把红布裤带解开了。直面队长说，要是让俺带走，俺就是你的，不让俺带走，俺就说你强奸。

这一句“宣言”，至今听起来“震耳欲聋”。据“知情者”

讲述，在玉米地，大奶奶的那句宣言虽然嘹亮高亢，但没有起到应有作用，反而惹恼了队长。一声大吼，硬是把她从沟底一直扛到山岭上，实在扛不动了，才放在地上，喘着粗气喝令大奶奶自己走。大奶奶无奈，只好在后面，亦步亦趋。走到村羊圈时，大奶奶突然内急，不管队长是否在场，解开腰带，就蹲在了地上。

淅淅沥沥一阵后，老队长还没扭过头来，大奶奶就裸着下身，从后面抱住了老队长——这一情景当然也出自村人之口，且众口一致，多年之后，复述者仍旧以同样的口吻，说出了同样的情景。事后，大奶奶自然得到了“偷”来的粮食，而且一发不可收拾，胆子越发大起来，天长日久，偷窃行为村人皆知，众人背后指指点点，大奶奶自己也知道，但从不收敛。

再些年，田地包产到户，村人放弃了集体劳作，把汗水和气力都用在了自家地里。这位大奶奶也老了，在时间中，她也随着粮食逐年丰产而变得皱纹满面。几个儿女也都相继成家，四十岁那年，丈夫患细病（癌症）逝去。再几年，当年的那位老队长也因病去世。

1980 年，我七岁。大奶奶和邻村的一个早年没了媳妇的男人结婚了。但她人不到男人村里去。两个人有时在这个村子住一段时间，有时到那个村子住几天。两个村子隔得不远，相互转过一道山岭就到，来来回回十分方便。

有几次，大奶奶和自己的儿媳妇吵架。吵得很凶，别说妇女生殖器和各种性行为构成的脏话，就连还在时间中子虚乌有的孩子也被骂得狗血喷头。这还不过瘾，最终以凶猛的肢体进行热烈交流。战后，大奶奶头顶毛发被儿媳捋下一片，隐隐冒血；儿媳妇脸上手臂上留下几道血痕。

她们的这种战斗似乎是家常便饭，也轮番不休。自己人打了闹了后，再和其他人家展开。大致是1984年秋天的一天，我放学回来，忽然看到一辆警车停在麦场上，听母亲说，那大奶奶出事了，跑了。原因是五里外一个五十来岁的男人在村子里拉大锯，干了近三个月，拿到了五百多块钱。临走那天，到大奶奶家里闲谈了一大会儿后，再出门一摸兜儿，钱不见了。回身问那大奶奶见没见，大奶奶暴跳如雷，把三个儿子喊来，说那木匠想和她睡觉不成，就说自己钱丢了。三个儿子怒不可遏，拳脚齐上，将木匠痛打一顿，扔到院子里。木匠子女闻讯赶来，又到派出所报了案。不一会儿，警车呼啸而来，将她三个儿子一起抓到麦场上，再回身，却怎么也找不到大奶奶。

我站在自家门前石阶上，一脸惊恐。民警发动群众一起寻找，话一出口，看热闹的人，除了像我一般大小的孩子还怔怔在原地呆着，大人们像是一团团棉花，不一会儿，就一朵朵飘远了。我正要回家，突然看到对面山坡上，一棵老板栗树下蹲着一个人，看模样就是她。我站在那里，不知道怎么办，一会儿瞅瞅警察，一会儿再看看她。这时，母亲一把拉过我，强行带我回家。

这件事后，我也对大奶奶这个人莫名恐惧起来。因为那一棵大板栗树，大奶奶侥幸躲过一劫，但不敢回家，到十里外的大女儿家住了将近一个月，才颠着一双小脚回村里。村人眼光如常，并没有人认为这是一件丢人事，该喊奶奶的还喊奶奶，该叫娘的叫娘，该叫婶子的还叫婶子。事发后，她三个儿子被派出所拷了半天，责令合伙赔偿了木匠一点医疗费用和误工费，就被放了回来。

村庄有时候安静若死，有时候吵闹异常。在时间之中，每个人都像水中杨柳一般，飞快成长，也飞快苍老。在故乡时，我总是看到你在田地里薅草，或坐在自家院子晒太阳。我长期观察到的一个现象是：大奶奶很少与村里同龄老人坐在一起攀谈。她家也很少人去，就连我们这些孩子，也不轻易跨进，甚至，过年拜年时也都匆匆忙忙，说上几句好听话，磕了响头就赶紧溜出门外。

又一年秋天，满山金黄，果实累累，到处都是收获。晨风清凉而冷，正午则太阳毒辣，逼人淌汗。大奶奶的邻村丈夫把自己的田地交给儿子儿媳收拾和播种，一个人来到这个老妇人家，田里地里，忙得不亦乐乎。有不少闲话说：这男人不知好歹，半路夫妻，又不在一起，该先帮着自己的儿子儿媳收秋才是；大奶奶又儿孙满堂，哪一个抬抬手，就把那点粮食收拾进家了。

有天中午，我去大奶奶家找他的大孙子玩。南太行人有歇晌习惯，她家窄条形的院子里除了阳光和树影，就只有蝉唱之中的另一种寂静。她家门开着，我没多想，脚一抬就跨了进去。抬眼望家里看，却发现，大奶奶和他的那个邻村丈夫在炕上仰躺着，邻村丈夫趴在一边，用舌头——奇怪的方式喂她饼干之类的。他们也看到了我，我怔了一下。脑袋还没反映过来，就扭着身子蹦了出来。

这一情景我从没对人讲过，那时我虽才七八岁，但记忆异常顽强。

冬天没事，村人大都上山砍柴，或者收拾夏日洪水冲垮的田地。要建新房子的人家则全体出动，在宅基地上抡锤捉钎，干得热火朝天。老妇人根下的四个孙子也纷纷到了婚娶年龄，必然要起房盖屋。大孙子盖房子时，因为宅基地与邻居杨三林争闹，一时间，大奶奶和杨三林全家皆兵，就连在外地打工的也都被亲戚招了回来，摩拳擦掌，准备投入战斗。

乡政府派人来调停，结果是，那地方是包产地，不允许修屋盖房。大奶奶闻听，大喊一声，颠着小脚，奔出家门，直奔工地，坐在向阳处，大声呼喝道：谁要是不让俺在这儿盖房子，就把老娘埋在里面吧！众人唏嘘，窃窃说：这朱杨氏强悍如旧，招惹不得。大奶奶有句话说：自家人哪怕俺打出活人脑子，遇到大事，还是自个儿娘们亲，胳膊肘子不能翻了天也不能往外拐。

我十六岁那年春天，大地蓬松，处处花香，青草在山坡和田地边儿上疯狂成长，青蛙产卵。村人或是往地里运粪、或者翻松田地、点种下苗。也就在这时，老妇人的后夫生病了，儿子、儿媳雇车拉到医院，检查结果说是胃癌晚期。回来之后，开始几个月，还能吃些东西，后来，只能喝一些米粥，原先健壮的身体眨眼间瘦了下去，只剩下一副骨头架子和一张皱褶的皮。按照常理，伺候丈夫是妻子本分，而老妇人不许丈夫在自己家中，必须放在他亲生儿子那里。她本人一天去一次，从不过夜，每次返回都要带些东西走，或是粮食，或是家具。斯时，天气炎热，后夫长期卧床，后背长出黄疮，脓液流溢，不忍卒睹。又苟延数月，回光返照之际，将五千元存折交与老妇人后，即撒手人寰。

时光如奔，冬去春回，不觉又是十五年过去了。大奶奶的前夫后夫骨殖成灰，大奶奶仍在村庄过活。2007 年，我带着妻儿回家休假，正值大奶奶卧病在炕，有几次，我想去看望她，但心里老觉得不舒服。同年初秋，大奶奶去世了。弟弟打电话对我说了后，我只能叹息一声。

六个梦

十五六岁，正是梦多的年纪。在南太行乡村，有一些时间的夜里，我不间断地做各种各样的梦。其中很多，醒来就忘掉了，有一些则异常清晰。按照弗洛伊德的说法，成年之后的所有心灵和精神问题，都源于童年的性的创伤。对这个论点，我很排斥，但似乎觉得又有些道理。梦就像未来，一切都是不确切的，也是无常的。 梦境体现的是一个人深层次的心灵遭遇及其反应。尽管，它们在很多时候没有什么现实意义，但可能会烛照现实，或者从现实中采撷几丝莫名其妙的“影像”或者“感觉”来。就像以下这六个梦境。

第一个

黄土的路面，风吹后的干净。我看不到自己，但却好像是飞翔着的，身体很轻，在土路上面。阳光淡黄，像是一张旧朝的无字纸。路上没有人，连牲畜和蚂蚁都没有，干枯和断了的草芥堆在路边，一层一层，似乎老年的皱纹。路两边是黄土的墙壁，矮而旧。上面堆着一些干枯秸秆，是玉米的，也好像是谷子的。

我惊诧，为什么没有其他的人，连声音都没有？他们都去了哪儿，把一条道路留下，让我一个人，以影子或羽毛的方式，速度缓慢地飞行。干净的黄土路面上似乎有一些气泡状的痕迹，像鱼儿在水面吐出的那些。我想这里肯定下过雨，雨水打在地上，灰尘升起，黄土变软；又好久之后，阳光和风使得雨水向着天空逃跑，黄土再次凝固。

但为什么没有人？我也为什么自己看不到自己？这样的路面上，怎么连一道车辙、脚印都没有呢？四周似乎有树木，黑色的躯干弯曲着，皲裂的表皮一定是谁用刀子故意划开的。树上有叶子，一种是青，一种是黄。它们安静。而感觉又好像是塑料或者纸扎的，一动不动。

我一直在飞行，但始终在原地，感觉却是不停移动的，向前的。事实上，我在重复那条路，以及它两边的风景。那路和风景也在重复我。最近一次，我明显感觉到它有些改变，两边的土墙上多了几块石头，光滑的，河水冲过的那种，白色、黑色、红色，一共七块，距离均等，面目生硬，在阳光下，显得格外安详。暗色或杂色的纹路像是一张脸，五官错位但不离奇。

我总感觉这些石头和我一样，有一双眼睛，它们看着我，或者看着我背后的一些什么。

干净的黄土路，多少年了，那么顽强地躺在我的梦境中，从不沾染灰尘。变换的只是周边的一些事物，但很微小。我常常想，如果不是我，它们肯定不会被发现。尤其最近一次：黄土路面依旧，多了几张纸，翻转的，正面朝地的纸张，上面写满毛笔字，墨迹很重，透过纸背，笔画的痕迹同样明显。我想把它翻转过来，看看上面到底写着一些什么？可我不能停下来，我伸出的手掌是虚无的，就要抓到了，但它们却又跑开了。轻盈地，贴着黄土路面，但没有发出任何声音。

第二个

怎么站在这儿？我惊诧，往下看，是悬崖，很高，底部是黑色的，没有烟雾。壁立千仞的崖壁也是黑色的，黑色的石头，堆积和层叠起来的峭壁，不怎么光滑，可以清晰看到岩层的纹路。黑色之间夹杂着几道暗红色，上面依稀有成堆和凝固的灰尘。那黑色的东西好像是苔藓，但又不是，我看着，头晕。我知道自己有恐高症，想退回去，但后面好像有什么东西挡着。

身后是一个样子凶狠，像人却又不是人的东西，它怒容满面，抱着双臂，眼睛冷得要结冰。我无数次回头看它，想站在安全的位置，它不允许。我怎么样哀求都不行。它始终在那里站着，脸色冷峻，一言不发，死死看着我，不要我回退。我想不起它到底是谁，为什么要这样?

它要我往下跳，没有选择，我惊慌，恐惧……后来起风了，不知道从哪个方向来，很大的风，我从来没有遭遇过的那种，颜色也是黑色的，我可以看清它的旋涡和条纹，像是一张铁丝做成的筛子；那旋涡只有海洋才有，它在不停地旋转，在半空之中，忽而又到了我的近前。像是一双大手，一块黑色的石头。我紧张得喘不过气来。

那个人，仍旧在看我，它站立的地方，是一面山坡的顶端，长着很多的茅草，很高，但仍旧是黑色的。茅草不动，那么大的风，它们也不动，似乎一群草状的铁钉，一支支，烦琐而又茂密，钉在大地上。在它的后面，还有几棵枣树，枝干黝黑，一片叶子也没有。干枯的枝条凌空散开，我看到，它们衬在一边的天幕中、傍晚或者黎明的天幕。

我终于跳下去了，感觉有人推我，或者崖顶本身摇晃，我站不住，坠落下去。我的心脏被钢爪抓紧，向着口腔逼近。它好像不再跳动了，血腥浓重，整个鼻孔和口腔都充满了那种味道，叫人压抑而新鲜，恐惧又兴奋。我身体下坠的速度比石头还快，耳边有风，我能够看到，但却没有声音。在下坠中，风是条形的，尔后又变成丝状，呈椭圆形回旋、展开。

我在叫喊，惊惶、吃力、绝望——我明明叫着，声音很大，完全可以使一些人和动物感到惊恐。但好像自己也听不到。下坠，下坠，我试图抓住一些什么，哪怕一个藤蔓——我多想它们会挽留我呀，让我抓住。可是没有，一根都没有，我感觉到自己的身体，也像苔藓一样光滑。下坠的最后，我醒来，张眼也是黑的，没有声音，安静得让人没有呼吸。我想怎么了——很长时间，我不知道我是谁。

第三个

我一定会遇到的。她一个人，在一个院子里，一身浅蓝色衣服，好像是西装。她走，脚下的水泥发白，一边是花坛，有些花儿，但没有花朵，红色躯干和深色的叶子寂静着，一动不动。背后有两棵不大的槐树，比她稍微高一点点。再后面是一排平房，新修的房子，门窗紧闭，没有人居住。我不知她从哪里来，出现，她来了，一个女人，一个优雅的女人，个子高高，身材纤细。眼睛很大，黑色的眼珠朝着一个方向。她从树下来，走，然后转弯，到花坛这边，皮鞋的后跟很高，尖细而长。一下一下敲打路面，但没声音。她脸上不见任何笑容，很安静，有些忧伤，嘴唇紧闭。没有唇膏，双唇是淡红色的。她看着前面，又好像看着地面。

我努力转身，但却看不到她看的地方。我急，我不知道为什么看不到她看的地方——那里是哪里？有些什么？她朝着那里走，一定要去，不停的脚步就要踩到我的身体了，我感觉自己是趴着的，她好像没有看到，或者看到了装作不在乎的样子，没有丝毫犹豫。

路面不长，她一直在走，一步也不消停，但怎么走，也不走过去，我和她，居然都浑然不觉。她一直在走，我也一直在看。这样的场景，它一次又一次出现，我不知道怎么了。有很多次，我坐下来，或者躺下，甚至在办公室假寐，它就出现了，我不知道为什么，也曾经试图找出理由，但都是徒劳的。

我想知道她是谁，还有那个地方：院子、槐树、花坛、浅蓝色衣服、皮鞋后跟、不停地走、隐约的方向……这些，一个人，这么多的场景，固定的一些事物，反复出现，到底为什么？她总是忧伤的，本色的脸和唇，这样的一个女人——我没有亲眼见到的，不快乐的、安静、优雅的女人，她为什么总是在我这儿出现？

我不知道这预示什么？我心情沉重，总觉得她一定是向我而来的。她去的那个地方，我无法看到，只是不停地猜想。但我相信——总有一天，我一定会遇见它，就在那片小院子里——不见人居和烟火的房屋、青色的槐树、无花的花坛。

第四个

我在某一条路上，街上，车上，头发上满是白色的灰尘，衣衫颜色灰暗：我看到简朴的楼宇、零散摊点的马路，尽头的大门朝我敞开，可我不想进入。站着，来来回回走，低头思忖，神情踌躇，一会儿又抬头，咬牙，向着那大门，快步走近了，看见一些人，主要是女人，她们推着车子，从里面出来，或者从外面进去。没有人看我一眼，我满身的灰尘，脸色愁苦，像是一个乞丐，一个走投无路的人。

街上车辆很少，摆摊的老太太在遮阳伞下，漫无目的地看。那时，似乎是秋天，颜色和款式各异的衣服包住了行人的胸脯和小臂。我一个人走来走去，焦躁不堪。路基下面好像是田地，收割之后，冬麦刚刚冒出黄色的头颅，黑土的田里飘着一些白色薄膜或塑料袋。再远处是一家工厂，烟囱很高，铅色的烟雾翻滚，而后扩散或上升。它背后的天幕没有光亮，阳光在我背后或者头顶，不怎么热烈，照着我的疲倦和惆怅。

这是什么地方？我为什么一个人来到？我问自己，自己也不知道。但感觉一定有个理由，我说不清。一个人过来了，骑着一辆自行车，是个男人，脸很宽，头发浓密，但没有光泽。他路过，看看我，然后走远；又一个人骑着车子也向我而来，车链子磨着挡板，哧哧的声音让我格外烦躁。还有一个人，好像是个女人，步行，左肩上挎着一个红色坤包。脸庞向下，油墨一样的黑发掩住半张脸。她的鼻子、腮和下巴很白。穿着皮鞋，咯噔咯噔的声音由远而近。

我躲开，蹲在路边，面朝田地，看见对面的城市，在烟岚中，林立的白色建筑、尖顶信号塔、穿梭的车流和人群——不知什么时候，太阳落了，我和大地一下子黑了。我叹了一口气，声音落地的刹那。想我该走了，起身，向更长的路——抬脚，就在这时候，似乎有人喊我名字，一声，两声，三声——我回头，却一个人也没看见。

第五个

我不止一次看到。中午，我牵着爷爷，早年间，他的眼睛盲了，看不到路，再大的太阳在他眼里也是一只萤火虫。我们走着，从家里，沿着向上的石阶路，路过武生家、二奶奶院子和大奶奶的石头楼，往水井的方向走。好像是秋天，田地里没有庄稼，只剩下一片片锋利的玉米茬子，一些蝴蝶和蜻蜓在干枯的枣树枝上飞呀飞的。对面青山上的椋树叶子还没开始落，但都黄了，风吹，发出沙沙的响声，隔着深河谷传过来。

窄小的路上空空的，我们一直缓慢地走。左边的土坡上堆满了新收割的庄稼秸秆，再后来是一大片苹果树林，几颗红了脸庞的苹果挂在树梢看着我们，像小孩子的脸。接着是花椒树，很老了，花椒很多。从树下经过时，祖父惊叫了一声，像是被圪针扎了。我看他，他也看我，眼睛不再呆滞，爷爷说我脸上有颗黑痣，在嘴唇上边，鼻子左边。我说没有，爷爷说有。我们争吵，爷爷的声音粗大，我的尖细，我说不过他，就哭了起来。

后来是水井，老水井，它在持续向上，喷着白色的雾气。旁边长着一棵三尺多粗的杨树。再下面，是一座池塘。我们就在池塘边儿走，看见一条蛇，花蛇，头上有两只明亮的角儿。我晕了一下，什么也不知道，慢慢往下跌，感觉身子在云彩里面飞，四周是风和白色的雾。我很高兴，不一会儿，到了一个地方，像山洞，但里面有光，光滑的石凳子上摆放着好多新鲜水果。我左右看了看，不见一个人，但似乎有轻微的脚步和呼吸。我喊，使劲喊，但不知道要喊什么。后来有风，不知道从哪里吹来，透骨的凉。

我抱紧自己，沿着一条洞窟摸索着走，很黑。我看不到什么，也看不到自己。我好像在找爷爷，我心里念叨着：爷爷到哪儿去了呢？为什么不对我说一声。再后来，我看到了蛇，大片的蛇，堆在一起，扭动，连崖壁上都是。它们向上爬，身体扭来扭去，像柔软的绳子，像女人的腰肢。

一条一条的蛇，越积越多——哪儿来的蛇，那么多，我害怕，往后退，转身，却还是蛇，我大叫起来，想跑，却跑不掉。一个女人，不知何时出现，脸很白，像纸，像荷花，腮有红色，形状像苹果。她冲着我笑，很幽密的笑。

她的笑声在湿润的洞壁上缭绕，尖利刺耳。我害怕，哭，不知道她为什么笑。可我越是害怕，她笑得越是厉害。我想逃跑，可她却像蛇一样游过来，从空气中，缠住我，越来越紧——我想我就要死了，我不想，但没有办法。死的那一瞬间，我看见了爷爷，他在河边，戴着一副黑色的眼镜，也在向我笑。接着是母亲，站在院子里，看着梧桐树顶，一群喜鹊呱呱叫着。

第六个

是一匹枣红马，很漂亮，除了脸部一条刀样的白色，其他都是枣红色的。那好像是某一个傍晚，在一片草塘上，身后是大片杨树，整体的黑。鸟雀的翅膀之上是将坠的夕阳，血色的，光芒落在大地，也落在枣红马上。枣红马站着，不动，孩子一样，鬃发在风中飘扬。有很多次，我看见它，只是站立着，不吃草，眼睛看着远处。远处是天空，白色的云彩有时像狮子，有时候像人。枣红马看，我也看，它咴咴地叫，声音婉转而嘹亮。

我就在它旁边，但始终无法接近。我看着，像是另一个自己。我想走到它身边，摸摸它的脖颈，耳朵和脸，听它响亮的喷嚏。我开始走，一步一步，感觉很快，脚下的青草发出折断的声音，黏稠的声音，一点都不清脆。我的脚步很轻，但步幅很小。遇见一些水流，完全能够跨过。我使劲跳，但却落在了水里，水很凉，像冰，一下子深入了肌肤和骨头。我明显感觉到了一大片肥沃的淤泥，身体迅速下陷。我慌，叫喊，空无一人。我哀求地看着枣红马，想它走过来，用尾巴和后蹄，把我拉出来。

可是它没有，眼睛依旧看着远处。我继续下陷，慢慢地，胸部之后，是头部和手臂。我感觉到了压力，来自泥土、青草和水的压力，像是一群人，使劲挤压着我——可我却爬出来了，好像是一只鱼，它突然出现，让我抓住它的尾巴，轻轻一摆，我的整个身体就出来了。

那时候，我浑身轻松，淤泥也不见了，衣服和身体都是暖的。枣红马还在那儿站着，看我，好像在哭，豆子一样的眼泪，清亮亮地，透明。我忘了刚才的一切，看它，再向着它走过去，一步一步，脚步声依旧很大。几只背部发黄的青蛙，蹦落在我脚面上，呱呱叫一声，仰头看看我，又叫了几声，然后迅速跳开。

我走近，眼看就要抓住了，一眨眼，枣红马却不见了，我一阵惶恐，心疼，懊悔，我哭了。那时，落日还是落日，杨树还黑，四周不见一个人，鱼儿在水底沉睡；唯一的声音是我和青蛙的。而那马儿哪儿去了呢？我沮丧，转身，低头往回走，走着走着，不知何时又转过身来，又看见枣红马，它身上没有缰绳和鞍子，依旧站在原地，风从西边吹来，枣红马鬃发飞扬。

在正午喊娘

在西北巴丹吉林沙漠从军，因为常年不在家，已经很少在初夏的正午，对着村庄和山沟喊娘了。这是一个敏感的时间，在乡人的传统意识中，将正午与午夜的性质等同，所谓子午时刻，在方位和属性上，是对冲的，因此，子时和午时都具有某种诡异成分。可我们乘坐的长途班车正巧在这时候到达我家对面的马路，下车时候，我手忙脚乱，把行礼放在长满蒿草的马路边，还没站直身子，就朝家的方向喊娘，而且一连喊了几声。

静谧的正午，鸟雀飞来飞去。没人吱声，我就再喊娘，直接而曲折的声音，在普遍睡眠的乡村正午，在马路和我家之间的石壁和绿树稍儿上穿梭。好长一段时间，我们家仍旧很安静。那是三排旧了的房屋，在椿树、杨树、洋槐树和苹果树的遮挡下，好像隐匿了的世外桃源。

母亲去哪了呢？背后的村庄探出脑袋，肯定有人在打望；与此同时，一辆红色的摩托车从我们背后突突而过，就在我低头的瞬间，忽然有人叫我的名字，母亲出现了，在我们家一边的山岭上站了一下然后沿着一片玉米地，绕过河沟，不一会儿，上了对面的马路。我又叫了一声娘，一个头发灰白，穿着一身沾着泥土的衣服的乡村妇女答应着，然后走过来，抱起我们的儿子，并亲切地叫了他的名字，然后又伸手拿起一只皮箱。

我急忙拦住，我提上皮箱，再把五十斤的大米扛在肩上；给侄女们的零食和衣裳则由妻子提在手上。我们穿过河沟，走过流水，回到家里，村庄依旧安静，只有拴在路边的黄色家犬茫然地叫了几声。汗水涔涔地掉下来，院子里阳光充沛，蚂蚁在沙土地上奔忙，七星瓢虫躲在它们喜欢的椿树树干上。院子下面的玉米已经长高，青色的叶子像弓一样地弯曲；青果满枝的苹果树叶子微卷，还有些发灰；房子东侧的老椿树又结满了绿色的春莲子，背后的山坡上倾斜着，长满了芝麻，还有板栗树。我问母亲，父亲去哪儿了，弟弟去哪儿了，添添（弟弟的大女儿）去哪儿了，妻子打开行礼，拿出给母亲买的衣服，还有从北京带来的樱桃和荔枝。我打来清水，洗漱，将水泼到几株还没抽穗的玉米苗上，然后，坐在久违了的自家门槛上，头顶硕大的梧桐树叶微微摇晃，一个正午的时间，正在过去。

去亲戚家的道路

到大姨家，有两条路。一条是马路，平时没有多少车辆。弯曲的道路由低而高，曲折向上，大约十五公里之后，就是武安市界了。从我们家走，过一道河沟，爬一面山坡，到马路上，第一个村庄是杏树凹村，是我姑姑所在的村庄。路边有数棵花椒树、核桃树和成片的洋槐树。第二个村庄是西沟村，我的最好的一个同学的家就在这里，不过，26岁那年，他患食道癌去世了。

从里沟村前的岔路向南，再一个村庄，就是大姨的村庄了。

另外一条是小路。从砾岩村经过。出马路，路过几家简易养鸡场——到处的鸡粪，臭气熏天，遇到下雨，臭气虽小，黑色的鸡粪被稀释之后，一股一股，沿路边壕沟向下流溢，有如小溪，浑浑浊浊，拖泥带水。小时候，我经常沿着这条路去大姨家。路边有很多田地，长着麦子、玉米、豆子之类的作物。还有一些坟地，站在路边或者就在不远处的山坡上，大都没有墓碑，冷不丁看到，全身立即冒出一团凉气。河里有许多的青蛙，尤其春天，青蛙的卵飘得哪儿都是，蝌蚪占据了每一处的池塘和水坑。当然也有螃蟹，大都藏在石头底下。但我们这里的人却不吃螃蟹，也不怎么吃鱼。

水花蛇也很多，但不常见。见到，常常吓人一跳。我是最怕蛇的了。我以为，蛇是世上最软的动物，可就是它们的这种软，却带有强大的威慑力量。这使我想起老子《道德经》里的一句话："坚强者死之徒，柔弱者生之徒。"仔细想想，这是最好的道理了，也是事物的本质和真相。那时候，大姨家还住在老村里，每次去，没事的时候，我和四表哥去挑水，或者和表姐一起。水井在他们房后面的一条水沟后面，周边都是密密匝匝的蒿草，中间是一条崎岖的小路。水井向西的地方，还住着一家人……准确说，是一个人。他的父母都不在了，而他自己却一直蹲着走路。据说，他小的时候，他父亲经常打他，有一次，用棍子打断了他的腰，从此之后，他就再也站不起来了。

蹲着走路的人，脸大，但挂满黑灰，眼睛和嘴都很大，见到我，老是笑。我却觉得有些害怕。有一次，他拿着一只红丢丢的苹果，示意我到他们家去。我转身就跑了。这个人极好抽烟，而且是卷烟，三五毛钱一包的那种。又一次，家里没有香烟了，小卖部也很远，他就蹲着去小卖部，走到一处斜坡上的时候，烟瘾发作了，忽然一下子从坡顶上滚了下来。坡上还有不少石头，他像个圆球一样向下滚的时候，撞得浑身黑青，脸和脖子上也挂了彩，停住之后，他丝毫不在意，继续向着小卖部快速挪动。

再后来，大姨搬离了老村，我就再也没见过他。只是记得，他叫小赖子，好像姓曹。

相对于大姨家，去小姨家的路只有一条，而且是柏油马路，虽然弯曲，但毕竟比山路顺畅也宽得多。路左是随着山势不断或高或低的河沟，两侧也是田地。其中，有一个地方名叫高崖凹。其中的“崖”字，我们那儿念作“nie”。这地方比较神奇，据爷爷说，在很早的年代里，村里很多人走到这里，总是犯迷糊，不知不觉地就原地转圈。更厉害的是夜里，人走到这里，总觉得阴森森的。其中一个人，在我们村喝酒晚了，回家路过高崖凹的时候，倒是一直在走路，可到天亮了，才发现，他自己还在高崖凹转悠。

村人也都知道，据说这里埋藏了很多的金银财宝，还有一个于此配套的人尽皆知的顺口溜说：“高崖前，高崖后，高崖前后，金银财宝两络纠。要想找得到，除非黑小放黑牛。”多少年来，很多人来寻找，但都一无所获。直到2006年夏天，邻村一个孩子逃学，在这一带躲藏玩耍，无意中挖出一个小瓦罐子，还有些银元。众人再找，还是一无所获。

高崖凹向前，有一座石拱桥，横跨一道深有二百米的河沟。桥的两侧，至今还写有“大海航行靠舵手”等标语。这桥南侧，有一个小山岭，据说以前修建有一座庙宇，供奉哪路神仙不清楚。我爷爷跟我说，这里一带风水极好，有人说，是一个可以出王侯将相的地方。后来，皇帝派人到这里，故意修建了一座庙，就把风水给破坏了。现在，这里仍旧是一大片坟地，那一座座坟茔里面躺着的，都是曾经和我们一样的，活生生的人。每年的清明和十月初一，很多人来这里上坟，我们也来，给爷爷奶奶。

再向前，就是我们曾经的中学了，不过，现在已成了民居。那几棵核桃树还在，背后的田地也还在，只是没了上课的铃声，以及孩子们琅琅的读书声。也不知道从哪年开始，原先住在学校后面沟里的村人，相当一部分人也在这一带盖了房子，搬过来住，以前萧条甚至有些阴森的地方，居然也成了村子。

去舅舅家。可惜，两个舅舅都走了，从人间转到了地下，从活生生到一言不发。可在我的心里，舅舅依旧是舅舅，他们依旧是我在这个世上最亲的人。特别是大舅，他一生命运乖舛，有些不幸，但他对人，尤其我们这些至亲，总是那么亲。大舅是从房上摔到后面的小巷道里，很久没人发现而去世的。他死后，和他生活了很多年的大妗子，又被他们的儿女们背回了原来的丈夫家。

我们南太行村庄，还流行配阴婚。或者说，无论是谁家的先人，无论生死，都不能让他们一个人孤单着。哪怕是一副异性的骨架，和他们放在一起，也算是一种后人的孝顺行为和对死者的安慰。

我的两个舅舅家在半山坡上，俯首可见河滩，大小不一的卵石横陈其中，每年秋天大雨之后，卵石和泥沙都要重新排列和更换一次。大姨家的表姐家在舅舅家的上面，那里是一个比较平坦的山岭。有一次，大姨说，表姐现在住的房子，先前是一座坟场，2004年冬天的一天，大姨和母亲住在表姐家，半夜，大姨、母亲和表姐三人皆昏迷，不知何故，三人皆跌落在床下。

表姐是一个老实的女人，嫁给一个同样老实的男人，就是我的表姐夫。表姐夫那人人品很好，是家里的独苗。因为大姨的缘故，虽已经是表亲了，但我们之间来往还很密切，逢年过节要走动不说，平素，谁要是有个头疼脑热的，也都去眊眊。眊，在我们村庄乃至整个南太行乡村，就是探望病人和偷看人做事的意思。

到姑姑家，是我们家亲戚中最近的，两个村子之间，只隔了一道山岭。从我们家下到河沟，再上到对面的小山坡上，就是马路，转过一道山岭，就是姑姑家了。

我小的时候，马路边上有一棵核桃树，每年都结很多的核桃，青青的，沉甸甸地夹杂在阔大的叶子中间，不细心的话，根本看不到。每年初秋时候，核桃成熟，我们就带上一把铅笔刀，爬到树上，坐下来，随手摘下青皮核桃，把刀子从核桃后面缝隙里插进去，再沿着核桃的纹口一旋，核桃就打开了，再沿着核桃的内壁旋一圈，白白的核桃仁就能吃了。

那些年，我和同村的一个同学兼堂哥在那里吃了不少青核桃，每次都满嘴流油，欲罢不能，直到天黑得看不到鼻子了，才从树上下来，回家去。

七八年后，这位堂哥再也不读书了，某年春天，说要去市里开一个牛肉面馆——小城的风潮总是不定的，春天流行吃麻辣串，秋天就可以流行吃炒饼。而那一年，兰州的牛肉面成了小城人们的新宠，几乎人人都爱吃。人有所好，人必投之。几乎一夜之间，牛肉面馆风靡各条大街。可也在这一年的春天，我的这位同学兼堂哥，却在从城里回家的路上死了，原因是，不知车上谁私自携带了电雷管和炸药，静电导致电雷管爆炸，致使那一车人当中，二十四个人死于非命。

祖父的小说或夜色

这可能是我父亲那边的亲人和亲戚当中最亲的了。男女婚配之后，便自然地形成了两方面的亲戚，一方自然是男人的祖脉传承，另一方，便是女人的血缘关系。细论起来，我和爷爷的关系胜过奶奶。祖父小名二栓，官讳元祥。大致生于公元一八九几年，或者20世纪初期。我此生“认识”他的时候，他已经是一个盲人了。某一天，我在一个阔大的河滩这边的一排石头前，听一个妇女对另一个妇女说：“这不，孩子他爷爷白内障，去给人家治了几次，也没啥用。唉。”说这句话的人，是我的母亲，她那时候还年轻，但我至今想不起母亲年轻时候的样子，或者她从来就没有年轻过。

在乡村，一个人显得“年轻”是有福分的表现，也是生活优裕导致的必然结果。直到这个年代，我们南太行乡村人们论说起来他们同龄人当中谁显得年轻的时候，还是上述两条为基本标准和参照。祖父母和父母这两代人，大致是近代中国苦难最深重年代的经历者之一，如果从1840年的鸦片战争算起，至少还包括曾祖父和曾祖母以及他们的父母，一共五六代人置身于深刻变革的世界之中国，尽管是小民，而且居所偏远，但时代变迁以及家国承受的巨疼，对每个生民的影响和裹挟的力度都是强劲的。

当我知道那个人就是我的爷爷的时候，第一次看到他，他好像还是一个很结实的中年男人，正在村边一面斜坡上抡着镢头刨土。我爹牵着我，说，快喊爷爷。我喊了。爷爷停下，笑着答应，喊我的名字。但我却发现，他却什么也看不到了，抱我的时候，伸出的双手朝向虚空，缓慢地，左右晃动了几次。父亲把我抱起来，放在爷爷怀中。那怀里，充斥着音韵不散的旱烟味道，呛人，但也有点好闻；同时还有汗滴禾下土的剧烈汗臭。他伸出双手，摩挲我的脸颊，从额头到后脑，一边摸一边说，这孩子，头长得不赖。

这不是传说中的摸骨相法，只是一种世俗的感觉。在乡村，人们一致觉得，人的头长得圆才是好的。所谓“天圆地方”的道家理念，于民间也有着极好的实践。再后来，爷爷好像真的瞎了。有一个傍晚，奶奶和母亲下地还没回来，黑夜比春雨更懂得润物细无声的奥妙，从门外以及房顶，忽然一下，就把人间遮黑了。我说：“黑了，点灯吧。爷。”爷爷习惯性地看着窗户，说：“不会吧，这时候还不该黑的呀？”我说：“真的黑了。”爷爷摸索着，从炕沿找了一包火柴，抽出一支，擦燃之后，往煤油灯焾子上凑，可火柴梗的烈焰已经烧到他手指了，爷爷还是没点着灯。他又擦燃一根，我指挥他，向前，向后，或者向这边，向那边。直到第三根火柴，煤油灯才像个突然而降的小仙女一样，在爷爷奶奶的窗台上持续舞蹈了起来。

爷爷说：“这灯咋看不见呢？亮不亮，该不是没有油了吧？”我从一边爬上炕，到窗台上一看，说：“爷，还有油。”爷爷说：“那行，哎呀，俺的眼睛，连灯也看不见了。唉。”我说：“爷，你咋看不见了？”爷爷说：“生病了呗。治不好。就成了瞎眼子。”我说：“看不见东西是不是很难受？”爷爷说：“那当然是了。人这辈子，就是来世上看东看西的，一下子看不见，这个难受劲儿，比死了还煎熬人。”我哦了一声。爷爷说：“啥人有啥命，可能是俺上辈子看了不该看的东西，这辈子就成了瞎子。”

屋外传来农具落地的钝响，爷爷说：“你奶奶回来了，咱去舀饭。”然后，伸手摸到了放在旁边的拐棍，拿起来，在黄泥的地面上磕磕打打地走到门口，跨出门槛。爷爷这一姿势，一直在我脑子里反复上演，就像某一个意味含糊的细节，一部黑白影视片的某个有意味的桥段。我不知道为什么这样，但我知道，黑暗中的爷爷，凭借着过往的、眼睛尚好时候的经验和习惯，用自身的一团漆黑与交替的昼夜进行相互的重复性的“泅渡”。

及至我开始上学，每次回到村子里的时候，在一片杂乱的石头房子的下方，几座交错的房院里，我必定会看到一个梳着大背头、脸膛黝黑，穿着一身浆洗的黑粗布衣服，一只手用拐棍磕磕打打走路和上台阶，一只手臂的腋窝下夹着一摞干枯的柴禾的中年老人。他的动作缓慢而笨拙，高大的身体，就像是一只生病的棕熊，在以往极其简单的事物面前也不得不小心翼翼。老远，我就大声喊：“爷，你放下，我来帮你。”然后小马驹子一般奔跑到爷爷身边，拉着他的拐棍或者接过他腋下的干柴。

从懂事到小学五年级之前，更多的夜晚，我和他与奶奶睡在一起。奶奶也抽烟，爷爷也抽烟。睡之前，他们总会烟雾缭绕一阵子。我睡在他们两个的中间。爷爷靠窗。那是一座曾祖父留下来的房子，大致，曾祖母也在那张炕上死去的。父母死了，儿子和儿媳成为老房子一切的主人，这是乡村千百年来的一种朴素的传承，物和物之间的流传，必定依赖于人的血脉与亲情。每天晚上，要求爷爷讲故事，这是我雷打不动的“睡前功课”和“自我启蒙”。我记得，第一次听他讲故事之前，村里刚死了一个人。也姓杨，但我不知道他叫啥名字，村人都喊他老队长。爷爷说：“解放后，老队长就是老队长，一直当到死。也还是老队长。”那一晚，是老队长死后的第二天。整个村子当中，飘荡着一种说不清的诡异阴森的气息，好像有无数的鬼混在其中游荡，或者，整个阎王殿都搬到我们村来了。

躺在炕上，很长一段时间，烟熏火燎的房子里充满了生活的柴火气，以及爷爷奶奶不言不语的旱烟味道。许久，奶奶说：“这老队长就是老队长，死了还吓人。”爷爷说：“可不是咋地？老队长可是一队之长，死了，那也是虎死不倒威。”这是我第一次对死，而且是人的死有了一点概念的夜晚。听着他们俩的说话声，我一直盯着黑暗中的墙壁看。那个年代里的农村房屋，内墙都是黄泥，一层灰旧了，再抹上一层。黄泥水干了之后，会裂缝。看的时间久了，我发现，那墙壁走动着接连不断的人，其中有马车、架子车、三轮车，有些人坐在上面，摇着蒲扇，还有一些女的，绾着高高的云鬓，头发里的簪子有纯银的，也还有青铜色的，金色或者白色的穗子摇摇荡荡，好像春天的嫩柳枝。

那些人，好像都是从我们脚下的炕根来的，步行的背着褡裢、挎着布包，或者牵着孩子和牛马驴子、骡子等牲畜，一边走，一边张望，还有的在叽叽喳喳说话。整个队伍好像有几十万人马，蜿蜒着，一路向上，密密麻麻，一群挨着一群，一刻也不停歇。整个道路和行人的形状，就像是一个连续不断的"之"字，川流不息，永不断绝。爷爷又点了一袋旱烟抽起来，我呛了一下，咳嗽几声，然后对爷爷说："爷爷，你看，你看，那墙上那么多人，不知道去哪儿呢！"爷爷忽然大声说："别胡说，小孩子家。"我害怕了，嗯了一声。把头缩进被窝里。奶奶忽然又语气谨慎地说："这老队长，昨夜里到二嫂家里闹腾，今儿个不知道到谁家了。"爷爷说："二嫂是寡妇，有人说她和老队长有一腿。……看起来，这事儿是真的了。"啥叫"有一腿"呢？我不知道，也不敢问。过了一会儿，我再把头脸从被窝里伸出来，眼睛刚落到墙壁上，就看到一个瘦长脸、白胡子，两只眼睛像猫眼的一个老爷爷，在冲着我微笑。我又说："爷爷，有个老头在墙上笑呢！"这一下，奶奶怒喝说："平子，你要再胡说，下次就不让你来俺家睡了啊！"

我赶紧闭嘴。

爷爷磕掉烟锅里的烟灰，故意大声咳嗽了几下，大致是为自己壮胆，然后说："给你讲个故事吧平子？"我原本大气不敢出，一听爷爷的口气轻松了，赶紧说："爷爷你讲吧，我爱听。"爷爷说好。接着，用极其形象的语言给我讲了一个故事。他说，他年轻的时候，村里让开荒，很多人就住在山里。其中，有一年秋天，他们这一伙人住在离村子七八里地的荒山沟里。那里有一道长城，据说是明朝时候修建的。那山沟里，先前住了一些人。公路修通之后，都搬了出来。一些老房子及碾子、石磨等还在那里。有一天夜里，月亮亮得能让人看到新生儿的汗毛。后半夜，他们都睡着了，却听到一阵呼隆隆的声音，细听，是碾磙子在空转发出来的。有人说，奇怪，这都后半夜了，咋还有人推碾子？然后几个人一起起来看，哎呀呀，原来是一个光着身子，瘦高，又全身黑得跟火炭一样的人，在推着碾磙子不停跑，碾盘上没有任何东西。

我问爷爷那是谁？爷爷说："不知道谁，肯定不是人。是人的话，肯定穿衣服，也不可能后半夜推空碾子。"我说："那咋可能？"爷爷说："你小孩子家不懂，要是人的话，谁傻了茶了？在夜里推空碾子，而且，还不穿衣服？"我想再问那究竟是谁？爷爷却说："天不早了，睡吧，明儿个再给你说。"说完，就翻转身子，睡去了。我睁着眼睛，看着先前人马喧闹的泥墙，依旧看到先前的那个老头，眯着眼睛，看着我笑。我一把拉起被子，蒙住了头脸。

诸如此类的场景和细节，使得爷爷给我的感觉，就像是一篇小说，很清晰，但又很隐晦。或者说，一开始，爷爷就用小说的方式，给我布置了亲切的，但又有障碍或者埋线的人生第一印象。我问过爷爷：“你眼睛看不到了，怎么还去干活？”爷爷说：“那时候，还能看到一点，模模糊糊地，白天看的东西，就像黎明或者傍晚的样子，灰不楚地（南太行方言，形容东西模糊和某种特殊颜色），一点都不清楚，再后来，大中午举着脑袋和太阳对视，也就像个油灯苗儿。”而老队长死后数日的非凡动静，以及他给我讲的第一个故事，都像是小说的某些必要情节及其伏笔。

第二天夜里，爷爷奶奶继续说老队长死后的惊悚现象，不是这家晚上听到奇怪的开门的声音，就是还有人听到老队长站在他们家正屋的屋地上说话，还有的，夜里听到老队长又在敲钟，然后扯着嗓门喊集合开会，诸如此类。

尔后，爷爷说：“昨晚上给你讲的故事，不是乱编的，是俺亲眼看到的。这类事，在咱这里多了，谁这辈子不遇到几个鬼魅邪祟的，哪能过完这几十不到一百年？……那个推空碾子的人，其实不是人，肯定是那里的一个妖精。”我啊一声，全身紧张，汗毛嗖地一声就竖了起来。奶奶说：“听说那老村子里，有家人生了一个孩子，长到十三岁了都，后来突然没了，也不知道被狼叼走了，还是豹子给吃了。后来，人都说，总是看到深夜里有个光身子的半大小子，全身黑不溜秋地，在月亮底下推空碾子。”爷爷说：“那是我记差了？”奶奶说：“可能吧，你这个脑子，跟着眼睛一起坏了。”爷爷笑了一下，反驳说：“俺可是读过圣贤书的人，啥坏了脑子都不可能坏。”

从此之后，故事和讲故事，就成为我对爷爷最大的精神依赖。故事，其实是最朴素的文学作品及其教化工具。正如纳博科夫所说，一部好的文学作品及其写作者，是集教育家、魔术师和精密科学于一体的。爷爷不是文学家，他可能只是一个在民国时期读过几天书的人。而在他给我讲故事之前，我根本不知道爷爷还是一个读书人。哦，尽管都是些圣贤书，但在我们南太行乡村，读书识字的人少的原因，在于具备读书识字基础条件的人就很少。因此，我多次猜想，我的曾祖父大致是一个稍微富裕一些的人家。很多年后，奶奶死去之前，交给我母亲一个布包，母亲也不识字，给我看，我打开，却发现里面是一些地契，即我曾祖父杨万什么，在民国十三年至二十三年买地和树木的契约，一律用的是那种黄色的油纸，字体相当清晰和俊美。

有一次，我在爷爷奶奶家，看到地上堆了几本书，我就好奇，问奶奶。奶奶说："要不是"破四旧"和"四清"运动，打倒孔家店的时候被没收和主动上交了一些，你爷爷的书，可不止这几本。"几乎是一瞬间，我都内心隆起了强大的敬意，这种敬意的缘由和本质，显然是对于书籍和读书人的尊敬。我问爷爷是不是真的。爷爷得意地笑着说："这还能有假？你现在上小学四年级了，识得一些字了，要是你愿意，我把《毛泽东选集》和《列宁选集》里面的文章给你背几篇。最好是我背你写。"我说："好啊，好啊，爷爷。"当天下午，我在学校找了一摞子旧报纸，放学就尘土狼烟地跑到了爷爷奶奶家。爷爷说："你小子爱写字，还真不错。我就给你背毛主席的《中国社会各阶级的分析》。”说着话，我把旧报纸在椅子上铺开，拿出圆珠笔，又搬了一张小凳子坐下，兴奋而虔诚。爷爷点了一袋旱烟之后，口气铿锵地背诵：

“无产阶级。现代工业无产阶级约二百万人。中国因经济落后，故现代工业无产阶级人数不多。二百万左右的产业工人中，主要为铁路、矿山、海运、纺织、造船五种产业的工人，而其中很大一个数量是在外资产业的奴役下。工业无产阶级人数虽不多，却是中国新的生产力的代表者，是近代中国最进步的阶级，做了革命运动的领导力量。”

爷爷背一句，我写一句。然后问我写完了没有。我的书写哪儿有他背诵的速度快？况且，其中的很多字我不会写，有些词也不知道啥意思。爷爷笑着说：“不会写，就用拼音代替。到时候，你都学会了，再补上去。”如此，一直到天黑，奶奶迈着小脚扛着镢头回到家里，开口问爷爷说：“做饭没？”爷爷这才想起问我几点了，我看了看外面的院子，说：“快黑了。”爷爷说：“哎呀，你个臭小子，咋不说一下，你看，这一下，你奶奶又有理由骂人了。”说完，爷爷就伸手摸到了放在身边的拐棍，磕磕打打地出门抱柴禾去了。我看着走路歪歪斜斜，又异常缓慢的爷爷，心里忽然疼了一下。

爷爷奶奶住的地方，是一个四合院，隔壁是二奶奶，侧面是大奶奶的三儿子一家，对面是堂大伯和二伯家。大门是用柿木做的，很厚重，一推，总是发出吱吱呀呀的巨大的响声，尤其是午夜，一旦有人进出，那门的声音听起来就有些瘆人。爷爷奶奶的柴禾堆在房背后，每一次抱柴禾，都要绕一圈。其中，另一侧，还有一个很小的巷道口。有几次，我看到一抱柴禾在窄小的巷道口上下左右磨蹭，它显然想穿过这窄口，可柴禾太长不说，还横七竖八，不是这根卡住了，就是那根顶住了，柴禾显然很着急，上下左右狠狠地冲突了好一阵子，还是没能过去。

那些柴禾，就是爷爷在操纵着。他眼睛看不到，抱的柴禾也是横七竖八，巷道口又很小，每次都被卡住。有一次，我从正面看到，爷爷一手拄着拐棍，一手腋下抱着柴禾，在巷道口冲突，我急忙跑过去，看到这个面膛黝黑的老男人的脸，已经憋成酱紫色了，神情里的懊恼与愤怒充满了爆破的力量。我喊爷爷，我来帮你。这时候，爷爷的神情才忽然放松了一些，停下动作，喘着粗气，对我说："哎呀，平子，你可来了。"从这句话中，我觉得了一种欣喜，而且是极度绝望之后的曙光重现的欣慰的感觉。我拉着他的拐棍，和他一起回到家门口，爷爷把柴禾狠狠丢下，然后坐在石头的台阶上，掏出旱烟，点着，狠狠地吸了几口，脸色才又恢复正常。

苦难和痛苦似乎没有饶恕过任何人和事物，爷爷后半生的苦痛与屈辱，大抵是眼盲带给他的。尽管，如果他眼睛尚好，估计也会像村里的同龄人那样，什么时候不死，什么时候就得上山下坡，到地里或者其他地方去“挣生活。”眼睛盲了，尽管身体清闲了一些，但日常的不便却也使得他觉得了常人难以理解的痛苦与悲哀。但他似乎没有什么怨言。我每天晚上去他们家睡觉，要求他给我讲故事，他不讲，我就撒泼耍浑。爷爷就讲，他嘴里的僵尸、妖精、鬼、仙家等一一而出，带着各种各样的表情，形象也存在很大差异。比如狐仙和蛇精一定会是雌性的，幻化为人形，和人婚配，或者害人；僵尸一定是吃人的，多数是熟悉的人因为某种机缘而成为僵而不死的恶魔，祸害自家人或者外地过路人；附近的每一座山每一道沟里，肯定有妖精，不是蜈蚣就是石头，修炼得道了，村人多数都知道但只有少数人和它们发生摩擦或者其他关系；人死了，鬼魂是存在的，七天后知道死了之后，一定会回家看看；再者，人病死、老死都是好死，而上吊、车祸、在山里或者矿井下出事死了，那叫夭亡；夭亡的人心必然不甘，死后数日一定会在家里和村子里闹出些奇怪的事情来。

秋天的时候，收了玉米，再刨掉玉米茬子，浇一遍水，就该翻地了。我们南太行山区的田地，多在山坡上，即使在河边，也没有路，机车不可能开进去，翻地和锄地，再加上点种和施肥、收割、运输等，都靠人力。为了种冬麦，田地得翻松之后，再播种。秋老虎早晚冷如刀刃，中午则热得像烈火。每年这时候，奶奶就让我把爷爷牵到地里帮忙。我那时候还小，抡不动镢头，爷爷自然也是壮劳力。有一次，我牵着爷爷，走到村子后面的水井边，过河沟，走到一个很大的池塘上方的时候，忽然脑袋失灵了一下，就像是酒后断片一样，很快又恢复正常，但在烈日之下，觉得全身冰冷，嘴边的涎水正在往下滴。我吓得哭了，给爷爷奶奶说了。爷爷说："这家伙，又来祸害孩子了。"奶奶接着说："这池塘里有一条长蛇，也不知道活了多少年了，有几次，俺都看到它长着两只角，金黄金黄的，有大瓷碗口那么粗，在水里游。"

沙沙的响声，充斥了整个村庄及其后外围，村人都在各自的包产地里抡着镢头翻松辛苦了一年有些干结的泥土。爷爷也在其中。等到霜降，冬麦就都像韭菜一样摇晃着身子，仰首向天歌了。大地彻底光秃，落叶与枯草纠结在一起，抵抗北风大面积的横行霸道与巧取豪夺。天冷了，爷爷和几个上了年纪的人，时常坐在向阳的墙根抽旱烟，说闲话。有时候也帮着带我弟弟，即他的二孙子。深秋的某日，我放学回家，却听说一个炸人的消息，爷爷从马路边滚下河沟去了，现在医院。我跑回家，家里没人。晚上，母亲回来了，说爷爷带着我弟弟，在马路边玩的时候，他眼睛看不到，弟弟还小，根本没有阻止他的能力，爷爷不小心从马路边滚下去了。

那马路是202省道，以前修的战备公路，从西柏坡一直到涉县。经过我们村子的那一段，有几个弯道，其中一处，路下面是河沟，深有一百多米的样子。爷爷就是从那里跌下去的，要不是修路时候填了一些石渣，人直接落在堆满巨石的河沟里，肯定是会把性命丢掉的。所幸，爷爷只是摔断了左臂，肋骨也折了几根。几天后，爷爷被一台拖拉机拉回了村子，躺在炕上休息。人说，伤筋动骨一百天。我去看他，他躺在给我讲故事的炕上，露着膀子，一身筋肉。我叫他，问他疼不疼。爷爷说："孙子，咋能不疼啊！"有几次，我听大人们在说，爷爷总是在深夜疼得乱叫，还说，他总是觉得有几个小人在他折了的膀子和肋骨上蹦跳，还很高兴。我很害怕。有天晚上，奶奶关上门，又弄了一碗清水，点燃了一些纸钱，还插了柏香。然后，她把一双筷子放在清水的碗里。嘴里念念有词。那双筷子开始怎么也立不住，等奶奶念叨某个死去的人的名字的时候，筷子双双在清水中竖直，一动不动，奶奶用手抓了筷子，居然能把那只水碗凌空提起来。

好像是后沟的狐仙，有一年，爷爷在那里，把人家门口的草割掉了，这才导致狐仙怀恨爷爷，趁他疾病的时候，前来增加他的疼痛。奶奶所说的地方，即狐仙的家，在后沟高山腰上，一面巨大的黄石崖下。那里的草确实比其他地方要茂密得多，牛羊进去，根本看不到影子。在过去的年代，人们始终相信，人之外，还有更多的存在，不仅是眼睛能够看到的，还有眼睛无法看到的。这种理念，贯彻的是万物有灵与天地之间，人非独有和主宰的泛神论或者道教思想。到来年春天，爷爷的伤才逐渐好起来。但是，左鬓边留下一个明显的伤疤，胳膊和胸脯上也是。就此，我再次问爷爷，爷爷说："那时候，确实有许多东西来折磨他，除了狐仙，还有俺娘。"我吓了一跳，也知道，爷爷的娘，就是我的曾祖母，我似乎见过她，至今，家里还有爷爷奶奶和曾祖母，以及父亲和姑姑一起照的黑白照。可那时候，曾祖母早就死了。

灾难终于过去了，爷爷又恢复了昔日的生活，除了眼睛继续待在黑暗里之外，他的一切都是往常生活的重复。这一年的冬天某日，我忽然发现，爷爷右手的食指一直蜷着，伸不直。我问他咋回事。爷爷说："这是你做的呗！"我说："这不可能，我咋不知道呢？"爷爷说："那时候你还小，拿着我的拐棍，磕打了这根手指，疼了几天，就伸不直了。"我摸着爷爷的那根手指，仔细回想了很长时间，也没想起来。我怎么也没有想到，自己在懵懂的时候，居然使得爷爷留下残疾，尽管小，可这种不知的罪过，每次看到爷爷的那根形如镰刀的手指，甚至在他仙逝多年之后的现在，每一想起，我就觉得内心有愧。

不知者不罪，其实是一个逃避的托词。当我慢慢长大，懂得了一些世事。我发现的一个事实是，任何一对父母，倘若有两个以上的子女，父母必定会偏向其中一个。这好像也是冥冥中的一条律令。因为爷爷眼盲，奶奶家有好吃的，我多次趁奶奶下地干活或者去姑姑家的时候，当着爷爷的面，公然偷吃他们家的饼干、麻糖、苹果、糖块，甚至奶粉和麦片等稀罕的吃食。

往往，爷爷一个人坐在炕沿上抽烟，睁着看不见的眼睛或是叹息，或是喃喃自语，家门敞开着，我蹑手蹑脚走进去，这里那里查看一番，不一会儿，就可以锁定好吃的放在哪个位置。

南太行农村的房屋都比较简单，一座房子，一道门，左边为炕，右边是放粮食与其他杂物的地方，中间一张桌子，两边各有一张椅子。桌子上放置一面镜子。这就是家了。奶奶的家更简单，可以放吃的东西的地方无非是炕角以及用年画遮住的墙孔。每次偷吃，我都大快朵颐，然后跑掉。奶奶发现了，也许知道是我偷吃的。爷爷则每次为我辩解，说我几天都没到家里来，肯定不是我。奶奶说，肯定的，错不了，除了平子，再没人。其他的孩子，人家家里有的是好吃的，不用跑咱家来偷吃。长到八岁，寒暑假期间，我替父亲上山放羊，一个人赶着上百只的黑山羊，在村子后面的高坡上游荡。父亲则回来收庄稼，晚上再去羊圈。等到“封山育林”把羊和牛、驴子等都卖掉或者杀死之后，父亲就失去了他最擅长的牧羊职业，只能到外面打工挣钱。我呢，寒暑假就给奶奶干活，种麦子、玉米和谷子、豆子之类的，到秋天再把它们的果实收回来。

那些天，我都在奶奶家吃住，还有小我两个月的表弟。田地少，几天就弄完了。我和表弟就去山上割黄荆，背回来，晾干之后，就是很好的柴禾。有一年，奶奶为了奖励我和表弟。拿出两个小匣子。都是黑色的，其中一个拉开木板，里面空空如也。另一个，拉开木板之后，里面还有一层层的小抽屉，极其美观，又充满了艺术品的味道。最终，奶奶把漂亮的给了表弟，一般的给了我。分的时候，爷爷就在一边嘟囔着说：“好看的那个该给咱孙子的，那个给外孙。”奶奶不吭声，按照她自己的意思来。我哭了，回到自己家，对母亲说了，母亲说：“你奶奶就是偏心。”

以上的情景，我是模糊的，事情是真的，但爷爷到底有没有说过那句话，我确确地忘了。或许是我一厢情愿，觉得爷爷是最爱他的大孙子的。也许子虚乌有，为的是加强爷爷在我心里的情感分量。由此，我越来越觉得，爷爷在我内心里的所有记忆，真的像是一部小说，刨土的中年男人——抱我的盲人——被我牵着拐棍下地刨地的壮劳力——夜里躺在炕上抽烟、冬天把夜壶（即男性用的方便尿壶）放在桌台上讲故事的老人——带弟弟玩的时候，不小心滚到河沟摔伤的病人……其中穿插着的，是乡间的妖异之事，以及这一个老年人平素的生活细节。

所有这一切，好像是迷离的，有一种欲盖弥彰的张力，也有一些说不清楚的民间烟火与光阴刻板的意味。接下来的叙述，我觉得需要说出爷爷奶奶对父亲的“心”。当然，父亲是爷爷奶奶唯一的儿子，他们俩对父亲的疼爱，好像一直到他们死，也都是浓烈的。只要父亲去他们家，奶奶一定会拿出最好吃的东西给父亲，并喊父亲的小名“方儿”，语气疼爱地说：“你在家里，吃不了啥好吃的，赶紧吃。”奶奶所说的家，就是我们家，大抵也是这样的情况，母亲是一个粗糙的人，一辈子不吃肉，鸡蛋也少吃，即使逢年过节，也买极少的肉，包了饺子，再剩点，就是给来拜年的亲戚们吃。父亲能吃的，极少。

现在来看，母亲是一个绝对的素食主义者，也是一个简朴生活者，不爱吃，吃啥能吃饱就行，从不挑剔，但也从不变着花样做着吃。这对于吃肉的父亲来说，肯定是限制甚至是“刻薄”。每次去爷爷奶奶家，如果有肉，哪怕吃过了，父亲也会再吃一碗。父母与子女的血缘亲情，于此淋漓尽致。每年春节前，父亲带着我，去给爷爷奶奶扫房子。这是南太行乡村的一个风习，每当年关，从腊月二十三开始，每一天都有说法，如“二十三，打发老灶爷上天；二十四，蒸包子；二十五，扫房子；二十六，磨豆腐；二十七，串亲戚；二十八，花花儿帖；二十九，看舅舅；三十，包饺子。”接下来，就是除夕夜，大年初一。其中扫房子，是年轻人能干的事儿，爷爷奶奶老了，要扫房子，必须父亲去做。

除夕晚上，父亲会独自去爷爷奶奶家坐一会儿，说话、吃东西。有几次，我随后去了爷爷奶奶家，看到父亲坐在灶火前，爷爷奶奶坐在炕沿上，他们三个人说话，爷爷奶奶也是一脸的疼爱与幸福的样子。那时候父亲的神情，果真像个孩子。我起初不理解父亲为什么这样做，过年时候，不在自己家，而是和爷爷奶奶坐一会儿。直到我也成为孩子的父亲，在家里过年，总是想和父母亲坐在一起。除夕夜，南太行乡村没有吃年夜饭的习惯，最好的就是一家人坐在一起，嗑瓜子，抽烟，说亲切的话。作为一个男人，父亲有自己的难处和苦楚，而这些难和苦，还有酸，只能对自己父母说，其中很多话，妻子儿子都不能说。从前，我老以为，夫妻是最好的一家人，现在才理解到，夫妻是世上最不可靠的关系，尤其在这个年代。父亲和母亲的关系一直不好。我也清楚，而最受委屈的那个人，只是我的父亲。除夕晚上，南太行乡村人也没有守夜的习惯，但会起得很早，并且，谁家起得早，就显得吉利，预示着一年内，无论是好生活还是赚钱、种地打粮食等，都能走到其他人的前面。

初一早上，在家吃了饺子，再端上一碗，父亲带着我和弟弟，先去爷爷奶奶家，放下饺子碗，双膝下跪，给爷爷奶奶拜年。我和弟弟也是如此。只是，每年大年初一，父亲要在爷爷奶奶家待很久，我和弟弟则想着挣很多的鞭炮回来玩，一直催促父亲，赶紧带我们去其他人家拜年。父亲总是不愿意走。奶奶喜欢做羊肉饺子，很腥气。父亲喜欢吃。吃了一个又一个，吃完还要和爷爷奶奶一起抽烟。我看到这时候的父亲，是最快乐的，也是最无忌的。仿佛他也是孩子一样。再些年，我读初中，住校，去爷爷奶奶家就少了。等我再回来，我发现一个惊人的现象，爷爷奶奶喜欢吃安乃近。他们说，当他们无力的时候，或者这里疼那里疼的时候，就吃几片安乃近。以至于天长日久，爷爷每次吃安乃近的量达到了五片以上。

我不知道安乃近对人体有害，自己有了零钱，也会给他们买些；有时候也会给爷爷奶奶买纸烟抽。以为这是孝敬，爷爷奶奶自然也喜欢。有一次，村里又死了一个人，爷爷奶奶都很悲伤。奶奶看着我说："平子，等俺死的时候，谁都可以不在跟前，你和你爹一定要在！"我点头答应。南太行乡村人有一个深重的讲究，自己死之前儿女能在身边，就是一种福分，一种圆满。奶奶这句话说了没多久，又是冬天，但不冷。有天中午，奶奶让我和表弟，配合她和爷爷把玉米秸秆用铡刀切碎，再弄些黄土盖上，他们把夜里的尿一次次地泼在上面，沤粪，开春时撒在地里，为庄稼茁壮成长提供动力。

我和表弟掐玉米秸秆，奶奶坐在那里一次次把玉米秸秆塞到铡刀下面，爷爷握着铡刀木柄，一次次将玉米秸秆铡得四分五裂，身首异处。中午，吃了饭，奶奶到姑姑家去，这是她最喜欢的一件事。我回家睡觉，表弟也是。爷爷吃了饭，躺在炕上也午休。大致中午一点多，我听到一阵剧烈的哭嚎声，从我们家响起，飞速越过山岭，向爷爷奶奶家迭穿奔腾而去。我出来一看，只见父亲像一条受伤的狼，哭着喊着爹啊，俺的爹啊，不一会儿就到了爷爷奶奶家。

爷爷死了，猝死，无声无息，一个人，在炕上，走完他的一生。

很多年来，我一次都没有梦见过爷爷，即使在他死后的几天的夜里，也没有觉得什么异常和诡异。倒是奶奶，一个人不敢在家睡觉，让姑姑陪着她。姑姑说：“夜里，时常门开了，你爷爷拄着拐棍，磕磕打打地进门，坐在椅子上，抽烟，一句话不说，然后，又磕磕打打地走了。”奶奶后来说，这样的情景，一直持续了两个多月，后来，就再也没有任何的声息了。

但爷爷的死，没有引发我任何悲伤，甚至没掉一滴眼泪。那一年，我十七岁。也算是一个血肉丰满的人了。我对爷爷的感情不可谓不深，可我不知道为什么，爷爷死了，我都一点不觉得悲伤。只觉得，这个人死了，再也不会见到了。入土为安以后，这件事就如云烟般蒸发了。生活还是原来的生活，只是，我身边少了一个人，这个世界又有一个名不见经传的草民死了。

这件事，奶奶看到了，父亲也看到了。奶奶后来说“你爷爷死了，你咋没掉一滴眼泪呢？”我没有吭声。父亲自始至终，没问过我。爷爷死的第二年，我参军去了西北，离开了南太行乡村，数年后，春节前，去看望姑姑，姑姑给我说了一个奇怪的现象。即，爷爷死前一周，在他们家住着。每天夜里，他们家的狗和邻居的狗彻夜撕咬吠叫不休，其声若强敌来侵，也如生死决斗。一天中午，吃过饭，爷爷坐在太阳底下打瞌睡的时候，姑姑无意中看到，爷爷脖子后面的大筋看不到了。她觉得诧异，但当时没有在意。数日后，爷爷回到我们村，邻居的狗也是彻夜狂吠，叫声瘆人。直到爷爷去世。上述现象戛然而止。

多年之后，奶奶也死了，我们家迁了坟地，当时我没在家，帮忙的乡亲说：“差不多有十多年了，我爷爷的尸首一直没烂掉。”我不知其意。再一次迁坟。爷爷奶奶，老两口都成了枯骨。每次回去，我都要去给他们上坟，烧些纸钱。还要买几盒香烟，自己先吸着了之后，再一一插满他们的坟头。我想，爷爷奶奶生前都抽烟，即使死了，他们的灵魂也会喜欢抽烟的，我这样做，肯定也是在孝敬他们。

尽管如此，我至今没有梦见过爷爷和奶奶。

爷爷，一个国字脸、眉毛有些稀疏、整年梳着大背头、脑门黑亮的盲人，算起来，死了已经三十年了。2009年，我父亲也随爷爷奶奶而去。他们一家三口，又睡在了一起。有一年清明节，上午去上坟，又去了外村亲戚家，傍晚返回的时候，路过爷爷奶奶和父亲的埋身之地，我忍不住站在路边，远远地眺望了一会儿，夜色之中，他们三个人的音容笑貌，在我脑子里越来越清晰，越来越生动，以至于我可以在那越来越浓重的夜色中，听到他们说话的声音，吃饺子的声音，以及坐在一起抽烟的声音，以及那缭绕不息的团团烟雾。

亲戚们

每次回家，我第一个要去看望的是大姨。那时候，她已经六十多岁的样子。从十六岁到四十岁，大姨先后生养了六个孩子，前四个都是儿子，第五个是闺女，最后一个还是儿子，过继给了姨夫的兄弟做养子。我十五岁的时候，二表哥突然上吊死了；再些年，大表哥神经错乱，从山坡上滚下来也去了。就在此前，姨夫在给大表哥看门的时候，无疾而终。再些年，大姨带着几个孙子和孙女，还有表姐和她的唯一的儿子，秋天时候去给四表哥收秋。我三表哥的大儿子驾驶着一台破旧的三轮车，下坡时候，车速快，转弯不及时，三轮车翻倒之后，表姐和她唯一的儿子当场死了，大姨头上撞了一个大窟窿，昏迷不醒。一个孙子腿折了，两个孙女不是腿折掉了，就是面部受伤了。

大姨一家的遭遇，在我们那一带，可谓百年不遇。人人都说她是命苦之人。大姨在炕上躺了半年多，也没了。这些年来，我一直想不通，人世间真的会有极其惨烈的命运吗？据了解的情况，大姨一家虽然人多，但从不敢和别人家闹事，都是躲着走。好像也没有做过那些忤逆不道的事情。二表哥上吊自杀后，留下一个闺女，由大姨和姨夫带大。二表嫂远嫁。据说五十岁那年，忽然就死了。大表哥也是勤劳之人，可就是疑神疑鬼，且信西方的一个正规的宗教，以至于痴迷，神经错乱了。表姐那么实在的一个人，她和表姐夫的儿子聪明得令人匪夷所思，可也和他母亲，即我表姐一起没了。

第二个是姑姑，是我父亲唯一的妹妹。与我们家一岭之隔，奶奶还在世的时候，每天至少要去两次姑姑家。我也知道，孩子们较多的人家，父母总是会偏向或者喜欢其中一个，这不怪爷爷奶奶，更不怪姑姑姑夫，这是人的天性，非人力所能及的。

我小时候，去姑姑家也极少，基本上不去。2009年，我父亲去世了，次年，姑夫也去了。现在，我母亲没有了我的父亲，我姑姑也没了我姑夫。每次回去，我都要看望姑姑。她也老了，人老了，前尘往事就都是空的了。有一次，我在姑姑家的相框里，突然发现了我曾祖母、爷爷奶奶和父亲与姑姑一家人的一张合影，赶紧借过来，扫描了，放在电脑里。

第三个是小姨家，在七里外的花木村。小姨依旧黑瘦，姨夫更是。我们到的时候，姨夫和小姨正在打蜜，众多的蜜蜂嗡嗡嘤嘤，围绕着蜂箱和青果满枝的李子树，成群结队，忽高忽低地飞。姨夫先前是煤矿工人，病退后从事养蜂，他的职业很浪漫，有人叫作“逐花的部落”。姨夫的养蜂手艺在当地拔头筹，那么多人家养蜂，都没有他的手艺好，通常，他只要养一箱子蜜蜂，第二年就变成了三箱子，不几年时间，就又是一百多二百多箱子的蜜蜂。

第四个是二妗子（舅妈）。要是两个舅舅还在的话，我每次回家，第一个要去看望的肯定是舅舅。我们南太行乡村有个不成文的传统，舅舅为大，舅舅也是绝对权威的家长，但凡外甥子们家里有事，只要舅舅一出面，一般都能迎刃而解。像和大姨家的几个表哥，以及小姨家的表弟，一看到舅舅，再嚣张也会冒一身冷汗。可惜，两个舅舅没了，到现在，我还一直很想念他们。尤其是大舅。也总觉得对不起他老人家。他对我很好，我却很忤逆，本想着自己在外面混好了报答他，可我还没混出个人样，大舅就没了。二舅也是。

其他，就再没有什么血缘近一点的亲戚了。表哥和表姐这些，虽有乡谚说，“姑舅亲辈辈亲”，可现在，人们似乎都不太在乎这些了。利则往，不利则散。很多时候，我站在爷爷奶奶生前住过的老房院子里，忍不住想起旧事的那些情景，秋天的时候，拉着爷爷去地里干活的小男孩子，还经常欺负爷爷眼睛瞎看不到，偷吃他们家里的白糖和饼干的那个坏小子，蹲在爷爷跟前看他抽烟，脸上好奇的样子……等等。到两位舅舅家，他们当年的房子依旧，只是没人住了，门窗都破了，旧年的那些充满人间烟火味道的痕迹只剩下石阶上一些光滑的印迹了。那两个性格不同，但同样威严和慈爱的老人，现在，我很想知道他们究竟去到了哪里？

同　胞

他站在板凳上，两眼细小，嘴唇略厚，微微歪着脑袋，一脸的不高兴或者懵懂和无所谓。背后是邻居的老房子，尤其是那古老的侧开门，有着古远岁月意味的方格窗棂。整个背景，都是黑白的。两个孩子，一个稍大一点，一个小；一个长脸型，一个方脸。在他人眼里，肯定不相信这两个孩子是同父同母的同胞兄弟。

那是一个冬天的正午，日光极好，我们的旁边，还有一棵落尽叶子的梧桐树，粗大而虚浮的树干上，结满了我和其他小孩子小时候的顽劣，我们经常会用铅笔刀在树木身上痛下杀手，树们以快速流泪的方式，用最柔软的方式回应我们的暴行。一个背着照相机的人来到村里，母亲大致也是一个爱美的妇女，但那时候，她想到的却是给我们兄弟两个照个相，留个纪念。

具体怎么照的相，我忘了。这张照片成了我和弟弟幼年时候唯一的一张合影。现在再看，先是温暖，再是沧桑，紧接着是悲伤。当年的那座房子以及它的方格窗棂都还在，梧桐树虽然锯掉了，但再生的新的梧桐树也仿佛当年一样粗了。而我和弟弟，却先后进入了中年。树木被锯掉会再生，品种不变，姿态和模样也像极了早就化成灰烬，或者放置在某个角落的家具的一部分。人虽然也可以再生人，如我和弟弟，先后成家之后，也都有了自己的孩子。

最令我沮丧的是那座老房子，多少年过去了，很多东西都沧海桑田、物是人非了，它还是原来的那副物我两忘的古旧模样，只是，墙缝里的灰垢更多了，方格窗棂也坏掉了几处，一年又一年的新春对联贴了一层又一层，底下的红纸早就在风雨中变成了白纸。邻居的老婆，我叫大娘的，前些年去世了，大爷还在，九十多岁的样子，没什么大病，就是神志有些不怎么清楚，总是把他少年时候的诸般情境，照搬到当下，如总是问我回来路上转了几道车；只有一个孩子吧，多了也不让生等之类的，完全疏离了时代。每次回去，我都要去看望他几次。他是一个懂得阴阳五行和八字术数的人。在乡村，这样的人很多，但学得精透的却极少。这位大爷大致是最好的“先生”之一了。

很多年来，母亲把我和弟弟的这张合影放在相框里。那是一面很大的相框，里面装着我们家的所有亲人，从曾祖母到我弟弟的每个孩子。其中，还有做人处事极好的两位已经过世的舅舅。小的时候，我对这张合影没有什么特别感觉。相片中的自己也是一脸懵懂或者说混沌，虽然眼光有神，站立的姿势也有点“正经”甚至文雅，但从表情和姿势上，似乎也看不出什么来。

这张照片的拍摄时间，大致是 1982 年或 1983 年。那时候的中国，到处都涌动和澎湃着某种热望，尤其从文学艺术的角度观察，尽管，其中也多拿来主义，但中国的艺术家们似乎也进行了有力的“改造”” 和“重建”。我一直以为，20 世纪 80 年代艺术家们的“眼界”可能也是比较高的（今天的同行们在很多方面难以与之相提并论，尤其是思想意识和精神境界），再者，他们的内心和思想里也“蓬勃”着伟大的理想，尤其是对国家民族命运的关切，其中不乏激烈的冲动与投身。可对于我和弟弟这样的身处偏僻乡村，且又年纪幼小的“无知”少年来说，外面的世界再怎么广阔与新鲜，变化非凡，也都与我们“无缘对面不相逢”。就像我在一首诗里所写的那样：“贫穷是乡村的宿命。我们只能做低空飞行的空心之梦。”尽管，那个年代，身边也有人忽然间发财了，或者考上师范学校或者大学了。但这样的人和事毕竟凤毛麟角。

那一年，我大致在上小学四年级，弟弟还没入学。

此前的春日温煦，洋槐花开得满山洁白，村人都去山上捋叶子，并采摘杨槐花。这洋槐树，也叫刺槐，好像是从北美引进来的，尤其适合在平原和低丘山岭等地生长，其药用价值也很高，如润肺、止血、润肠、抗菌、凉血等。我们村子周边，全是洋槐树。据父母亲说，他们小的时候，很多人采摘洋槐花，洗干净之后，掺上玉米面，并香油和盐，然后放在篦子上，用清水一蒸，就是很好吃的食物了。我小的时候也吃过。可现在，这种“美食”当地人已经不吃了，只有少数的老年人，每年偶尔做一些“尝尝”，漫山遍野的杨槐花，如今只是养蜜蜂的人追逐的产蜜和蜜质较好的花朵之一了。

母亲捋了很多洋槐花回来，除了吃的，就在院子里摊开晾晒，等干了，装起来，冬天的时候也是喂猪的好饲料。那一次，母亲让我好好带弟弟。弟弟懵懂，在晾晒的洋槐花边上玩。此时，一辈子与甜蜜缔结了生死密约的蜜蜂，也不知道从哪里嗡嗡而来，带着花朵挖掘机，其中还有不少的月黄蜂和大黑蜂，从很远的地方被洋槐花的蜜香味道诱骗进了芳香的圈套，也不知怎么着，弟弟忽然大哭起来，用手捂着嘴巴。原来，他可能挡住了蜜蜂吮吸花蜜的通道，或者对蜜蜂的寻蜜行为有所妨碍，其中一只，毫不客气地蛰了他一下。弟弟的嘴唇肿了起来，哭的是风卷残云。我没有办法。又怕母亲知道了打我，我就一个劲儿地吓唬弟弟说，别哭了，你再哭，蜜蜂还要蛰你！弟弟哪里知道，也绝对不会因为我的呵斥而忍疼不哭。果然，在地里干活的母亲听到了，带着一身热汗跑到院子里，先看了弟弟被蛰得肿起来的嘴唇，又扭头骂我说，让你好好看着弟弟，你就知道自己玩。看，弟弟的嘴唇被蛰得肿起来了，比发面饼还厚。

在我们南太行乡村，“看”有两个意思，一个就是普通意义的视觉和观感，另一个则是看护、看望、看管的意思。母亲的说法也有些夸张，发面饼子的边刃厚度一般有一厘米左右，人的嘴唇再厚，黑种人可能会与之相比，黄种人则绝无仅有。好在，蜜蜂的毒性要比野黄蜂之类的小很多，几个小时后，就不会再疼了。那时候，我也不知道蜜蜂蛰了人之后自己会死去。也更不知道，蜜蜂的存在之于整个人类的关系。这里面，有一种不自觉的残酷和自私，即人以为自己受伤了，觉得疼痛，而蜜蜂自己，则要付出生命的代价。由此来看，万物都是残忍的。好在，多年之后，我对蜜蜂有了说不清楚的好感，有几年，母亲还养过几年的蜜蜂，面对嗡嗡来去，成群蜂拥的有毒昆虫，我开始不敢接近蜂箱，后来则觉得蜜蜂很亲切，也帮着母亲打过蜜、割过蜂胶。后来我们家的蜜蜂，被交恶的邻居一下子引（偷）走了，他用的具体方法是，夜里，偷偷到我家蜂箱前，在蜜蜂进出口涂上浓糖，然后再在几十米外的一个地方如法炮制，蜜蜂循着同样的甜味或者蜜香，就会成群飞去，那人将几只空的蜂箱打开，再涂上浓糖，蜜蜂便会蜂拥进入。

似乎是这一次之后，我和弟弟幼年，除了两个人老是互相抓挠着玩，不是他哭就是我恼之外，很多都不记得了。唯一的一次，大致是我十五岁那年，还是春天，大姨家的二表哥忽然上吊自杀了。那时候，父亲在外打工，母亲在邻村极度悲伤，甚至不亚大小便失禁的大姨妈。有天晚上，宛若唐宋的月光明亮得令人可以看到埋在地下的黄金与灵魂。弟弟年龄小，大抵也是心无挂碍的缘故，一躺下就睡着了。月光透过窗玻璃，大面积地落在炕上。我怎么也睡不着。脑子里回想着二表哥生前对我的好：每次去大姨家，二表哥一看到我就咧着一张大嘴呵呵笑，张开双臂，让我奔跑着，跳到他怀里。四表哥惹我哭了，二表哥会训斥他。而现在，二表哥却一下子没了，我开始不相信，却又不得不在事实面前痛哭出声。我正在想着，却看到我家的椅子上坐着一个人，模样和神情像极了二表哥。二表哥生前也常来我们家，帮忙干活或者来看望我父母。我母亲兄妹五人的关系之好，亲情的联结之紧密，自我记事起，从没断过。

我很害怕，那个年代里的乡村孩子们，大抵都在诸多的怪力乱神的各种荒诞的传说中长大的，那些带有某种主观臆想色彩的鬼神故事，也是乡村孩子们文学滋养与想象力的启蒙教材。

“难道是二表哥的鬼魂？”我越想越害怕，以至于觉得全身犹如凉水浇过，而后又迅速结冰了一样，冷得全身哆嗦，牙齿打战。而弟弟却依旧睡得香甜，整个人都好像在虚空中或者某一团祥云里面一样，浑身的自在和安静。我想弟弟醒来给我壮壮胆也是好的。我连续叫了他几声，又用手推他的肩膀。可弟弟哼哼了几声，翻了一身，又朝另外一边睡去了。这一下，我更害怕，只好自己挪过去，挨着弟弟睡。好在，这一夜平安度过。第二天一大早，我带着弟弟到大姨家，本来想给母亲说。可母亲忙着照顾几天水米不进极度悲伤的大姨。我只好啥也不说。再一天晚上，父亲回来了。我们爷儿三个躺在土炕上，我觉得心里特别踏实。睡之前，我给父亲讲了昨晚的情境。父亲说，也有可能，你大姨一家人都对咱家挺好的。现在，你二表哥想不开，走了，再来咱家里看看，也是应当的。我嗯嗯点头。这时候，弟弟也说，二表哥那么好的人，怎么就上吊死了呢？父亲叹了一口气说，孩子，人生哪有好过的日子？可人还必须活下去，自杀是最没有出息的。我点点头，弟弟睁着懵懂的眼睛，看看我，又看看我们的父亲。

这一次之后，我好像就到外地读书了，弟弟也读了小学。但他的学习成绩不太好，读到初中二年级，就辍学了。几年前，我参军去了西北，津贴少，还要靠家里接济。为此，我两个舅舅和一个大姨、一个小姨都不怎么喜欢我。说我花钱太厉害，不体谅父母的辛苦。而这个时候，我也到了婚配的年龄。20 世纪 90 年代初期的南太行乡村，忽然之间，人们又开始恢复了男女极小年龄即婚配的老风俗。我的同龄人当中，有几个十七岁结婚了。最迟的，也不过二十二三岁。我尽管从军了，但还是义务兵。乡人别的不懂，但都知道义务兵就是拿津贴的战士，服役期满，还要哪儿来回到哪儿去。无论哪个朝代或者年代，普通民众的要求永远是趋向功利和实用价值的。物质的广泛性以及对人的生活的诸多限制、提升，使得人们必须依赖，而且高强度地需求，进而对之保持了不竭的热情。

当兵第二年回家，我给母亲要钱。是的，我们家一直是母亲做主。父亲就是干活、打工、种地、挣钱，身上的钱从没有超过一百块的时候。每次从外地打工回来，双脚刚落在屋地上，一只手就把钱掏出来，递给母亲。母亲也毫不客气地收下。母亲给了我两百多块钱，我嫌少。忽然之间，个子长到 1.79 米的弟弟此时已经辍学，也出去打工了。他的脑袋要比我灵光得多，每次出去，也都能挣些钱回来。弟弟看出来了，走到我身边，手里捏着几百块钱，撞了一下我的手背，示意我收下。那一时刻，我觉得了羞惭和幸运。一个在外乡的人，一切吃穿用度基本不用自己花钱，而弟弟，却还是十六岁的小伙子，他已经能够自己挣钱，而且也知道悄悄地给我钱花了。

母亲说，弟弟一个人偷着跑去过河南少林寺，想报名练拳。我也有过这样的想法。其原因就在于我们家人少，爹娘经常被村人欺负。尤其是母亲，心不坏，就是太耿直，也不怎么会说话，直来直去的。直到现在，乡村实际上一直是一个大的而且比较原始的“名利场”与“生死场”。人们所要求的利益和资源有时候只是一株玉米，一把镰刀，甚至几寸的田地、几十甚至几块钱的得失与归属，但因此导致的各种明争暗斗、攻讦乃至肢体暴力语言、背后的中伤、坑害等，其力度和广度一点也不亚于生意场和官场。看起来都是一些鸡毛蒜皮的简单小事，可能背后涉及和导致的结果是生死。当然，最重要的还是尊严和荣辱。

但母亲阻止了弟弟，她的理由很简单，即你学了拳，打伤了别人，还得赔钱，再严重一点，得吃官司，被抓去坐牢。母亲的这番理由，大致是“侠以武犯禁”之思想在乡村的反映和体现。同时，她也极其鼓励和期望我和弟弟能够好好读书，遵循和实践的是“学而优则仕”的儒教思想。可惜，我和弟弟都没有如她所愿。我后来爱好写点东西，大致也是得益于母亲的敦促。但母亲是反对我写什么文章的。她说“写这个有啥用？有空了，还不如歇歇，上班那么累。”再后来，我的小文里涉及了老家一些人事儿。乡亲们就拿着我的书或者报纸，到我家找我娘和弟弟理论。母亲大字不识一个，热爱文化知识，却又对它们一无所知，弟弟虽然识字，但对书从来没有一点兴趣，家里有书，不管啥书，只要遇到阴雨天气，都撕了引火用了。母亲倒是和他相反，凡是书，都要留起来，哪怕是孩子们的作业本。一个农村妇女对文化及其承载物的珍惜和敬畏，我觉得是母亲最好的品质之一。

时间总是叼着人的生死与轮转的世事，如高铁一样一往无前。2000 年，好像跨世纪，但所谓的纪年不过是一个用来标识的符号而已，与真正的物候和生命的关系，堂皇或者简凡都有着残酷的意味。又是一个春天。南太行乡村虽然偏僻，但节令按时更迭不已。这时候的弟弟，在母亲和大姨、小姨的撺掇下，娶了邻村一个女子为妻。他们结婚的时候，我未婚妻带着我预支的几个月的工资，代我回去帮他们操办了婚礼。

天地总有自己的秘密，也或许是，近些年来，南太行乡村尽管早就封山育林，山岭沟谷之间草木葳蕤，但乡民为了多些经济收入，政府也倡导，便栽种了诸多的板栗树。栽树之前，要将山坡耙松，有硬石的地方，还要用土炮轰。如此一来，水土遭到破坏，我幼年时候风调雨顺的南太行乡村，多年来，一直处在不间断的干旱之中。倘若冬天不下雪，谷雨时候再不下雨，种庄稼就得挑水到地里，才能点种。因此，那些内心里充满生长欲望的种子们不是被泡得发霉烂成了大地的斑点，要不就被燥热的泥土抽干了自身原有的丰润与水分，成了一片碎屑。这一年，又是如此。一大早，弟弟和他的新媳妇，还有我母亲，开始种豆子，弟弟一个人从河沟往旱地里挑水点种，走到半路上，突然遭到了邻居爷儿三个人的暴力袭击。

那爷儿们三个，是我父亲的堂哥之一及其儿子，我爷爷的亲侄子。导致这件事的原因是，父亲的这位堂哥仗着家人多，要打能打，要骂能骂，文武全才，又加上和村里管事儿的关系不错，硬是抢占了我们家三分地。我母亲多次讨要无果。这一年的农历二月二，父亲和弟弟都出去打工了，我母亲去挑水的时候，与父亲的堂哥狭路相逢。父亲的堂哥打了我母亲。我弟弟回来之后，仗着自己个子高一点，年轻气盛，直接到他们家讨公道。其实就骂了几句。这家人，便打电话将两个在外打工的儿子叫回来，在我弟弟挑着两桶清水正在吃力地往坡上爬的时候，三个人从林子里窜出来，对我弟弟拳打脚踢。据在上面旱地里看到情况的母亲说，要不是弟弟从山坡上滚下去几米，这家的老大，也是我的堂弟，用扁担可能就把我弟弟打死了。

从此之后，原来头脑灵光，处处比我聪明的弟弟，总是记不住事情。事发之后，也报了案。民警也很痛恨这样的情况，表示会以公正之法、严明手段予以打击和教诫。为这件事，我母亲迈着两腿，从家走到20里外的派出所，再从派出所走回来，如此来回走了十几趟，最终那家人只给了180块钱的医药费。当时，我在西北部队，怒不可遏地打电话给当地派出所所长，所长语气坚定地说，这事是地方的，你不服可以随便告。这一下，我倒是秀才遇到兵了，有理说不清。乡村一级的治安及公共事务的处理，当然是老问题。权利或者公器，在很多时候，是向着世俗和更大的层面低头，甚至为之服务的。当年，我和妻子结婚后，回家的时候，路过派出所，我低着头，一次次地对妻子说，几个月前，我娘就是迈着两只大脚从这里来回走的。她不会骑自行车，也没有专门的班车，更没有私家车。每想起来，她倔强的黝黑的脸膛，以及风中如雨的汗水浸泡的白发，我就心疼，也想到了李白的“十步杀一人，千里不留行。”

坐在月明星稀的黄昏，微弱的灯光总是照耀着父母亲苦难的脸庞，以及弟弟年纪轻轻就满脸的皱纹。就此事，我不止一次对弟弟说，君子有仇必报。即使不报，也要记住这是耻辱。我不是鼓励弟弟去暴力，事实上，弟弟每次跟人动手，吃亏的都是他。前些年，家里养鸡，有父母亲帮着，他出去给人开卡车。但总是被人坑，不是几千上万甚至两万的工钱被雇主以各种理由扣掉，就是赖掉不给，他着急，和人动手，人家直接报案，弄到最后还是他没理。粗略算下来，从2006年到2013年，弟弟至少有六七万块钱被同行坑了或者赖掉。这时候，他已经是三个孩子的父亲了。一家老小都仰仗着他那点微薄收入过活。其中一次，本乡一个车主，不给弟弟钱，且串通他人诬陷弟弟贪污了他的钱，以至于两人在山西一座大桥上动手，那人差点把弟弟从大桥上推下去。

乡间的事情，人心和人性，也都是斑斓的、深邃的。弟弟的遭遇，我听说后，也参与其中，讨要了几次，对方直接说，要打要杀，老子奉陪，要钱没有！当然，这其中也有弟弟的原因，被母亲和亲戚们归结为没心眼和脑子，一个人被人坑骗一次没什么，也可以说是人生历练的代价，但一直被人坑骗，那就是自己的问题了。据我所知，河北沙河乃至邢台一带的卡车司机，大都是相互间认识的，也都是同一村子的人，但正如鲁迅所说："强者愤怒，挥刀向更弱者。"大致，弟弟是其中最弱的，他的身边，一直是一个人，正如我在外乡，无论何时，都是孤单的，往往在这看起来简单而又无比复杂的人世间，为活着和活得更好一点，而辛苦奔波，一刻也不能停下来，像古人那样，于山间或河边张望一下落日与孤鹜，嗅一嗅芳香暗处流动的花朵。

2008年8月，弟弟在电话里哭着说，父亲检查，是胃癌。我蒙了。父亲才六十二岁，也就是大致意义上的退休的年龄。农民尽管终生都在“汗滴禾下土，粒粒皆辛苦”，最终也只是大地白茫茫一片真干净，属于真正多一个不多，少一个不少的那类人。可对我们一家人来说，父亲就是整个宇宙。听到这个消息，我愣住了，心里还在想，父亲也不应当在这个年龄就罹患绝症的啊，他才六十岁出头，按照现在的医疗条件和生活水平，他怎么着也会活到七十岁以后，但这只是我的潜意识或者说对亲人生命的一厢情愿。确诊之后，我回去了，坐在病床边，我抚摸着父母这时候才被洗干净的手掌，一句话也没有说。这时候，弟弟还养鸡，因为两口子做事都粗心大意，以至于在日常的实际买卖当中，也没有少吃亏上当，但他们两口子又极爱面子，母亲细心，发现了几次，说给他们，说得轻了，弟弟两口子不当回事，依然故我，说得重了，就跟母亲争吵，弟弟话少，性格耿直，2000年春天被打之后变得更加木讷，往往记不住东西，一直被他的挑担（即弟媳妇妹妹或者姐姐的丈夫）忽悠，甚至欺骗。在乡间，一般的亲戚之间，尤其是类似挑担的这样的关系往往最不牢靠，相互欺骗和不信任的多。因此，北方乡村人们追求人口数量，如家人多的夙愿或者传统是有其根源的。

父亲重病在家休养，而母亲和弟弟为了鸡毛蒜皮的小事引发的争吵也不断。好在，父亲虽然表面看起来木讷、寡言少语，一辈子不参与任何事情，哪怕妻儿被人欺辱，他也不会上前一步，反而责怪母亲没事找事，所有的屈辱都是自找的。我以前很不同意父亲的这一说法，也有些看轻他。但在伺候父亲的时候，我才发现，父亲才是真正得道和通透世事的智慧之人，如对弟弟 2000 年被打的事情，他说："明知打不过骂不过，不如躲起来。世上的啥事儿都一样，既然不是人家的对手，就消停着，等到机会来了，再反击也不迟。"针对母亲说话多，又说不到点子上的问题，父亲说："事儿都坏在一张嘴上，少说，不说是最好的说，说多了，漏洞就多，人家抓住你不放，一点招儿也没有，也弄得全家没有安生日子过。"诸如此类，我听了之后，蓦然想起老子《道德经》里的一些话，如，"虚而不屈，动而愈出。多言数穷，不如守中""夫唯不争，故无尤"，等等，可是，父亲一辈子不信任何宗教，如果勉强说有信仰，还是道教的"万物有灵"。而在我看来，父亲俨然是一个得道高人。

2009 年 3 月 9 日凌晨，父亲挥手自兹去，萧萧草木落。办丧事的时候，弟弟和我前妻有了一点矛盾，他大声喊叫，骂了一顿。我过去求他不要这样，叫人笑话。他不听。我急得没办法，只好给他跪了下来。即便如此，弟弟还是不听。几天后的一个晚上，一家人带着悲伤的心情，团坐在一起，说起父亲这一次花了多少钱；弟弟以为我和他算账，可能自己憋屈，跑到上述的挑担那里诉了一顿苦。他那挑担是我同学，但比我长三岁或者四岁，是离婚后娶了弟媳妇的妹妹，两人相隔差不多二十岁。他是唯恐天下不乱，又对村里其他人乱说。其实，为父亲治病所花的钱，大部分是我出的，前妻也心甘情愿，并不想让弟弟分担。自己的爹，弟弟那时候生活还很困难，我们无论如何也不要他分担的。

世上可能再没有比同胞兄弟姐妹更亲近的人了，尽管，兄弟姐妹之间，也会因为一些事情而相互之间制造仇恨，但从大的方面看，人生的一切，其实都是不重要的，最重要的莫过于一颗心的位置及其“光照”。这件事之后，弟弟和另一个雇主之间又发生了严重冲突，工钱被扣不说，还被对方诬告到了另一个乡镇的派出所。这时候，弟弟的那个挑担又来找弟弟说，他认识那派出所的人，去送点礼，就可以出车了，要不然，起码要在家老实待两个月，期间哪儿也不能去。母亲和弟弟给我说，我坚决阻止。弟弟不听，拿了2000块钱，还有板栗、核桃等土特产，去到那个派出所，还是挑担替他送了。我问他开发票没？他说，咱们这里根本不时兴那个。我气得又把他骂了一顿。但这一次，弟弟也才知道，那个挑担摆明了是要用他的钱，为自己拉关系的。

单纯的人是有福的，但必须经受磨难甚至痛苦。对于既往的生活，我从没有听他抱怨过，认命或者说善于遗忘仇恨和屈辱，也可能是一种云淡风轻的品质。2013 年，弟弟修建了宽敞的新房，我替他高兴。再后来，他独立买卡车跑运输，我极力反对，觉得弟弟的脑袋太简单了，横加阻拦。可弟弟还是和当时的干姐夫合伙买了一台二手卡车。乡谚说："亲戚不共财，共财闹不来。"肯定是一个经验总结，不久后，弟弟和干姐夫分道扬镳，干姐夫出于报复心理，坚持卖车，最终，弟弟原价把车买到了自己名下。没想到，他一个人风里雨里地，没有白天黑夜地奔行在大江南北，竟然也赚了一些钱。我们都很开心。可人生的事情，大抵是没有顺利的；有一个傍晚，表哥的儿子来电话说，他跟着我弟弟跑车，在邢台县将军墓路段，有一辆当地的无牌照面包车撞到了弟弟的车尾，车上七八个人，其中几个胳膊和腿有些问题。他说，俺叔叔正在哭，不知道咋办，也不敢给你说！我震惊，也恐惧，然后问他和弟弟都没事吧？他说他和我弟弟都没事。我这才松了一口气，说，只要人没事，啥事都是小事。然后问弟弟买了全险没有，弟弟说买了。我说这怕啥，全险，只管把他受伤的送到医院，并给他们说，有保险公司理赔就行了。

弟弟听了，才止住了哭声。事后我才得知，把人送到医院后，弟弟还预先垫付了了两千多块钱的医疗费。我说这也不用的。弟弟说，那帮人的亲属不让走。在很多地方，不仅有人碰瓷，一旦抓住某个外地司机，亲属村人一起上，非要剥几层皮，才肯放走。这大致是弟弟恐惧的真正原因。他是三个孩子的父亲，一家人的生活都靠他，再者，他那车，刚办到自己名下不久，还有十几万的贷款。要是我，也是吓得屁滚尿流。和他一起开车的人还对他说，这个事儿，没有十万块钱拿不下来之类的话。我对弟弟说，你买保险是做什么用的呢？不就是一旦出了啥事故之后，要保险公司理赔的吗？要不然，你一年三万多的保险费，给保险公司做什么呢？

事后，弟弟还报销了三千多块钱，但提前为伤者垫付的医药费，那些人一分钱也没还回来。弟弟也没要。他说，这就不错了，也没赔，算了吧。我想想也对。也觉得，弟弟虽然如父亲一般品性木讷，但有一副善良的心肠。这是最好的了。如《易经》中所言："积善之家必有余庆，积不善之家必有余殃。"想来也是一个经验式的真理吧。此事之后，弟弟还讲了一次迷信，那时候，作为我和弟弟幼年时候那张相片背景的那位大爷，尚还头脑清楚，他让弟弟买了一些纸钱，在车头处烧了，又在车厢里放了一挂长鞭炮。据说，鞭炮放完之后，只见一股黑色的旋风，起自弟弟的卡车，飞速消失在202省道上。这一情景我没有亲眼看到，但村里也有人如此描述，大致是确有其事的吧。

2015年，弟弟又买了一台普通的SUV，打电话给我说："哥，我买了一个车，你和嫂子带着锐儿回来，方便，俺嫂子也会开。"我甚是感动，可是，那时候，前妻开始没理由地和我闹离婚，我也给她说，弟弟买了一台车，方便咱们回家用。可前妻说，怎么给我用，自己也要用的！再后来，我离婚。四年后，再和现在的妻子结婚。记得她第一次去我们家，也是弟弟开车去机场接的我们。自从父亲去世，我每次回家，都要帮着弟弟做些事，最重要的还是希望他能够与周边的人维持好关系。乡村也是一个复杂的社会网络，一点不亚于这世界所有有人群生存居住的地方。我常对弟弟说，不要希望谁会对你多好，只要没人故意整你害你，就算是最好的了。爹娘膝下只有我和弟弟两个孩子，现在，母亲和弟弟一家一起生活。弟弟也很孝顺，挣钱了，会给母亲一些。母亲也不花，她们那一代人，总是对攒钱有着异乎寻常的兴趣。这也是中国文化传统中居安思危、未雨绸缪的一种体现，弟弟的三个孩子也都大了，大女儿湉湉已经从一个总是哭的小孩子，瞬间出落成一个美丽大姑娘了，二女儿萱萱口齿伶俐，说话很有见地。小侄子现在还小，但也有了虎虎生风的小伙子的姿态和趋向了。有一次，和小姨聊天，她说，可能以后，你弟弟比你好过。

我明白小姨的意思，她是说，弟弟两个女儿，一个儿子，都在身边，弟弟老了，有孩子们照看着。我呢，身在异乡，大儿子锐锐大了，但跟着前妻；和现在的妻子的儿子灼灼刚刚出生。但我又能如何呢？或许，不抱希望或者奢望的人生才具有足够的深度，我只需要尽好自己的责任义务，该就是无愧的了。此外，我一直有一种传统的思想，即想振兴一个家族，无论是我和弟弟孩子，还是我们的孩子们，在人世间，都能够相互团结，重视冥冥之中神灵赋予的血缘亲情，无论谁遇到问题，还是其他情境，都能相互鼓励、合作和宽心。因为，当人太多的时候，人和人之间不仅是生疏的，可能还是敌对的。最近有流行三观一致将代替血缘亲情的鸡汤说法，我觉得是可笑的；不信的话，一个人病倒或者遇到灾难的时候，是三观一致的人为你端屎端尿，还是你血缘的亲人呢？

前一段时间，在月子中心陪护妻儿的时候，忽然想起与弟弟的感情，用手机即兴写了一首诗，大致是作为这篇文章结尾的。“我们都是乡村里的人 / 爹娘的骨血，年少一如早春的山野 / 而今的秋色，岩石上的苔藓 / 正在增多。很多次我拍拍你的肩膀 / 你回过头来，咧嘴笑，看看我 / 这就是美好的了 / 尤其和咱娘一起的时候，我的灵魂说她很快乐。”

睡懒觉与乡村趣味

我们总是起得很晚，母亲或者弟媳站在下面的院子喊，吃饭了！我们才答应，然后穿衣服，带着儿子下来洗漱。这时候，太阳缓慢上升，清风如水，山岭上到处都是摇动的蒿草和树木。父亲早就下地干了很多活儿了，弟弟也是。因为我在外面，有个差不多的工作，每次回到家里，就可以名正言顺地睡懒觉。起初，父亲和母亲在我们房子后面的坡上种了好多板栗树，不到两年时间，板栗树就都长大了，也开花结果了。春天的时候，金黄色的板栗花儿总是会引起蜜蜂的警觉，一只只地飞来，在花朵上打滚采蜜。此外，还有一些个头儿庞大的黑色的野蜂和大黄蜂。蝴蝶也来了，但飞不高，总是围绕着花朵和茅草。

板栗树下，是一片一片的坡地，父亲种了黄豆、芝麻和花生。正是初夏时节，天旱，枯萎的庄稼也只能在清晨和夜晚舒展叶片，呼吸到凉爽的空气。但这里茅草多，野兔也多。村人也懒得打或者用铁丝圈来套，久而久之，野兔成群，且旁若无人，一只或者几只相伴，啃食田里刚出头不久的黄豆苗。吃了早饭，我会带上儿子，跟着父亲下地。我儿子小时候，长得也比较胖，每次，他都撅着小屁股，跟着我们跑。闲的时候，父亲给他捉知了玩儿，还给他摘苹果。要是秋天，父亲会弄一些核桃和板栗回来，放在火里烧熟了，再剥开，喂给他的孙子吃。可惜，父亲在 2009 年就没了。他病得突然。我还没有好好照顾他，爱他，他就和我们分别了。这些年来，我梦里一直有他，他的容貌，哪怕是一根胡子，我都记得清楚。

尽管封山育林，但因为山里都栽了板栗树，水土流失严重，要是春天夏天不下雨，村庄就干涸了。许多人家的自来水管也没有了水。父亲还在的时候，都是他一早起来，去河里挑了吃喝用的水，再去其他地里干活。他不在了，就是弟弟，母亲也偶尔去。我也去。

南太行乡村人家的早饭，不论春夏秋冬，都是稀饭，就是小米熬的粥，再加上红薯、土豆和白菜，有时候，稀饭里还要加上花生、土豆和西葫芦之类的蔬菜，或者炒个土豆条、醋溜白菜之类的，就馒头或者大饼吃。这时候，孩子们总是精力充沛，趁大人吃饭的时候，他们大肆玩闹。我儿子，和弟弟的两个闺女，关系也好，也不好，孩子们之间，玩的就是哭哭闹闹和破涕为笑。要是冬天，几个孩子就爬到爷爷奶奶的炕上，用枕巾、床单之类的作为戏服和道具，学电视里的人咿咿呀呀，扭扭捏捏。

不过，最好玩的是下雪天，孩子们拉着我们堆雪人之类的，冻得手脸通红，但也乐此不疲。只是，这样的天气，孩子大人都容易感冒。有一次，儿子感冒发烧，因为雪下的厚，医生不愿来。我们只好抱着他，去卫生所给他输液。那时候，儿子很乖。说起来，我儿子还有一个优点，那就是，他特别能扛疼，打针不哭，输液也不哭。要是他自己玩的时候，不小心碰到了，伤口很深，也不叫疼，要是我们不发现，他也不会告诉我们。

六个故事

其一，村里一老妇人，某一个冬日夜里十点多。这时候，多数人已经关灯睡觉或者做别的事情去了。有一户人家，兄弟五六个聚在一起，商议家中大事。这个老妇人，姓付，在村里以腿快、善听、偷窃闻名。此时，她也没睡。见这一家人灯火通明，兄弟齐聚，料想必定在商量事情。便躲在人家房屋后窗下偷听。许是也涉及她家的利益。情急之下，这老妇人居然蹭蹭几步，走到门口，然后再一伸手，猛然推门而入，还没站稳，就与屋里的某人争吵起来。

村子里的规矩，如此深夜，凡不在主人邀请之列的人，一旦破门而入，不是妄图偷窃就是来偷听人家家族大事的“不速之客”。这家兄弟几个一下子愣住了，还是户主反应快，走上前去，朝这老妇人脸上就是一巴掌。挨打后，老妇人旋即夺门而出，先是走到三里外南堖村的一个郭姓光棍家，吃了两碗剩面条之后，再度启程，走到十五公里之外的赵洪村自己亲生的三女儿家里，哭诉一阵，再启程，又走到三十公里外的乡政府所在地，叩开派出所的大门，报案之后，又回到十五公里之外自己的家里，躺下，天亮时，找来医生，躺在炕上开始输液。

这番话，乃是这位老妇人自己对派出所民警诉说的。民警大惊，如此计算，该老妇人从夜里十一点至凌晨五点半，依靠双脚，走了 51.5 公里、103 华里的路程。民警笑问她说，你这双腿，堪比摩托车。老妇人正色说；“这还算少的，要是俺没挨打，从村里到市里走个来回也不成问题。”民警大笑，问她知道她村距离市区多少公里不？她说：“不就是一百多里地呗，要是俺吃饱了，喝足了，还用不了一整夜，俺就能走他个来回。”此话后传到了乡人口中，闻之无不大笑，且又讶异焉。

其二，二〇〇三年夏天的一个夜里，我父亲也出去打工了，弟弟也是，弟媳妇带着孩子回了娘家，家里只有我们母亲一人。

天气闷热，母亲端着饭碗在一侧小屋顶上吃饭，忽然看到一个人影，在我家苹果园里摘苹果。母亲大喊说：“谁在偷俺家苹果?”那人稍停，继而声色如故，照摘不误。母亲提了棍子去看，原来是一个头发乱蓬蓬，满脸胡须的青年人。母亲从没见过，知道不是本地人。忽然想起，这些年，我们深山的村子里，常有不少逃犯隐匿于丛林山崖之间。

母亲惊惧，回屋，那人尾随，母亲怕，舀了两碗剩面条饭，端着放在院子较远的一块石头上。那青年人走近，几口吃完之后，仍旧不走，母亲害怕了，拿了铁锨，挥舞着，将他赶出院子。母亲说，尽管天黑，可她也看到了那人凶狠的眼光。她惊怵不已，转身跑回，锁了家门之后，又上到弟弟的房顶上，找了一堆石头，准备在必要时候，砸向那人。

那人也丝毫不怕人，直接在我家苹果园内坐倒就睡，母亲在房顶上，一直盯着他，一夜没合眼。天快亮的时候，那人起身走了，朝着我们村后沟，那里蒿草众多，山崖隐蔽，的确是一个藏身的好地方。关于这样的事情，那些年间，在我们南太行山区还算比较多。一些逃犯于此躲藏，而乡人，也缺乏法治意识，极少主动报案。我听说之后，叮嘱母亲切勿招惹这类人。有条件的话，要报案。可母亲大字不识一个，家里虽有电话，可她不会拨打。

其三，邻村一个老妇人，傍晚时候，还与人说说笑笑，扛着镢头，挎着荆篮子，到自家地里刨土豆，并拿到河里洗干净，带回家。次日一早，她却光着身子死在了自家门槛上，肚皮如鼓，满脸沙子，脖颈上有明显勒痕。子女发现，随即操办丧事。听人说，这老妇人死时才五十二岁，与丈夫分居已有二十年了，先后生育一子一女。儿子早已成家，也先后生养了一子一女。她女儿大致二十二三岁，常年在市区的一家歌舞厅内上班，并且传言与一个老板的儿子恋爱。

其四，村里一妙龄闺女，以父母之命，媒妁之言，与外村一男子订婚，不久结婚，但没有办结婚手续。半年后，两人大闹，不再夫妻。女回娘家，誓要退婚。男方允后，多次索要当初给女方的彩礼钱两万元。女方回绝。男方一纸诉状，告上公堂。因无公证手续和有效的结婚文书，法院不予支持。

此闺女的父亲常年做玻璃生意，即开车由本地到外地送货。一日凌晨，女父开车行到一偏僻处，树林忽然跑出三个妇女，挡在马路中间，女父惊异，急忙刹车，还没停稳，林子里蹿出几个蒙面大汉，举棍子乱砸一气，一车玻璃当即碎裂，响声清脆可人。砸毕，大汉又挥舞大棒，殴打该女父亲。女父见势不妙，发足狂奔，窜到一个涵洞里躲起来，至天光放亮，方才回到停车处查看。哪里还有车？再到路边，赫然看到自己三轮农用车，倒扣在沟底。遂报案。但苦无证据，不了了之。

其五，麻将这东西，四川和湖广人好之，后又有东北各地。我们南太行乡村几乎不知麻将为何物，但不知何时，村里也响起了噼里啪啦的声响，且渐成风气。其中，常操此业的有三个，一是当地一养鸡专业户的媳妇，原籍四川，因早年被人贩子拐卖至此，为人妻，与丈夫生养了一女一儿。极其能干，尤善家禽养殖。二是当地一未嫁闺女，父母皆为智障，虽然提亲说媒者也多，但都被拒绝。三是一生于一九六七年的有妇之夫，平素以三马车运输鸡饲料和做其他小生意过活。因前妻不愿再为他生儿子，故离婚。四是一个退休干部，差不多七十岁了，极好赌博，每日必玩麻将，否则，寝不安枕，食不甘味。翌年，有妇之夫再婚，娶的是那位妙龄牌友。几个月后，即生一女。再一年，退休干部病，不久死。如此一来，麻将便凑不成一桌了，其他二人再发力，又教会数人，并分摊开打。如此，麻将，便成为我们村冬天时候最频繁的铿锵之声。

其六，村里一寡妇，五十多岁。经人介绍，与十里外某村一光棍男人认识，随即，两人即确立关系。几个月后，光棍嫌弃女方已过生育年龄，不再理睬。然这位寡妇并不在乎。光棍出外打工，数月不回。寡妇在其家中，帮着收拾屋子，种地除草，忙得不亦乐乎，而她自家田里蒿草成堆，庄稼委顿。其先前的婆婆多次隐晦劝说，寡妇浑然不觉。婆婆无法，将此事说给其他可以随便和这位寡妇说话的人，意思是直接对她讲了，寡妇就会明白。却不料，那人说了之后，寡妇直接怼说：“俺就是没人 × 了，才这么死气哩！”

在我们南太行乡村，方言中的“死气”，就是格外珍惜和在乎的意思。

打麦子、间谷苗

有一次我们回家，正是五月，和父亲母亲一起割麦子，割倒之后，再用柴架子一次次地背到麦场上去。看着那一捆捆金黄色的麦子，像是一堆小山，我就有点心急，想早点用脱粒机打掉。可是，全村就一台脱粒机，需要轮着来。

第二天一大早，我和父亲抬出脱粒机，接好电。我穿了一件很厚的衣服，包住头脸，以防灰土进到呼吸道里去。这时候，天光朦胧，清风如水。脱粒机响起来，父亲抓起一把麦子秸秆，推到里面去，一阵轰鸣之后，完整的麦子便身首分离，秸秆断成数截。我拿着一杆长长的铁叉，在尘土飞扬的脱粒机出口前，不断地挑开飞出来的麦秸——空空的，身段柔滑的秸秆轻了好多，一下可以铲起来好多。母亲和妻子蹲在脱粒机另一个出口，用簸箕接住滚滚而出的麦粒。

大约两个小时，一堆麦子就消失了。这时候，太阳升起，光芒热烈。我们一家人汗流浃背，鼻子、耳朵、嘴巴里面都是浓重的土腥。我有点焦躁，想尽早结束这场劳作。可是，打麦子容易，收尾难，许多的麦秸需要挑到空闲的地方，没有脱干净的麦子也还要用簸箕不断地簸出来。这活儿，就是母亲和妻子的事儿了，因为我不会用簸箕。她们一点点地簸，装在口袋里之后，我懒得往家扛，就用弟弟的摩托车一次一次地往家里带。

第一次带了两袋，大约七十公斤的样子。第二次带了五十公斤。第三次，走到半路上，袋子突然滑下，我连人带车差点摔到沟里去。

全部带回家后，再扛到房顶上，让日光爆晒，全部干了，才可以再装起来。

第二天，母亲说，旱地的谷子要除草和间苗（长得多，影响收成，所以要把一些拔掉才可以）。我们也去了，那里很高，山路陡，都是旱地，只适合种玉米、谷子之类的作物。此时，正是玉米和谷子疯长的季节，一丛丛，一根根纠缠在一起，还有一些杂草，都需要把多余的拔掉。我们在地里匍匐了大半天时间，还没有做完，下午又去了一次，才把一块地的谷子苗间完，同时也把那些杂草除掉了。如此数日，核桃也熟了，院子下面的苹果也都可以吃了，儿子和侄女儿一起，站在下面望，眼巴巴地，像两只不能爬树的猴子。儿子用童声稚嫩地喊，老爸，帮帮忙来！我走过去，抱起他，让他自己在树上摘。

此时的树干上，留下好多蝉衣，金黄色的，还像真的夏蝉一样，黑色的腿脚死死抓住树。

有几次，我们跟着父亲一起去地里撒化肥，尿素化肥味道呛人，弄得人眼泪不断流，还有点呼吸困难。妻子在前面撒，我和弟弟，父亲在后面盖。如此几天，全部的田地就都撒了化肥。因为雨水较多，田里的杂草也长得疯狂，大有与庄稼分庭抗礼之势，我们对它们毫不客气，用锄头或者手指尽量把它们除掉。只不过，在锄草的时候，我一直在想，杂草和庄稼本来就是一体的，除掉它们干吗？父亲却说，地里的墒和肥料就那么多，草多了，庄稼就吃亏了。

裸体朝天

天气闷热难当，到处都是叶子和泥土烧焦的味道。长期躲在阴凉里，感觉像是苟延残喘的鸟。我骑着摩托车，带着妻子去路罗医院的路上，在一处山间，看到一面湖水，湖面幽蓝如空，涟漪荡漾，两边绿树挺拔，荒草葳蕤。我和同去的侄儿，跳进水库里，一口气游了几个来回。回来后，对母亲说了，母亲责怪我说，不到伏天就下水，秋天要涨肚子拉肚子，对身体不好。我不以为然，仍想着明天再去游一次。

有天中午，我骑着摩托车，走遍了附近的三座水库，可都是浅浅的，水深都淹不住小腿和膝盖，只好去一个叫作黑龙潭的地方。那是高崖凹下面河沟里的一面水潭，上面是一个巨大的石头，上游的水在这里形成几个不大不小的瀑布。水潭很深，水也很凉。小时候，我听大人说，这水潭内外，常有一些诡异事情发生。其中一件，说是村里一个刚结婚的媳妇，夏天正午在这里洗澡，几个月后，觉得肚子疼，居然生下一只蟾蜍。

这里的水流呈白色，没有虫子和泥沙。我想洗个澡，脱了外衣，站在水中，一股清凉由血肉而骨头迅速升起，我倒吸一口凉气，使劲大喊一声，寂静的中午，没有人声，连鸟雀都停止了飞翔。从水潭里出来，走到旁边的一面巨大的白色石头上，我躺下来，面朝太阳。石面滚烫，却觉得浑身舒坦，有一种热，叫我感觉像是太阳光在不断地进入身体。

在青天白日下，赤身躺下来，这是多么自然的行为。我不仅一阵兴奋，妻子撩水，帮我洗漱。躺了一会儿，戴上墨镜，点上一支香烟。烟雾向上，很快飘散，湛蓝的空中飘过几丝白色的云彩，这些天上的过客，也一定看见了我。四周寂静，草木沉默，高处的马路上，连一只苍蝇都没有经过。

水潭边不知何时落了一些金黄色的蜜蜂，它们好像在喝水。旁边的小水坑里游着不少的蝌蚪，黑色的，样子极其丑陋。穿衣起来，阳光依旧毒烈，我对妻子说，小时候，我总是在这条河沟里玩。夏天跳水玩水的时候，我们脱光衣服，从高高的水坝上跳下去，要是姿势不正确的话，水面会把肚皮拍疼；冬天滑冰，在冰上仰面摔倒，脑袋重重地磕在上面，使人疼痛欲裂。

其中一些时日，妻子带着二表哥的女儿，在这里抓了不少螃蟹，拿回去炒了，给我，也却不敢吃。我从小就不敢，嫌脏，也不好意思吃这些野生的家伙。傍晚，天色完全地暗下来之后，我到附近的水库边洗澡，然后坐在石头上，看见满天的星斗，远山连绵的轮廓。清风不断吹拂，虫鸣唧唧，蛙鸣声声，萤火虫飞行的光亮，逐渐代替了人类的眼睛和村庄的灯火。

伤狗事件

因为养蜜蜂，便离不了狗。小姨家也是。他们家先前的一条母狗生产后，狗崽东一家西一家被人抱走了。母狗虽然老了一点，虽然行动迟缓，但仍旧灵性和懂人心，不知为何，姨夫又买回来了一只。其间，大表嫂的儿子三番五次到小姨家，要把这条老母狗带回去他们养，用来看门。小姨应允。可大表嫂家里却很少有人，没人喂它东西吃。有一天，母狗饿极，竟然挣脱了铁链，跟着三表哥家养的一条狗四处奔跑。久而久之，这两条狗，专门以追咬村人的家鸡为乐。数月间，不知害了多少鸡命。

某天中午，弟媳从石盆村回来，对母亲说，在前面路边看到一条狗，和大表嫂家的一模一样，好像腿折了，嘴巴也在流血。大致是夜间被车压断了腰腿。第二天，我乘车到小姨家帮忙盖房子，就要中午了，忽然路下有人喊，说我母亲被狗咬了。我急忙跑下去，看到母亲右手腕上淋漓的鲜血。

去到乡卫生院，医生检查后说母亲的伤口很深，差一点切断动脉，缝了七针。

母亲说，早上，她用小桶舀了点剩饭，带着孙子孙女，到路边去看那狗，竟然还在。母亲喂了它一些剩饭，那狗吃了。母亲把它抱在怀里，走了一段路，累了，停下来休息时，这狗趁机钻到一辆停着的四轮车下。母亲再去抱它时，那狗竟然一口咬住母亲的右手腕，母亲疼，拉出手腕，顷刻之间，已经是血肉模糊了。看着母亲的伤口，我心疼，也很生气，但不好发作。我说娘呀，以后再不要管那些闲事了。母亲说，俺看是你表嫂家的狗，扔在那儿没人管，可怜得很；好好的一条狗，抱回去养好了还能看门。

打了狂犬疫苗，又输了液，该是没事的了，可到了晚上，母亲又发高烧，妻子又叫来医生，输双黄连、菌必治，两瓶下去，高烧退了。在小姨家帮忙的父亲打电话对我说，晚上要和你娘在一起，看着她，万一有啥事，好照应。我和妻子坐在母亲身边，一直到凌晨三点多了，看母亲睡得十分安稳，伤口也没在渗血，我们才回到自己房间睡下。

第二天，照常输液，第三天也是，第四天后，母亲手腕上的红肿消失，再去乡卫生院打第二针狂犬疫苗。请医生看了看，说没事。第六天，停止输液，可母亲闲不住，一只手，还要努力做些活。有一天傍晚，母亲趁我们不注意，到后沟，见玉米地里的杂草太厚了，就在那拔了起来。我好久不见母亲，急忙找了去。母亲说，后山里有一些李子树，你去摘些回去给孩子们吃挺好。我依言而行，后沟深处，果真有几棵李子树，而且结的果子很多。我摘了一些拿回来，分给孩子们吃了。

骑摩托旅行

我和弟弟，分别骑一辆摩托车，带着小姨和母亲，还有我的妻子。摩托风行，沿平（石家庄平山县）涉（邯郸涉县）的公路行驶不到 1 个小时，就到了长寿村。长寿村很小，几十口人家，坐落在河北和山西两省交界的摩天岭下。这村子，先前的名字叫黄庄，前些年，因为一位记者的报道，使得这一从来闺女都不愿意嫁过来的偏僻山村，一夜之间，就成了一个康养胜地。

长寿村唯一的景点是发源于村后山崖的一股泉水，清冽异常，口味也甘甜；村里也确实有不少人活到九十岁以上，这在属于癌症高发区的太行山农村，绝对是个例外。长寿村左边的山岭上，有一条骡马道。母亲说，那些台阶都是清朝时候，人家山西左权（那时候叫辽州城）县一个财主出钱铺的，台阶上面，至今还留着深深的骡马蹄印。这山顶上，还有一座建于唐后期的关隘，名叫峻极关。

这山上，多的是野菜，马齿苋、蒲公英是最常见的。因为水好，这里的人还用小米做米醋，也远近驰名。找了一家饭店，我请母亲吃了一些野菜，再去京娘湖。这个京娘湖，以前的名字叫口上水库，因附近的村子名叫口上而得名。后来搞旅游开发，便换成了京娘湖。据说，宋太祖赵匡胤千里送京娘的传说，便是发生在这里。为此，当地人还把附近的几个山岭命名为望夫崖之类的，极尽附会之能事。

可多数人只听名字，不深究历史典故，来之后，也玩得不亦乐乎。母亲和小姨说，她们小的时候也来过这里，就是一个大水库，啥也没有，现在一开发，就开始收门票了，做生意的人也多了，来玩的人也不少，各式各样的车辆也停了一大片。

沿着京娘湖一边的小路向西，一边是高崖，下面是碧绿的湖水，再一边是曲折蜿蜒的挂壁公路。天快黑了的时候，我们到了北武当山下，去看张三丰的塑像，以及修建得很有气势的道观。这北武当山，以前的名字叫老爷山。传说张三丰在此修行过，山顶修建有一座真武大帝庙。最神奇的是，这山顶的悬崖高处，至今可见一把长剑，挂在上百米高的绝壁上。当地人传说，当年张三丰在此修行，有巨蟒或者蛇精出来祸害人间，张三丰降妖除魔，杀死蛇精之后，把剑插在绝壁，用来镇压这一带的各路妖精邪祟。

返回的路上，大地黑暗，我和弟弟，骑着摩托，带着母亲、小姨和妻子，从武当山背面的陡峭山路上斗折而下，穿过幽深的山谷，繁茂的树林，整个大山之中，只有我们的摩托声音在山间回响，车灯照亮不断拐弯的陡窄山路。回到家里，小姨和母亲都说，这是他们最高兴的一天。虽然只是转了她们当年去过的一些地方，可现在和以前完全不一样了。自此，母亲和小姨也喜欢起野菜来，每年春天，都要采一些回来吃。

阔别已久的山西

十二年了，我再没有去过只隔一道大山的山西，心里总是有点向往，还有些羞愧。其中一天，我和弟弟先到武安，沿峻岭向上。我骑车，带弟弟。迎面的山崖崩塌，巨石碎沙倒在路边，遇有暴雨，必定塌方，骑车急速奔过。钻过一个五百米的山洞，再向下，就是山西左权县的塔铺村。由此再向西，全是乱石小径，蒿草遍布。摩托车大声轰鸣。忽然，我看见一条全身青色的蛇，横在路上，山西的蛇是有毒的，我急忙刹车，等蛇过去之后，再发动，冲过。正在爬坡，忽然觉得右边脚踝刺疼，低头看见一个红色的东西，趴在袜子上面，我急忙叫弟弟打下来。

那是一种长在牛羊身上的虱子，体形扁大，脚爪多，颜色暗红；常附在草叶上，伺机爬上牛羊的身体，进行啃咬和吸血。到山顶，又是一道山洞，黝黑如夜。我们冲过去，溅起泥浆，到另外一段山岭，洞口处有牧羊人的帐篷，在高处的山坡上游动着成群的黑色和白色山羊。

再向下的村庄分别是土蓬、官滩和下庄。前两个我从没有来过，倒听说我们村里几个上了年纪的大娘的娘家在这里。再向西，到拐儿镇的时候，路过黑龙潭，记得母亲说，这里有个传说：从前，有一个木匠，走到这里，天色已晚，忽见一个白发老人，说请他做几天木匠活。木匠应允，闭上眼睛，一阵眩晕后，就进到一座豪宅。数日后，做完活计，老人送他一把黄豆，木匠嫌弃，扔掉，仅剩一粒，回家后才发现是金子。再向下，一边有一座就要倾倒的高崖，高处有一个巨大的手掌印，传说是二郎神母亲生气，追到这里，一脚蹬倒山崖，二郎神伸手托起留下的。我和弟弟走过去，站在崖下，巨大的手印十分清晰，崖下有不少的佛龛，做工精细，栩栩如生。

拐儿镇正逢庙会，人山人海，和弟弟在饭馆吃饭后，沿街行走，竟然也找不到当年的影子。下午突然风雨大作，和弟弟买了一些东西，去看望多年没见的老舅。他在拐儿镇向西十里的一个村庄生活，一辈子没有娶妻。在暴雨之中，我们狂奔，到一家石板厂躲避，刚一进门，雨突然小了。刚一出门，忽又风雨大作，我们再冲到四里外的南岔村，找一户人家的屋檐躲避，天却晴了，雨水横溢，到处都是松软的。

老舅所在的村庄依旧，照常的老房子，横在山崖下面。雨后，没有多少人，几个老人站在核桃树下，不知说些什么。我们进去，好几个老人，一脸迷茫地问我和弟弟从哪儿来他们这里的，我笑笑，说出老家的名字。他们也分别说了我母亲和父亲的名字，我点点头，再笑笑。老舅居然不在家，邻居说他下地了，我们只好等。在这里，我们还有老姨，可惜，她二十年前就去世了，老姨夫也在多年前死了。

吃过饭后，和老舅坐下来，说起旧事，不觉一阵伤感。夜幕深沉，狗叫的声音在空旷中回响，村庄黑了，与附近的山融为一体。我和弟弟睡在老舅旁边，听着窗外的黑夜，想起自己多年前在这里的事情，忍不住一声长叹。第二天一早，醒来，起床，站在老舅家背后的山路边，看远近高山，清冷的风中，潮湿的羊粪味道徐徐飘来。我和弟弟再去看望老姨夫的养子一家，吃过饭后，我们要返回的时候，小姨家的表弟王平和大姨家的三表哥却骑着摩托出现了，居然是来找我和弟弟的。也难怪，我们到山西来，也没有给家里打电话，母亲和妻子担心，就伙同表哥表弟连夜找了上来。我歉疚，弟弟急忙给家里打了电话。随即骑车，从拐儿镇到和顺县松烟镇，沿邢台到太原的公路往家走。

回到家里，母亲责怪，我和弟弟唯唯诺诺。满心的温暖和歉意。

自述与他述：听来的故事

当事人言：

都说俺娶了个破烂货，替城里的有钱的老板揽了一回破鞋。除了傻子不知道黄花大闺女好之外，哪个男人不想找个好老婆？俺自个儿心里也清楚，像自己这种家里边不是很富裕，爹娘死得早，自己又没有啥手艺不说，也没有一个体面的亲戚，人家林巧凤愿意嫁给俺，就算是俺上辈子烧了高香了。

结婚那天晚上，村里的老年人都不愿意来帮忙，都怕沾了晦气。有些年轻人来了，帮着俺摆了酒席，陪够了酒，又放了鞭炮，晚上又请邻村送贺礼的人吃喝了再送走之后，已经是凌晨二点多了。来帮忙的年轻人个个喝得醉醺醺的，俺暗示了几次，年轻人就是不走，一个个或站或坐或躺，堆在俺和林巧凤的洞房里，抽够了烟，喝足了水，嚷着还要闹洞房。还没等俺说话，俺的小兄弟白晓通一声令下，几个小子一个个挺直了身子，吐掉嘴里的香烟屁股，走到林巧凤跟前嬉皮笑脸地说，哎呀嫂子，让兄弟今儿个打你几个“悠墩”（冀南土语，闹洞房的一种游戏形式。通常为几个人抬起新媳妇把屁股向墙上撞）！

谁知道，林巧凤两眼一瞪，开口就骂：“你们这些王八羔子，都啥时候了，还来给老娘整这个里个儿愣。再不走，老娘可就拿刀剁了！”林巧凤一说完，掉转身子，脱了皮鞋，撅着屁股爬到床上，把被子拉开，伸手就解上衣扣儿。

闹洞房是南太行乡村几百年来约定俗成的规定，不管是大官女儿，还是富人闺女，只要成为这一带乡村的媳妇，结婚头天晚上，村里小伙子就有权利闹洞房，作为新媳妇还不能表示反感，如果找地方躲了，就是翻遍村庄也要把你找出来，把你闹腾够了，才一个个回家睡觉。这多少年以来，后沟村娶了不少的媳妇，这帮小子都是“闹”你没商量，不但如愿打了新媳妇的“悠墩”还从新媳妇的兜里摸出了几块钱来，到小商店买了糖吃。有的时候，小伙子把人家新媳妇折腾得大声告饶，以钱物求小兄弟们放过自己。

嚣张的小伙子们兴致勃勃，没想到碰了一鼻子灰，挨了林巧凤的一顿臭骂，一个个脸色唰地变了。嘻笑还在脸上挂着，一闪眼就凝固成了尴尬。怔了一下，白晓通第一个转头朝门外走去，伸手把黑老三新做的大红门帘掀得像个大蒲扇，在门头上飘了几飘。其他的几个半大小子跟在白晓通的后面，气咻咻地走出黑老三的房门。

别看光棍黑老三平时在村里指天骂地，打狗撵鸡，谁惹了他，就敢揣上一把杀猪刀子窜到你家，大吼大叫，又是砸镜子，又是摔碗，还要和你刀子上见高低。可在林巧凤面前，平时的嚣张和霸道变成了唯唯诺诺，看林巧凤冲白晓通他们发火，当时就想制止。可一看林巧凤那个脸色，嘴唇张了几次，又把话咽了回去。

黑老三起身走到门口，把帘子挂好，随手吱呀一声，把门关住，用插销插了，一边往床边走，一边小声对已经躺在床上的林巧凤说：“凤儿，今儿个趁个高兴嘛，平时这些人连请都请不来，况且人家又给帮了几天的忙。不看僧面还看佛面呢，你干啥发那个火儿啊？”

林巧凤一个鲤鱼打挺，床板嗵嗵响了几声。只穿了裤头和乳罩，两手往腰里一掐，张口大骂黑老三说：“你他娘的黑老三，老娘不高兴咋了？啥时候老娘轮到你来教训了！实话告诉你，老娘今天能进你白家的门是你白家上辈子积了德，祖坟上冒了青烟，你他妈的不要不识抬举。实话告诉你吧，老娘嫁给你不过是权益之计，等张处长和他老婆离婚了，老娘还是人家的人，你他妈的癞蛤蟆想吃天鹅肉，下辈子吧你！”

林巧凤骂完，喘着粗气在床上站了一会儿，又一屁股坐下来，拉了被子盖住脑袋，自顾自地睡了起来。

黑老三怔在了原地，到现在才明白林巧凤死活不跟自己领结婚证，原来压根就没打算着和自己过。村里也不断有人说，人家林巧凤嫁过来不过图得一时，等市里的那个张老板和自己老婆离了婚，就来接林巧凤了。一开始，黑老三还真不相信，要是像村人说的那样，林巧凤就没有必要和自己举行这个结婚仪式，在哪儿等不是个等，况且在自己家里还方便一些。

听了林巧凤的话，黑老三坐在床边，抽了几颗烟，一时间，心里边翻江倒海，说不清是苦还是咸，只觉得胸脯里有一股硬气，撑得他的肋骨疼。前前后后地想了一圈儿，自己打开被子，挨着林巧凤也躺了下来。

当事者言：“这被子是俺姐姐送的，大红缎子被面，上面还绣着两只金色的鸳鸯，在几道水纹里面身子挨着身子游水。看到这些，俺心里就越憋屈，心里想：这世界真不公平，有的人一辈子身下女人无数，像赶骡子一般，鞭子打了一个又一个。有的人一辈子连一个女人都没有，就像我黑老三，花掉了十几年攒的那点血汗钱，敲锣打鼓，还雇了几台小汽车，又摆酒席，看起来也热热闹闹娶了回媳妇。可没想到，娶回来一个母老虎不要紧，凶一点就当管自己，省得像以前那样吊儿郎当，整天没事干，东家跑西家窜，到哪儿谁都不把自己当人看，当猴儿耍，娶个媳妇，生个孩子，盖个房子，一辈子也活得像个人样儿，也算是对得起自己这一辈子了。尽管，你林巧凤当过鸡，被人包过，搞过，俺不嫌弃，只要你林巧凤一心跟着俺过日子，种好地，管好孩子，看好门，比什么都强。……可闹了半天，你林巧凤心里边想的还是那个有钱的老板！”

想着想着，黑老三的眼泪就流了出来，心里边好像压了一块铅，都快把肚皮坠破了。接着就小声哭了起来。

林巧凤实际上也还没睡，听黑老三在哭，心里有点发软，毕竟人心都是肉长的，林巧凤的心肠还没有硬到夯几锤火星儿都不冒的地步。因了吃饭时吃了一些凉菜的缘故，忍不住放了一串闷屁，在被窝里面捂了一会儿，臭得赶紧掀开了换空气。

黑老三一听林巧凤有了动静，就把哭声压进嗓子里。等林巧凤重新把头捂上，就又哭出声来。林巧凤听了一会儿，心里边很烦，就猛地拉开被子，大声骂说：“你他娘的，到底还让人睡不睡，爹死了还是娘跑了，哭鸡巴个啥呢？！”

听林巧凤这一骂，黑老三越发伤心，索性放开嗓门，呜啦啦地放声哭了起来。林巧凤气不打一处来，翻身坐了起来，一把撩了黑老三的被子，放小声音对他说：“老三老三，今天可是大喜日子，你这么个哭法儿可是不好，咱俩以后还有日子过呢。实话对你说了吧，那个张秋林即使和自家婆娘离了婚，也不可能再来找俺的，俺以前在郑州当过小姐，张秋林又不是不知道！”

听林巧凤这么一说，黑老三马上止住了哭声，把灯拉着，看着林巧凤，嗫嚅着说：“俺想也是这么个道理。巧凤你知道了就好。”

男人是土，女人是水，两相掺和，才能和成泥。这天晚上，林巧凤自己主动脱了文胸和裤头，把黑老三拉到了自己被窝来。

第二天起来，黑老三的两只眼睛肿得像个猪尿袋，眼眶像抹了锅底黑，整个人瘦了一圈儿。村里快八十岁的老光棍白金山看到了，站在自家破烂的屋檐下面，扬着尺巴长的旱烟袋冲黑老三喊：“嘿，大侄子，来来来。”黑老三回过脑袋，看了老光棍白金山一眼，声音打着颤儿回答说：“金山大爷，你咋起这早呢？”白金山压着嗓门，从鼻子里面挤出一串混沌的笑声说：“俺不像你，晚上有事干。没事儿干不起早点，就他娘的成了葫芦蛋了，死了都没人管。”

要说这白金山，长得也是一表人才，鼻隆口方，眉毛黑长，像是两把剑。以前瞎子先生给他算命的时候，还说过他将来不是秀才就是富商，横竖都能光宗耀祖，肯定是个了不起的人物。他爹白有成听了算命的话后，一蹦三尺高，高兴得门牙都快笑掉了。见了人就咧着嘴说："俺这个儿子可不是凡夫俗子，俺白家穷了三代，这一下子可就要翻身了。"

回到家里，白有成就对婆娘说："咱小子金山不是个平凡人物，以后一定能成大事。成大事儿就得有文化，现在不让孩子读书，可能就葬送了他一辈子的前途，他没了前途，就等于咱一家的前途通通断了。"

婆娘向来没主意，白有成说啥就是啥。听白有成这么一说，赶紧帮着白有成搲了瓮里的麦子、黄豆，放在毛驴背上，拖到上苑街上卖了。又找到上苑村的曹正熙，以一副猪肾做了见面礼，好说歹说，曹正熙这才答应让白金山到自己办的私塾里读书。这曹正熙虽然被人叫成曹大秀才，但只参加了童试，乡试好几次都没过，只好在本村开了一家私塾。

白金山读书倒也长进，几年下来，把《四书五经》背得滚瓜烂熟。也成了远近闻名的文化人。他爹白有成更是欢喜得不得了，做梦都想着白金山考取了状元，当了大官，一班子差役前呼后拥，敲着铜锣，喊着肃静回避，从遥远的京城回到了后沟村。有时候老婆不小心把梦给撞醒了，就骂老婆做梦也不长个眼睛，没有一点出息。

可人算不如天算，当时外面发生的事情，读书的白金山听到了一些，知道科举已经被革命推翻了，虽然心里面也有遗憾，但这是板上钉钉的事情，谁也改变不了。白金山有时候也受他爹的熏陶，也总觉得，要不是革命，说不定自己就是一个状元，一个前呼后拥的朝廷重臣。希望泡汤，有人说，不管谁来当皇帝，也都要从底层选拔人才。他爹白有成也说："革命归革命，哪个朝代都有当官儿的。"接下来，叫白金山千万不要泄气，好好跟着曹大秀才读书，等天下太平的时候，再进京赶考，弄他娘的一个状元回来，光宗耀祖。直到来了日本鬼子，白金山的状元梦才正式破灭。他爹白有成不那样想，认为日本鬼子也他娘的是一时的，迟早要滚蛋。白金山年纪还不到二十岁，有的是时间。白有成说："人家蝉房村的那个状元不是快五十了才考上的吗，咱也不着急。"

村里面和白金山一般大的男人除了傻子白大凿子之外，都娶了婆娘，转眼之间，就都有了孩子，活蹦乱跳地跟在他老子后面。跑到山里面拾柴，到地里面帮着大人捡麦穗儿。白金山他娘就说："该给咱金山说媳妇了。"白有成瞪着眼睛说："娘儿们家真是浅见，等咱们儿子考了状元，娶个京城大官人家的小姐，肯定也比在咱这儿找个'土鸡'好。"

有几次，白金山也对他爹说："这世道不平，还是当个本分人好，守在你老俩身边，尽尽孝，再养几个孩子，也算是一辈子，何必要啥状元不状元的？”白有成眼睛一瞪，大骂白金山说：“你他娘的好好读书，中了状元，当了大官，天下的女子还不任着咱挑？想挑啥样的有啥样的，想娶几个就娶几个！”

就这样一拖再拖，村里合适的闺女都嫁了出去，白金山心里真是急，急了就找他爹，白有成官迷心窍，死活劝着白金山再等几年，就会时来运转，找媳妇成家都没问题。

许多年后，日本鬼子倒是走了，革命也成功了，村人也欢呼，也高兴，白金山也找了住在村里的政府人员。人家问他都会做些啥，白金山就说：“读过四书五经，诗书礼仪无所不通。”可人家说，这都是旧社会的，现在是新中国，用不上！但看他识字，字也写得很不错，就让他天天来帮忙抄抄写写。

帮了几个月的忙，白金山也穿上了一身黄军装，还以粮代薪地领了几回麦子、谷子。因为整日和政府的人混在一起，白有成就当自己儿子成了官儿了，甭提多高兴了。这时候，西边路罗村的宋启明找上门来，要把自己闺女宋莲花给白金山做老婆。没想到，白有成想也没想，就把人家拒绝了。

白有成心里想，儿子白金山这还在上苑村里面当官儿，以他一肚子文化，到县里是不成问题的。县里的街道又宽又长，卖的烧饼、糖葫芦、麻糖、煎包子和豆腐脑好吃得一看就流口水，儿子到县里当官之后，老子不就每天都可以吃到了吗？在这个上苑村有个啥，称几斤猪肉还遭人家白眼，不相信俺白有成有钱似的，连眼珠子都看不起俺。儿子出息了，俺非要那帮子浑蛋看看。

可没几年，白金山不但没有去到县里当官，而且还挨了整，连自己村里的人都骂他臭老九。凤凰落架不如鸡，在村里当官的时候，还有人巴结巴结，把闺女送上门来。这白金山一倒霉，马上就没人理了。白有成没想到自己的儿子会落到这一步，连羞带气，不几天就一命归西。害得一表人才的儿子白金山到了四十多岁了还没找上媳妇，就这样，好端端的一个读书人，竟跟没文化的、思维有问题的人一样走上了光棍这条道儿。白金山心里憋屈得要死，恨不得把自己亲爹白有成给撕了，可那是爹，老驴拉不动磨，一点办法都没有。

当事人言："这样一来，俺等了熬了二三十年，可谓守身如玉，遵礼守节，从不越雷池半步。可俺也是人，有时候也汹涌澎湃，烧得全身难受，但理智尚存，吾乃读圣贤书长大的人，决不做那些有辱斯文的苟且之事。俺在上苑村曹大秀才家的私塾读书的时候，一个偶然的机会，看到了曹大秀才和自己婆娘的私事。那是一个夏天的中午，天气闷热，院子里面的树叶一动不动，阳光像火球一样，烧得人心疼。俺捧着书本，在槐树下温习功课。蝉叫得令人心情烦躁，无意中，俺走到曹大秀才的堂屋后面的水沟边儿，因为有水，感觉比院子里凉快多了。忽然听到一种不大正常的声音，很轻微，从曹大秀才的卧室里面传来。俺一时好奇，平生第一次蹑手蹑脚地走到窗户下面，沾了唾沫，捅开麻头纸，把眼睛贴上去一看，又急忙转过头来，一颗心咚咚跳着，就要蹿出胸膛。”

白金山后来跟自己的相好——南街村的朱随妮讲：“那一天，他看见曹大秀才把一个女的赤身裸体地按在书桌前面的太师椅子上，曹大秀才也脱了衣裳，手里拿着一大本子的画图，上面画着各种各样的姿势。听声音，那女的应该是他老婆。曹大秀才和那个女的看完了，就照着上面的样子，一一练习。”白金山说，曹大秀才老婆的屁股像半大的锅盖，白白的肉颤颤颠颠的，奶子上面好像夹着一个耳环。

“这是俺变坏的开始。”白金山说。

这两个当事人，白金山早已作古；黑老三大名曹安良，年过七十，有子女三人，孙子和外孙女四人。

杨志的后山

去后山的时候，又遇到堂哥杨志。他和我父亲年龄相仿，但却低了一个辈分。其为人也极好，在邻居之间经常鸡飞狗跳，打架骂娘的乡村，杨志一家则极少与人争吵。前些年，村里的荒坡也都分给了个人。杨志为多打些粮食，整日里在后山刨坡。我小的时候，这后山草木葳蕤，阳坡上盛产黄荆、酸枣等物，并黄芩、茱萸和党参等药材。背坡则多柴胡。这里的山坡便属于杨志名下。几乎每个冬天，杨志和其妻子就在这后山，抡着镢头、洋镐和钢钎等工具，与嵌满硬石和卵石的山坡作战，几年后，满山遍种玉米、黄豆、谷子等作物，颇为丰收。然这些年来，野猪回归，又大批量繁殖，夏秋时候常出来到他地里拱食玉米等。为阻止野猪，杨志买下诸多鞭炮，夜间听到野猪入地之声，便燃放几颗。野猪闻之，即仓皇逃窜。

这后山空旷，除他自己之外，再无其他人迹。这里到村子里还有三公里的路程，且都是河滩，极其难行。为方便计，杨志每日前去，必带足干粮等，后来又拿了铁锅、粮食，并蔬菜等，索性把后山当成了另一个家。数年时间，原来乱石横陈、崎岖不平之地，在他勤劳的双手之下，变成了一处堪比旅游胜地的幽静处所。每次回去，我都要和杨志聊天。其平素爱喝几口，而且每顿如此。我听说，他酒量奇大，我等虽然比他小二十多岁，可在酒量上，完全不是他的对手。

闲聊之余。杨志给我讲了几个他在后山的诡异之事。其一，某日正午，其做饭，刚把铁锅架在火上，又填了水，柴火熊熊，不一会儿，铁锅吱吱作响，水也冒起了白气。他和其妻正在切菜擀面条。忽然一阵响动，他的铁锅居然倒扣过来，浇灭了柴火。以此判断，绝对不是铁锅没放好翻掉的原因。他惊异，继续点火再加水。他想刚才肯定是没有放好，这一次肯定没有问题了。谁知，又到水就要开了的时候，铁锅又无故倒扣，水尽火灭。

其二，某夜，群星闪亮，山谷静谧。杨志睡在自己修建的小石头房子里。正在迷糊的时候，忽听外面有人说话，而且是一男一女。男的说：“这家伙，把咱这里刨成这样子了，都种了庄稼，咱的葬身地方没了。”女的说：“可不是咋地，这人也太狠了。整整他。”男的又开口说：“这样吧，咱先吓唬吓唬他，他知道厉害了，就算了。”女的说：“也行，咱这是修行的，不能害人性命。”随后，杨志觉得自己的身体在晃动，睁眼一看，自己连人带木床都到了小房子外面。

其三，某天凌晨，杨志起来小解，站在小房子外面的茅草堆上，正在畅快淋漓，忽觉得后背被人使劲推了一把，他还没来得及提上裤子，踉跄了一个跟头，额头上碰破了一层皮，幸无大碍。

其四，某日正午，其妻和他两人午休，也还是在小房子里。睡得正舒服的时候，忽听到一声巨响，如炮弹，震耳欲聋。杨志及其妻子惊醒，开始以为谁在这里放炮炸石头或者炸土坑栽树之类的，出来四处张望，一个人影也没有，也没见这一带有什么爆炸的痕迹。

其五，某深秋，杨志收玉米晚了，吃了带来的干粮，也懒得回村里了，就想在小房子里睡上一晚之后，次日再继续收玉米。到半夜，被尿憋醒，转身要起的时候，忽然觉得躺着一个毛茸茸的东西，急忙打开手电，就在这一瞬间，一只狐狸一样的动物，迅速闪出门去不见了。

诸如此类，杨志说了很多。这其中五个，算是最典型的。我问他害怕不。杨志说："那有啥怕的，总是这样子了，见的多了，也就见怪不怪了。"我又向他妻子求证。这也是一个不找事，本分的妇女，她笑着说："你哥这个人，啥时候说过假话？"我想也是。杨志这个人不找事，与人为善，但也不大说谎。且他们夫妻，平时也信佛。

有一天，我也去了后沟。老远就听到镢头刨地的沙沙声，到近前，果真是杨志夫妇。我和他开了一阵玩笑，然后仔细打量起这天翻地覆的后沟。确实的，先前一人多深的蒿草和荆棘都不见了，连那些在山坡上横陈了不知道多少年的巨石也都被连根挖起，成了碎块，堆在河沟里。背坡的地方，不知何时形成了一大片洋槐树林，林子里面，还有人用石头铺了一条小路，蜿蜒着，一直盘旋到山顶上。我惊异不已。对杨志说："志哥哥，你这是在修旅游区啊。"杨志咧着嘴笑着说："哎呀，这不专门等你们这些人回来了，到山里走走，可别忘了咱就是这里的人嘛。"他的这句话里，明显包含了两个意思，一是讥诮我这样的离开家乡，自以为在外面混了下去的人不要忘本，二是提醒我，无论何时，都要记得这里是自己的家，不管多远多偏僻，甚至多贫穷。

六异人

尽管我在这村里出生和长大，但有一些人，我居然也不认识。有一次回家，忽见一个头儿不足一米，头上扎着红头绳，穿着一身紫色衣服的妇女来到我家。我惊异，以为是外地来的讨饭的。正要惊呼。她却开口说：“某某某在家不？”而她说的某某某，正是我弟媳妇的名字。我讶异了一下，说：“大概在。”转身问母亲。母亲说：“这是邻村郭老二的媳妇，娘家在三十里外的口上村。”正说着，忽然见刚才那女的猴子一样从我弟家跑了出来，速度极快不说，样子还特别惊慌。弟媳妇出来说：“这人叫金莲，不能看电视，一看到电视上有妖精妖怪之类的，就吓得没命地跑。”

有一个头戴圆顶帽，不管冬夏春秋，都是一身破旧中山装，长着两撇小胡子，也总是袖着手的男人，从我们家门前路过，去到村里，不一会儿，又原路返回。早年间，他也每天如此这般。他叫金生，姓赵。家在邻村。孑然一身。平时话不多。爹娘都去世后，他就一个人生活，虽有田地，但自己也不会种。但家里缺男劳力的妇女经常找他，请他帮忙去地里割麦子、收玉米等，只管一天的饭，再加两包一块钱的香烟就可以了。有几次，他来到我家，母亲给他盛了饭，他笑着接住，蹲下来吃，吃完了，再添一碗。吃饱了之后，自己点根烟，边抽边扭身，向着来路而去。

前些年，我弟弟落魄的时候，据说在村里只有一个朋友。那人我也认识，叫三牛子。和我姑姑一个村子。这三牛子，人长得也算俊美，干活也可以。可不知为何，就是没有闺女愿意嫁给他。这样一来，他都快五十多岁了，还是一个鳏夫。每次他来找我弟弟，我也和他说些话。这三牛子，说话绝对没问题，脑子也够用。可就是一个缺点，就是说话不算数，经常是说过的话，答应人的事儿，转眼就没了下文。有几个春节，我在表弟家见到三牛子，他就那么坐着，看人打麻将或者打扑克，有时候也插几句嘴，评价一下。再一年，我却发现，三牛子怀里居然抱了一个三四岁的小姑娘，而且长得极其漂亮。我惊诧，但当面又不好问。弟弟给我说："这是三牛子花了一万块钱，从一个在煤矿打工的四川人手里买的。"我说："这不是人贩子吗？"弟弟却说："是人家的亲生爹娘，孩子多，自己养活不了，这才把闺女给了三牛子的。"

我高考失利之后，有一段时间，是跟着一个姓赵的人混的。此人高我一届，兄弟四个，还有三个姐姐。其辍学之后，便顶替其父，做起代销店的老板。因为人精明，算盘打得极精。一时间，为乡人夸赞、眼羡。某一日，一家境优裕，又在当地有些势力的朱姓人家，托人对赵姓同学的家长说，愿将自己的女儿许之为妻。斯时，其母已经去世，唯有其父并三哥做主。吾乡有谚曰："男找女，隔堵墙；女找男，隔层纸。"此事顺利而成，引发村人一片羡慕。赵姓同学风生水起，当然也想把生意做大。便不再满足于在本地买低卖高。先是购置一台三轮车，约我一起至山西。

我年幼，又懒惰不说，且喜欢东跑西颠看世界。便欣然应允。某日，我坐车而行，他开车而走。拉着一车的香烟。这些香烟，在河北较为便宜，到山西则稍微贵点。赵姓同学，走的也是买低卖高的路子。殊不知，烟草乃国家专卖。

次日，我和他至左权县拐儿镇河滩村，当地小卖部主人，愿意整车要，但没有现钱。赵姓同学觉得可以赊给他。谁知，正在讨价还价之时，一摩托车奔至，乃拐儿镇税务所工作人员也，依照相关法规，扣掉全部香烟，充公。无奈，我们只好从命。赵姓同学驾车回返，却不料又被下庄村交通稽查人员看到，我这时才注意到，他的三轮车没有办理牌照。见有交通稽查所人骑摩托追来，赵姓同学想逃跑，只要到河北地界，他就没有办法了。谁知，过一道桥时，迎面冲来一台卡车，把路面占去大半，赵姓同学三轮车躲闪不及，翻倒，他受伤，我也受伤。

此事后，赵姓同学的未来岳父母和对象暂时待他如故，有好吃的，总是不忘叫他去家里；有适合的生意，也介绍给他。然不久，赵姓同学又出大事，村人云其与乡里某小卖店的美貌女子有染。再一年，其未婚对象，即朱姓女子至乡卫生院工作，旋即与赵姓同学退婚。再数日之后，有消息说，黎明之时，常有一男由其所居房间窗户翻出。不久，此事得以证实。当年冬，此女出嫁，丈夫即黎明时分由其窗户翻出的那人。赵姓同学欠债甚多，抬不起头来。卖掉了小卖部，出外打工为生。此时，其父也已仙逝。

这一年，我已出外，多年不回。再回吾乡，听人言，赵姓同学先是与其二嫂一起，做生意或者帮忙做活诸类。其二哥尚在。后有人辗转售卖一外省女子，赵姓同学以三千元买到家里，为妻。年后，此女怀孕，生一子。却不料，几天后，子夭折，与此同时，赵姓同学以五千元价格，将此女再卖于邻县乡村一男。关于其子夭折之事，吾乡也有人言：“乃其用被角将子捂死尔。”但这只是猜测，无有佐证。我听了这个消息，自此，不复与之往来。虽一个村子，相距不过千米，这些年回乡，我已不再正眼视之。人言，赵姓同学现在某市区，仍旧与其嫂子，租房，以蒸卖馒头及煎饼为生。

某年春日，我再回乡，去大姨家路上，途遇一人，姓刘，然其也是饥荒年代至此，被人收留而长大并娶妻成家的。他一张好嘴，见到我，便说起自己的委屈。言，他家分有荒坡多处，然村人故意整他，不允许他自己使用。他觉得委屈，求解无门，求告无声。以至于家徒四壁，两个儿子也找不到媳妇。其一气之下，卖掉家产，迁至市郊，起房盖屋。殊不料，两个儿子先后娶到媳妇不说，其家境也由此好转。他说：“‘人挪活，树挪死’这话就是非常地有道理。”他还告诉我说：“咱们这里空气好，水质也好，没污染，是有钱人度假的好地方。”没过多久，此人率儿子等再回吾乡，在原村修建了两栋楼房，以供城里来这里休假消夏之人租住。对他的做法，我由衷佩服。其虽为农民，但有先觉之能力，又有实干之精神，这正是吾乡百余年最缺乏的人文精神之一。

吾乡一村，百十户人也，然各家所生长子，均脾气火爆，如炮筒，一点就着，不论何时何事，先雷霆发作，不计后果。老人说："这是村子风水问题，所有人家，概莫能外。"其中者一，姓蔡，年轻时候做过民兵连长，持过枪。后又入铁矿，常年不在家。其妻，乃一干瘦之女也。为人奸狡无常，唯利是图。某年冬，一夜，村里忽然有人吵闹起来。细一听，是蔡姓男子及其老婆，并有另外一家也。另外一家男人也姓蔡。按照辈分，应是其叔。蔡姓男子吼叫骂道："你当叔叔的，竟然趁俺不在家里，× 俺老婆，我 × 你娘的，今儿老子非剁了你不可。"骂之间，挥刀冲了上去。

他老婆见状，急忙拉住。调转枪口，也骂蔡姓叔叔曰，是这老家伙对俺图谋不轨，几次对俺动手动脚。蔡姓长辈无奈，只好认屄。并以万元现金作为赔偿。两家住在一起，一时势如水火。但不久，又和好如初。蔡姓叔叔两个儿子并一个出嫁女儿，也对蔡姓及其老婆言听计从，至今紧密团结，凡有所利，必定同往，俨然亲兄弟者也。

父子之仇

军阀混战年代，五里外张家村的张成琦把媳妇儿娶进门还没半年，在一个上午，就被石友三的部队强行征收了。这小子从小胆大，在村里的时候，就是个见狼打狼、见鬼捉鬼的主儿。到部队，打起仗来不怕死，没有枪弹也敢上前线和敌人对着干。不久，先是被提拔为排长，后来又当连长，再后来当了营长。天有不测风云，“倒戈将军”的石友三，被高树勋设计活埋后，他的部队一下子没了活路。不久，粮饷吃紧，张成琦和属下饿得前心贴后心，一个个趴在床板上形如僵尸。兔子急了还咬人呢，必须想法才能活下去。张成琦和属下两个连长合计的结果是，撑死比饿死强。便趁夜带领50人马，装作山贼，抢了日军的粮秣，兄弟们还没吃饱，日军就杀上门来。正当张成琦奋勇直前之时，却发现，自己的兄弟们只剩下十几二十个，其他的，都逃跑了。

1946年初冬的一天，张成琦儿子清晨开门，一个人像是一根木棍一样倒进门槛。

儿子一声大叫，手中的夜壶噗然落地，黄泠泠的尿水撒得满身都是。张成琦直挺挺地站着，看着自己的儿子，不由得叹了一口气。进屋，给儿子讲了自己在军队的主要经历和这次回家的目的。

说了半天，手里还拎着个夜壶的儿子，才知道这个瘦如麻秆的人就是自己当兵多年没回来过的亲爹。连忙让到家里，拿出仅有的米面，下手就要做饭。张成琦饿得够呛，面条刚下水，就捞了一碗，蹲在灶边呼啦啦地卷进了肚子。

肚子填饱了，张成琦躺在光板炕上，一连睡了三天。醒来，点了根卷烟，问儿子，恁娘哪儿去了？儿子狠狠地拍了下脑门，在地上低头转了几个圈儿，嗡嗡说，跟人跑了！张成琦大吼一声，翻起身子，跳下土炕。从腰里抽出盒子枪，抓住儿子的衣领吼问：“那个驴日的敢拐骗老子的老婆？”

儿子一看老子这阵仗，头一下子大了起来。张成琦见儿子这个熊样，心里掠过一阵秋风般的失望，继而便泄了气，从破衣兜里掏出一支卷烟，点着猛抽几口。看着儿子，叹了一口气。

儿子说，”你当兵走了之后，娘第二年生下俺。俺活到六岁那年，娘带着俺到后山的崖洞里躲日本鬼子，几天后，回到家里，家里被鬼子翻了个底朝天，就连俺娘偷偷埋在灶灰里的几个山药蛋和红薯，也只剩下了一堆干皮。娘俩饿得没东西吃，大冬天的，到山上的树上摘干了的山楂和柿子吃，还捡相克子（一种乔木果实，皮硬，肉黑，涩苦）和干瘪的酸枣吃。”

再后来剥榆树皮，碾成面吃。再后来，实在没东西吃了，就白水煮树叶。

有一年冬天，风吹得房子都在剧烈摇晃，院子里一人多粗的梧桐树从半腰折断，要不是娘俩躲得快，就被砸死了。那一夜，娘抱着他哭到日上三竿，两眼肿得啥也看不见。昏睡了半天，抬起眼皮，却发现，家里来了一队人马。看样子，像是做买卖的。领头的中年男人戴着一顶貂皮绒帽，穿着白羊皮大衣。听说话儿口音，好像是山西的。

娘急忙起身，上前说：家里实在没啥吃的，恁都到别人家打尖吧。那人看了看她，哈哈笑了一声，说，粮食不用你操心，只要有柴有水就行。说完，大声招呼后面的人，从一匹骡子背上取下半袋白面。

看到白面，娘的眼睛都直了。二话没说，蹲下身子，就抱进家里，拉了面板，不一会儿就和好了面。然后掐了柴禾，放了清水，热烈的火焰腾地一声，冲向黑黑的锅底。再一会儿，就传来了咯荡荡的开水的声音。娘下了面条，不管生熟，先给儿子挑了满满一大海碗，儿子二话没说，蹲在灶边三下五去二，就吃了个底朝天。

第二天早上，儿子醒来，家里没一个人。也没在意，穿上衣服，坐在门槛上等。到天黑，娘还没回来。再等到天亮，也不见踪影。

数天后，天降大雪，附近山峦银装素裹。天还没晴，又刮起了彻地大风，直吹得周天寒彻，鸟兽潜藏。张成琦从堂哥家借了一根麻绳和一只口袋，趟着大雪，一步一趔趄，到邻村曹姓地主门前，先是冲天放了一枪，然后把布袋子挂在曹地主的门吊子上。

曹姓地主探头一看，心中一冷，但又不得不点头哈腰，急忙缩了脑袋，叫长工装了满满一口袋麦子面，还拿了几张热气腾腾的烙饼。张成琦接了，然后用绳子捆了布袋子，绳子一头套在肩胛上，一句话没说，又踩着嘎吱嘎吱的大雪，回到自己家。

第二天一大早，张成琦朝着北河沿方向，低着脑袋，像是笨重的老熊，不一会儿，就消失在茫茫雪野之中。

儿子站在自家院子里，直到老子背影消失，才回到屋里，往火堆里添了几根柴禾，熊熊的火光持久而猛烈，将四面漏风的家烘烤得异常温暖。此时，房顶上北风刮得人心嗖嗖地疼。

大致过了一个多月，天气开始转暖了，积雪暗自消融，又渗进了泥土。墙角的枯草根部，也冒出了嫩芽。

傍晚时候，张成琦回来了，身后还跟着一个女人。村人张大了眼睛看，满脸都是厚厚的惊讶。儿子看到一个面色白净的闺女，满脸泪痕地站在张成琦身边，那模样，让人不由得心疼。儿子嚷道，俺娘呢？俺娘呢？张成琦看了看鼻涕流到嘴边都不知道擦一擦的儿子，一句话没说。转身走到那闺女背后，使劲推了一下，那闺女毫不防备，一下子扑在了儿子怀里。

儿子还没搞清楚是怎么回事。那闺女却生了一个孩子，一声清亮的啼哭打破了张成琦家长久的寂静和沉闷，烧得发红的土炕内外，升起了一股暖融融的家庭生活的气息。不管日子穷富，有了女人，才是真正的家。再有了孩子，这个家再难，也是有生机的。不知不觉的，时间过去了七八年。

可就在这时候，张成琦的儿子听说，他自己的儿子不是他的。而是自己老爹和自己媳妇的。是可忍，孰不可忍。儿子怒吼一声，倒提了一把镢头，一下子砸开了张成琦的木板门。张成琦还没明白咋回事，腿上就是一阵剧痛。等儿子再次抡起的时候，张成琦又大吼一声，声振屋瓦。儿子可能害怕了，也可能是不忍心，一个愣怔，镢头停在空中。

儿子把张成琦抱在炕上，找了先生。几个月后，张成琦能起来走路了，但总是一拐一拐地，再也离不开拐杖。再两年，再次生产的时候，儿媳妇在这个屋里叫，张成琦在那个屋里喊。儿子站在院子当中，仰头看天。一群大雁飞过，儿子只觉得头上被什么敲了一下，伸手一抹，原来是一坨鸟粪。

可还没顾上擦干净，一声响亮的啼哭从屋里传了出来。

再一年，门外河滩上传出一阵锣鼓声，张成琦挣扎着站起来，拄着拐杖正要出门看热闹，一队人冲了过来，不由分说，架了张成琦的两只胳膊，风一样地冲到河滩，一把丢在搭建的木台子上。张成琦惊魂稍定，只听下面的群众高举拳头齐声喊：打倒地主老财！打倒流氓汉奸！

张成琦彻底蒙了，愤怒的群众冲上木台子，妇女吐口水，男人拿脚踹。不大一会儿，张成琦便是满身疼痛，渐渐麻木。半夜里醒来，发现自己被吊在一丈多高的旗杆中间，像是一只被风吹干了的皮囊。张成琦叹了一口气，努力抬头，看了一眼东边的星空，再看看自己的家。大喊一声，然后借助绳子的惯性，把脑袋向旗杆撞去。

山间的回想

正午的村庄在阳光下热烈而沉静，大片的树影投射在青石的台阶和长满蒿草的沙土地上，低飞的麻雀显得格外活跃。没有人的田野，玉米，麦子和豆荚动也不动——很多人在睡眠，不自觉或者有意识地发出鼾声、做梦、梦呓和做着其他一些事情。

小孩子没有午睡的权利。从 9 岁开始，每有假期，我开始替父亲放羊——父亲回来帮母亲种地，尤其是春天、五月和秋天的播种收割，父亲的体力和娴熟的乡间劳作技艺隆重得必不可缺。就连经常嘟囔或者埋怨父亲的母亲都变得小心翼翼，低眉顺眼。

我是长子，必须要有所承担，或者说必须去学习并且不断熟练某些将来用以谋生的手艺。比如说放羊，虽然一直是我厌恶并且发誓不会从事的将来的职业，但在某一个无奈的时候，必须要去练习和掌握。很多的暑假，我赶着羊群，从村后水井旁边的三棵大柿子树的庞大而斑驳阴影下面，沿着被洪水冲出的深深河谷，在错列的巨石、两边的田地之间，和羊群一起，一直逶迤到 3 公里之外的大裳山根。

大裳山根旁边有一座顶部早已坍塌的房屋，石头的建筑看起来比我的年龄和想象的还要老迈。众多的蒿草和荆柴长满了它的里里外外。我总是记得，祖父告诉我说，在不远的十多年前，有一个男人在里面上吊自杀了——随后废弃。每次经过，我都感到可怕，头发竖立起来，再热的天气也周身发凉，手臂和脖子上的鸡皮疙瘩一层一层泛起。更可气的是，那些羊故意跟我别扭，跑到破房子里面和四周，仔细而认真地啃食青草，我着急了，就用石头丢它们，大声呵斥它们赶快离开那个地方。

而羊们不理我，吃草，吃到最好的草是它们毕生的心愿。甚至，我的皮鞭和石头落在它们身上，它们也只是稍微颤抖一下，离开几步。趁我不注意，就又转回头来。后来父亲告诉我说：旧房子有地气和粪底，青草、藤蔓和树木长得就是比别处的好，而且养分又多。那时候，我还不明白什么叫地气和粪底，至少没有直觉和客观的印象。

好不容易到了傍晚，落日在起伏的山岭上逐渐褪尽了光亮，夜色刚刚泛起的时候，我又害怕起来，一个劲儿地冲父亲来的方向看。众多的核桃树枝叶繁茂，风中的叶片啪啪地相互击打。半山梁上的野鸡偶尔咯咯叫上几声，蝙蝠低飞，狐狸和狼的叫声一声接着一声，在两边悬崖的河谷里跌宕。我坐在石砌的羊圈边儿上，在嗦嗦的草声中心惊胆战。

天空黯淡，星光叵测。我一直望着对面的山梁——那一口幽深的洞穴，据说里面住着好多的蛇，从这里开始，一直通到村后的水井。盖新房子那年，父亲和邻居在那儿锯了一棵很粗的大杨树，分开做梁——从那儿之后，父亲的腰莫名其妙地疼起来了，看了好多大夫，吃了很多的草药和西药，仍旧无效。

我不想看，却又忍不住看，恐惧一次次席卷。我总是觉得有一些东西在暗处悄悄逼近，它们不怀好意，面目狰狞，有着异常强大的慑服力和可怕的坏心思。这时候，羊群安然恬静，在大片的倒嚼声中，咩咩而鸣或者相互抵角玩耍。我想父亲怎么还不来呢？他和母亲也真狠心，把我一个人丢在后山。有时候安静的羊群突然骚乱，大大小小的羊只惊惶站立，眼睛瞪着某个地方。

从羊们的眼里，我看到了同样的恐惧。我哭了，还不敢放开声音。还没有变声的嗓子好像山魈的低语。直到一直凝望的小路上晃来了一盏飘摇的马灯，我使劲喊父亲。父亲也大声答应，明灭的烟头一点点地接近我和羊群，等走得近了，我扔下鞭子和羊群，从长满绿草的斜坡上冲下去，跑到父亲跟前，撒泼似的用拳头砸着他的胸脯责怪他为什么不早些来。

父亲带来的饭菜还热着，我早就饿了，虽自小挑食，但肚子不允许我再挑三拣四了。抓住，就往嘴里塞。父亲则又点燃香烟，打开圈门，走到羊群里面，喝令已经昏昏欲睡的羊们起来。夏天雨多，羊们卧得时间长了，就会得病，需要不断地把它们吆喝起来。

吃完了，我打着灯笼或者手电，走到唯一的山泉跟前，舀水洗了碗筷。再洗了手脸——山泉的凉水在夏天成为我们和羊们最好的消暑饮品。记得很小的时候，我的腹部生了一种俗称蛇缠腰（带状疱疹）的病，突然隆起的细小水泡针一样刺疼，到了晚上，它们就像一粒粒烧红的炭火，在我的身体上燃烧。母亲带了我来，就着这汪泉水，用毛巾擦呀擦的，再用蜈蚣和白矾捣烂的药物，按逆时针的方向涂抹一遍。不知是泉水还是药物的作用，不几天时间，疱疹就消失了，再也没有疼过。

晚上，和父亲并排躺在帐篷里面，仰头看到的天空安静、悠远，蓝色的背景上亮着许多偷窥的眼睛。山风发凉，从草尖、从岩石的青苔和野性的生灵的奔跑和睡眠当中，掠过我们的头发和裸出的肩膀。小孩子睡得安适，往往一觉醒来，太阳就爬到了对面的山顶上。而父亲不知何时不见了，连同昨晚带来的碗筷和放在一边的大捆的干柴——他又一次把我一个人丢在了山里。

羊们还是一副无所谓的样子，只是急着出来吃草，有健壮的公羊前蹄搭在羊圈的木门上，探出脑袋，还不停的咩咩叫。我知道它在催我早点打开圈门放它们出来——我才懒得理它们呢！我知道，一旦打开，这些只顾着自己肚子的家伙们，就不再把我当回事了。

清晨的泉水咕咕外溢，一朵一朵的浪花似乎明亮的舌头，一下一下地顶着落在水花里的太阳。周边的茅草深得可以让我找不到自己，远远近近的核桃树上挂满了青色的核桃。我带了削铅笔的小刀，洗了手脸之后，瞅准一棵果实满缀的核桃树，像猴子一样，猱身而上，选定一个结实的枝丫，坐下来，摘下核桃，用刀子从它们的根部插入，沿着内藏的纹线，熟练切开，再旋下里面白白的果仁，剥皮，丢在嘴里。这时候的核桃是它们一生中最好的味道。我吃着吃着，就不愿意下来了，地上的核桃瓣儿落了一层。

透过叶子的缝隙，羊们看到了，就一起朝着我看，它们的眼睛好像有刺，叫我愧疚。我有点不好意思，就跳下来，跑到羊圈前，打开木门，这些昨天吃得肚子溜圆的家伙们，拼着挤着跑出来，不顾我的呵斥和阻止，就朝着青草最为肥厚的地方杳杳而去。

我只好跟着它们，上坡，站在它们的头顶上，以王者的风度，不允许它们四散奔跑，尤其是不能逾越我，站在我的上面。这面阳坡的背后，是大片的幼小的松林，不属于我们村，要是羊群进入了，松林的所有者就会跑来，要求父亲和母亲赔偿。这一点，父亲和母亲多次特别交代，我知道。有时候羊们跑得厉害了，我撵不上它们，我就哭着求它们听话，到哪儿都可以，千万不要进人家的松林。羊们好像听话或者怜悯我一样，在我放牧它们的很长时间里，没有一只故意跟我过不去的。

后来我才知道，这功劳只是属于那一只年长的头羊，它长长的角扭曲着，像是一根大麻花，两只尖尖的角曲折向上。父亲为它定制和佩戴的铜铃是这个山中最为清脆和嘹亮的。不管走到哪里，只要它活着，或者有风，它就会不停的响。对于羊群来说，那是号令，对于我和父亲来说，它是一种指引和存在。我知道，父亲对它厚爱有加，额外喂它玉米、黑豆和高粱，而且旁若无人，不管那些羊们羡慕或者不满的目光。

它身高“羊”大，膘肥体壮，在平坦的地方，我总是骑它，开始它不习惯，总是跑，挣脱着把我甩掉，有几次还调转身子，弯角冲着我的胸膛，做势要与我打斗一场。我有点害怕，远远躲开。等我稍微大了几岁，就不再害怕它，它不让骑，我偏骑，抓住它的长角和鬃毛，在厚绒绒的草地上跑。有几次把它累得趴下了才罢手。

天近中午，我就开始吆喝羊们了，要它们按照我的意愿，从高高的山坡上，缓缓向下，在村子最后的池塘一边，落在河沟里面。它们一个个把头附在细水上，长长的胡子落在水里，在水流里飘动。咕咚咕咚的喝水声在乱堆的卵石上响亮。它们喝够了，一个个甩了头颅，细密的水珠在阳光中细雨飞溅。头羊的铃声一响，循着叮叮当当的声音，大批的羊们就跟在它漫不经心的身子之后，走到水井旁三棵大柿子树织造的绿荫下面，一个个选择平坦的地方，用蹄子抛开石子，卧下来，在倒嚼中午休。

我在冲天的羊膻和羊粪的味道里面，埋头吃着母亲或父亲送来的午饭。偶尔有人路过，和我说话，或者我和他们说话。有几个年长的人总是夸我勤快能干——这好像是个谎言，虽然有鼓励的意味。但他们一定也知道，我是一个懒惰的孩子，替父亲放羊，不过是被逼无奈罢了。太阳稍微偏西，我先用小石头丢了一下头羊，它看看我，然后起身，穿过众多的还在卧着倒嚼的同类，沿着上午返回的河沟，向后山走去。后面的羊们听到铃声，一只只爬起来，转身迈步，自觉地跟在头羊后面。

我13岁那年，好多外地人来收购蝎子，一只大的可以卖5角钱。母亲说，反正放羊不怎么劳累，给我一只罐头瓶子，把一根筷子劈成一个镊子，让我在放羊的间隙翻石头捉蝎子，说卖的钱多了就给我买一身好衣服穿。可惜我运气不佳，那一年暑假，跟着羊群，我捉的蝎子只卖了50块钱。母亲说我没有外财的命，又给我买了一面小巧的镢头，让父亲编了一只小篮子，让我带上，一边放羊，一边刨些柴胡、黄芪、党参等药材卖钱，可我还是没有别的孩子卖的钱多。读初二那年，乡政府号召封山育林，所有的羊只都要卖掉或者杀掉，村里人就各自赶了自家的羊只，杀了卖肉或者活着卖掉。分散的那一天，父亲把铜铃从头羊脖子上解下来，装在兜里。一直放在那张红漆剥落的木桌抽屉里，去年回家，还拿出来，让我儿子玩。小孩子很高兴，提着铜铃满院子笑着奔跑，叮叮当当的响声在村庄附近的岩石和青草上经久缭绕。

路上的诗歌，老掉的村庄和失去父亲以后

2013年去北京。火车的那种速度是我想要的。一个人在现实生活当中，其实没有太多的悠闲空间。现实是一个巨大的陷阱，总是把人拉进去，一层层剥光，也一层层地涂抹和塑造。

在大地上慢速行走，当是一种难得的享受。另一方面，我要回家看看。尽管，从2000年以后，我和妻子及儿子几乎每年都回一趟老家。开始觉得，回老家是一种可以体现一个人孝心和品质的行为，大多数时候却是为了寻找一种安适与悠闲。可十多年后，我的几个亲人先后从尘土表面进入了咫尺之遥的大地之下。先是二舅，接着是一直待我如姥姥的大姨妈，再后来是父亲。

时间总是在人类身上做减法，在内心累积。一次次地痛不欲生之后，我发现自己也被减去和累积了。减去的是我在人世的长度，累积的却是我对尘世每个人的各种情感及其沉淀物。由此，回家，或者说，趁母亲还在，多回去几次，在她身边，或者在出生地多逗留一段时间，也成为内心当中最紧要的一门课程。再加上弟弟突然决定修房子，虽然他早已成家，兄弟两个俨然是社会中的两个单元了，但作为长兄，尤其是父亲逝去之后，我还是隐隐地感觉到了责任。

火车匀速出成都，这座我待了三年的城市。正是傍晚，落日在碧绿的村野和城镇之间飞快地穿行。我坐在窗边，看窗外的车子，走路或者对着火车撒尿的男子，骑摩托车的女人。我就想，要是大地上没有了人，再好的风景也都是无用的。车到三门峡，临近中午的样子，懒散的月台之后是层次而陈旧的房屋，有几个兜售食品的当地人，眼睛里冒着企求的火焰，隔着车窗我都能感觉到那种温度的炽烈。列车开动时，我忽然想写诗，可没带纸笔，就在“微信”朋友圈写道：

月台空空。她在兜售大枣、苹果
香烟上面是香肠、胡辣汤
泡面站在瓜子头上，她脸上的皱纹我依稀见过
里面的尘埃，那是阵亡的时间
赞美青春的人应当警惕
列车短暂停靠，人生前赴，后继还是你自己

多年前，我由西北或者华北穿行的时候，似乎见过那位在月台卖货品的妇女。我甚至觉得，那时候她还年轻，脸色虽然黑红，但作为女人的娇柔与妩媚并没有丧失。当我再次路过，她竟然还在这里。她可能还是她，也可能不再是她了。我自己也仿佛如此。前些年的看见，以及再一时刻的看见，虽然是同一个人，可事实上，我们却都是两个人了。这首诗歌，我依旧沿袭了20世纪90年代中期写诗时候的“积弊流习”，只是一句感慨，似乎没有什么新鲜与动人之处。但我觉得，这种书写可以映照一个人在某一确切时刻的心境与细微感触，而这些，却失不再来，一生仅此一次。

到洛阳，我想到邙山、神都、武则天、哥舒翰、安禄山、安庆绪等人。邙山之上乱坟岗，洛阳城中尽牡丹。多少繁华风流，终究是“夕阳残照，汉家陵阙。”郑州也是的，就我个人而言，那地方我有一些非常悲伤的记忆。穷困潦倒年代，我曾在郑州车站被骗，趴在水泥台上低声悲泣。安阳那地方给我的感觉无非

有两种，一是殷墟与羑里古城的玄妙与神秘，二是汤阴何以有岳飞的狐疑。殷墟的甲骨文与累累白骨，羑里古城——第一座皇家监狱，周文王演《周易》之所，弥散着天人合一的虚玄氛围与博通莫测。还有袁世凯，这个在慈禧死后才敢于与清王朝叫板并获取政治利益的河南人，他身上的那种颠倒与错乱，以及身后的毁誉，是极难说清的。到邯郸，罗敷是第一个想到的古人，李牧和赵武灵王紧随其后。他们的谋略和战功，死亡和一个强大诸侯国的倾塌，那种直接或者隐性的联系令人感喟、唏嘘。

到邢台，朋友开车送我回老家。出市区，再五十公里的丘陵和峰峦，寥廓的北方正值秋季，满山的果实，也满山的残枝落叶。车子转过一座小山，一座新房子耸立在眼前，我一下子惊呆了。房子谈不上奢华，甚至连说好都很勉强，但对于我和弟弟来说，堪称最高奖赏了。从那一刻，我忽然改变了对弟弟的看法，他勤劳、朴实，但很简单，也可以说“心眼少”，从不愿意看书，任何事情也不愿意动脑筋，对村事、家事一般采取无所谓和得过且过的态度。忽然间把房子盖了起来，显然是超出他个人能力与我预想的。

晚上喝了点酒，我对小姨妈说：每一回来，就想俺爹。四年了，我每年回来，都不敢去坟上看看他。说着就哭。小姨妈和母亲安慰我说，别难过了，他就是那个命！我无言以对，也觉得“命”这个东西在乡村人的思想观念里占据了巨大位置，命运在很多时候是他们用来悲伤与自我安慰的一种精神保鲜剂。

几天后，再去北京，在鲁迅文学院半个月时间，中秋就到了。再次回到家，弟弟还在盖房子，我帮忙。每次回来，我都会去看望一下还在那里生活的几位长辈们。可令人沮丧的是，每隔一年两年，就有人不在了。那种被迫的死亡，已经成为我这些年回故乡最突出的课程。每次都听说这个人不在了，那个人去了，那个是癌症，这个也是癌症，还有的年纪轻轻，就车祸或在煤、铁矿里死去了。

老村和我们家隔着一道小山和一道河沟。山岭上草木葳蕤，喜鹊和麻雀横空飞。河沟里荒草长势冲天，幼年哗哗的流水，如今小得连石子都找不到。沿着荒草小路向上，进到村子里，却发现，这个村子已成无人区了。老房子横在记忆当中，以破败的方式在我幼年时光里鸡犬喧闹、人间烟火。第一座老房子，是我出生、爷爷奶奶相继去世的场所。门还是黑木门，斑驳黑漆还在，去年弟弟贴的对联也还鲜艳；门前堆了一些柴禾，屋檐下长着一群荒草，而且异常强劲。一个堂嫂子用肥硕的屁股和满头白发压在多年前我奶奶经常端碗坐的一块石头上，怀里抱着一个孩子，旁边还站着一个孩子。她说是她的外孙。我笑了笑，举起相机的时候，眼泪狂奔而出。

再去爷爷奶奶以前住过的四合院，大门早就没有了，石头拱门依旧结实。院子里也是荒草，蜘蛛网横在眼前，连脚都插不进去。我记起十二三岁以前，我大部分的夜晚都是在那里和爷爷奶奶睡的。每天晚上缠着爷爷给我讲神怪、狐妖、僵尸故事。

他抽着旱烟，一次次明灭。当我读小学四年级，他就背诵马列毛选中的一些经典句子，让我默写。

旁边的房屋里，以前住着一个孤寡老太太，我也叫奶奶。她娘家殷实，父亲据说是一个财主。那位老奶奶，幼时读得一肚子四书五经，之乎者也的。我把爷爷脑子里的故事掏空以后，没事的时候，就听她讲的《三国演义》《封神榜》《水浒传》《隋唐英雄传》《白蛇传》等。她的口才极好，说起评书，各种人物的声音相貌，描绘得惟妙惟肖。可惜，她也在一个秋天死去了。再一侧的房子里，以前住着一位叔叔。我记得，他老婆伶牙俐齿，在村里是一个厉害茬子，可十多年前突然脑溢血，神志不清，但一直活到现在。

我转到另外一边，还是房子和院子，也还是荒草遍地，狐兔乱奔。到村上面，拍了几张荒村的照片，返回到自己家，继续帮着弟弟和泥、搬砖。晚上，坐在灯光灰暗的旧沙发上，我又写了一首《老村》诗：

老房子只剩荒草
和他们故去主人的音容笑貌
荒草以外蛛网横行
青天以下，多的是黑乌鸦、小蝌蚪和白麻雀
拱门下面人迹归零
黑漆作古，时间在此有黄泥墙皮作证

隐约可见人类的小心眼、大悲喜

那些年我曾在左边房里
祖父的前半生好像一杆旱烟
他讲的故事草中有蛇
井里边，一个属狐狸的美女
总是在夜里与红尘交合。右边的房子
住着一位老奶奶，她寡居，但会说评书
再一座房子主人还在
只是脑溢血。还有一座房子至今空着

那些年，我曾在石头的屋檐下
看天空明灭，让蚂蚁在脚尖得到极乐
春天的梧桐花屁股最甜
夏夜，虫子的便溺时常落在碗里
奶奶那时候还是一个半老妇女
一双小脚把门槛磨成镜子
好像另一个白天，时常在我进门出门的时候
看到一个接一个的男人
和他的祖先，用一根麻绳
千回百饶，把我也拴了进去

这一首诗歌，基本上是实录。我也没有追求某种效果。诗歌，在很多时候可能会构成个人重要记忆，并不对时代及更多的人构成影响。特别是在这样的一个社会背景下，诗歌写作说到底是一种精英意识在作祟，也是人自我掩藏与提升的单纯行为。因此，我反对诗歌的通俗化与口水化。具体到这首诗，我觉得作为诗歌它肯定是失败的，或者说，也没有什么新的发现与创造。

夜里，弟弟陪我睡觉。因为喝了点酒，又和母亲、弟弟和弟媳妇聊到凌晨一点，躺下之后，忽然看到床边有一个人。我想都不用想，是我父亲。瘦长脸、胡子拉碴，皱纹包着大鼻子和没牙的薄嘴唇。我惊了一下，拉开灯，床边空空。弟弟已经酣然入睡。我叹息一声。把头转向墙壁的时候，我知道我又害怕了。即使在成都，我有几次十分清晰地看到父亲，在我独坐的时候，有一次，坐在我旁边和身后，用一双眼睛温和地看着我，一句话都不说。在去北京的火车上，想起父亲，我又写了一首诗——《失去父亲的夜晚》：

上面是牡丹，下面
两只鸳鸯，再下面有一张毛毡
再再下面是木板
木板下面是空，是水泥封闭的另一种
应当是二〇〇七年，我和父亲

在春夜里，并排睡在这张木床上

他叹息，但不打鼾

我几次惊醒，听到他在叫疼

我想父亲一生够苦的了

他的身体让我想起时间博物馆

他叫疼，使得世界上所有的春夜都锈迹斑斑

父亲是最叫我愧疚不安的亲人。我常说，我和弟弟，是父亲和母亲栽在这世上的两棵树。父亲是根，这条根可以伸到时间的底部与人类的诞生日。可对我来说，我能真切触摸的，也只有爷爷、奶奶和父亲、母亲。他们是距离我以及我所在的这个时代和时空最近的人。父亲去世前两年春天，我到北京出差借机回家，晚上就和父亲睡在那房子里同一张床上。五六年后，我回到家，再睡到那张床上，我还是我，父亲却不见了。这种感觉对人的撕裂感密集而强大。

告父书

几次我都没告诉你，爹。

这一晃就是七年了。七年来，我只见了你三次。第一次是夏天，正是玉米、麦子比草高的时候，太阳很毒，烧得四周的树叶都发出类似被剥皮的呻吟声。第二次是冬天，北方大地空了，乌鸦停留在冰面或者石崖上，风吹得大地哆嗦，尘土弥漫了人类在严酷季节的全部生活。第三次是去年十月，庄稼成熟，粮食的香味并没有打动人，反而是那些鸟雀与正在枯去的秸秆，激动得日夜呼喊。

爹，我要对你说，2010年冬天，我从巴丹吉林沙漠调到了成都工作。

关于那片沙漠，你去过的，和弟弟、弟媳妇，还有你的大孙女恬恬。那时我们也刚成家，一穷二白不说，还欠了一屁股债务。那时，虽然是春天，但气候还很冷冽。我叫你和弟弟一家去的原因，是想把整个家都迁过去，我们一家人在一起。那时候，我以为自己一生都会在祁连山和巴丹吉林沙漠之间生活了。你和娘，还有弟弟在老家，是那么的卑微和无助。天下虽大，而我们的安身之地，寸土都难以居有，可我笃信人挪活、树挪死的世俗经验，想换一个地方，一家人再加上另一家人，就会是一个完整的世界了。

我其实很简单，总以为一时就是一生。

我还记得，我征求你的意见，你坐在沙发上，抽着烟，眼神茫然，胡子拉碴地看着我说："只要你娘和弟弟没有意见，我就没意见。"你还说，到哪里都是一个活！爹，你从来都是顺从，对这个世界、村庄、他人，甚至自己的家人，都无限宽容，也无条件、无原则地服从。其实，我也知道，尽管爷爷奶奶死了，你还是不想离开生了自己，活了五十多岁的村庄。

娘坚持不挪窝。她说："金窝银窝不如自己的狗窝！"还说，你们辛苦了大半辈子，好不容易才有了几座新房子，两个儿子都结婚了，孙女儿也有了。舍掉太可惜！几天后，你和弟弟一家上车走，我看着你瘦削的佝偻，无奈中的仓皇。眼泪流下，风沙也起来了，我和你的儿媳，眼泪和成了泥。

那是2002年。我们刚结婚两年。似乎从那一刻起，我才觉得了父母的好和不容易。人说养子才知父母恩。这话一点儿不假。从这一年开始，我们几乎每年都要回去一次。其中几个冬天，我们回去了，你却不在家。娘说，你去武安给人盖房子了，或者去修公路了。我嗔怪娘说，爹都这么大年纪了，还去给人打工。娘说，不干活咋办？人生下来，就是苦着吃饭的。有一个下午，持续的大雪满世界填充，整个南太行乡野被轻而庞大的洁白砸得虚实不定。忽然有人喊我名字。我一惊，兔子一样蹦出门，一看，风雪之中，一个挑着扁担的人在对面马路边朝这边喊。我知道是你，爹，我跳下一块块的麦田，踉跄冲到你跟前，接过扁担。

满头白雪的爹，走路蹒跚的爹。

和你回到家，就给你倒水喝，拿烟抽。然后把新买的羊肉放进锅里。

爹，我给你说。

2011年，我一个人在成都。你的儿媳和孙子杨锐还在那片沙漠。没事的时候，我就一个人在大街上溜达。这里你没来过，不知道城市有多大，车有多少，商品多丰富，还有多贵。有几次，在文殊院、人民中路、骡马市和天府广场，我总是看到你，蹲在路边的银杏树下，或者坐在光滑的台阶上。我猛然回头，却一个人没有，或者是另一些人。爹，不瞒你说，那时候，每看到一个和你年纪差不多的老人，我下意识地就想叫一声爹。

有一些晚上，我坐在微机面前，夜深得只有灯光照顾我的鼻梁。我正在专心致志敲字的时候，老觉得身后有一个人，坐在沙发上，或者扶着我椅子后背，静静地看，不出声也不大口喘气。我能够清楚地觉得那种气息，充满了柴烟、汗水与泥垢。我忍不住惊喜，还没回头，就叫了一声爹。也忍不住，用手去抚摸椅子后背。那一刻，我真的以为，只要我伸出，就会抚摸到另外一只手。

粗糙的手，把我养大的手。

小时候为我擦屁股的手，也曾经抡起来打我的手。

爹！你在多好！唯有你知道我在异乡的孤独。

还有几次我梦见了你，都很奇怪。其中一次是这样的：你躺在曾祖父和曾祖母的房子中间，身下是一块门板。有人告诉我说，千万不能睡着，一旦睡着，恁爹就会死！可我就是不争气，刚闭上眼睛，你真的死了！我捶打自己胸脯，放声号啕，然后倏然醒来。尽管窗外亮着灯，可我还是觉得这世界好黑好黑。再一次，我梦见咱们俩去后山，砍柴或者放羊，走到那眼泉水跟前，你说去洗脸，让我在旁边等着。我正在东张西望，却听到你喊了一声，一个纵身，就到了对面山头上。我对你大喊说，爹你咋了！你说，你要去山西左权县干活。还说，已经有几个老哥们已经在那儿等着你了。

你知道你也是很顽皮的，爹，尽管，在我童年到青年时代，你总是沉默的，在家和村里也都是以老实、木讷，甚至缺心眼、尿自居和闻名乡里。对你说，爹，我这几年一直都在文章中写到你。尽管我知道，你就是一个农民，苦难、悲哀、不幸、无助，不仅是你一个人的命运概括，更是很多中国农民无法摆脱的梦魇。单就文章角度看，爹，你本身不值得书写。很多人以为，你这样的农民缺乏典型性，因为你没有参与过战争和政治，更没有制造过任何的传奇。

他们说，文学是典型化的艺术，也是提升之后的精神镜像与灵魂宫殿。

但我还是愿意写写你，不为别的，你是我爹，没有你就没有我，你再不值得书写，但我愿意写。

去年，我又写了一篇文章，叫《父亲的少年往事》，内容大都来自爷爷奶奶的讲述。在他们眼里，你不仅能干，还特别灵巧。小时候还特别淘气，13 岁就是大劳力了，和他们一样在生产队拿工分。你会赶马车，还会编织荆条制品；会做木匠活，还会打铁；有泥瓦工的手艺，还会石刻。爷爷说，你小的时候，经常做一些出格的事情，掏鸟蛋、抓蛇，那都是孩子的天性和乐趣，尽管你大字不识一个，居然还会吹唢呐和口琴。

那篇文章是这样的，“在偏僻的南太行山村里，有一个名叫杨小方的少年。大炼钢铁的时候，在一个炼铁炉上，暗恋上了一个邻村的闺女。正在俩人感觉正好的时候，那个闺女却不慎掉进硫酸罐里，顷刻间变成了一堆白骨。杨小方痛不欲生，病了很久。回到村里，借为生产队拉粮食的便利，和另一个名叫杨志林的人，一同去了那个闺女家里，送给她父母一袋小米。再后来，杨志林老婆生了孩子，没粮食吃，缺奶水，你也借掌管生产队仓库钥匙的便利，偷了几升黑豆给杨志林老婆吃。”

如此等等。这些故事及其细节，有一些来自爷爷奶奶，有一些来自你年少时候关系不错的人。在我印象中，爹，你从来不给我讲故事。娘说你嘴笨，脑子是榆木疙瘩。我对此也长时间信以为真。爹，其实你很会说。可你就是不说或者不愿意说。正如你 2008 年冬天对我说的那样，世上的事儿，不在于说不说，就在于人咋做！爹，你这句话让我彻底扭转了对你的成见。你的大儿媳玉娟也说，爹不像娘说的那样傻，其实是咱家最聪明的人。

爹，我也这样觉得。

我不知道这篇文章会不会冒犯你。可是，我想写出来，一方面记录你的少年时代，另一方面，是想给你留一份“证词”，更重要的是，等你的孙子孙女们长大，看到我写你的文章，他们就能很快追溯到自己的“源头”和家风。爹，我在另一篇文章中，记录了娘告诉我的一些细节，即奶奶患癌症的最后时光，作为儿子，你陪着她，给奶奶洗澡、梳头、喂饭、清理大小便，虽然只有几百米，你也几个月不回家。

你让我觉得了骄傲。也让我觉得了你木讷、呆板和傻的外在形象以内，那一颗柔软之心，你对自己母亲的至孝与珍爱行为，才是真实的你。每当我想起这些，就忍不住热泪盈眶。你也知道，你的大儿媳对你也是如此。别人问你，没有闺女后悔不？你说，有俺玉娟就够了！爹，我明白你的意思。我在家陪你时，你也对我说。有恩报恩，人活着，就个心。

爹，我知道自己该怎么做。

尽管我时常做不好，甚至做得很糟糕。

爹，这七年来，我每年至少两次回家。但都没有去专门看你。

你好像也不生我的气。我每次回到家，一进咱家的院子，我就觉得你还在，到处都是你的气息，镰刀、镢头、锄头和斧子之类的家具，还有房子的每一块石头和石板，院子里的椿树、杨树、洋槐、梧桐、枣树和核桃树等，几个树干甚至每一片叶子上都包含着你的体温。

到晚上，我一个人不敢睡。你大儿媳在还好。我要是一个人，每一躺下，就觉得你站在床边，还是那副模样，瘦削、佝偻，眼睛无神，时常发出哎呀的疼叫声。平时，我都开着灯睡，有时用被子蒙住头脸。直到去年还是如此。我自己想，我之所以如此害怕，其实是心智不成熟、不会管理自我的情绪，我还没有参透生死，还没有了悟生命的要义——的缘故。

这些年来，你儿子我看起来强大，实际上丧失了很多能力。比如，独自面对人生某些艰困的化解方式，放任性的依赖，乃至从不想坏事会随时发生的麻痹思想，如此等等，在很长一段时间内，我只知道这就是幸福，还没弄明白祸福相依是生活的必修课。以至于在很多方面，一旦被放逐和拦截，就乱了方寸，失去了勇气和力量。爹，这一点我们父子很相像。

爹，我为此庆幸，也觉得这是我们父子除了血缘之外，另一种意义上的生活、精神和灵魂上的高度契合。多年来，我以为生命、生活都是一种交付，毫无保留、心甘情愿甚至九死不悔的。爹，就像你说的那样，人都是自己的，不是任何人的。那时候，你躺在炕上几个月，癌痛持续，而你却没有一句抱怨。我知道你对这个世界已经失去了兴趣，你不是糊涂和傻，是真的看透了。

你的那份淡然和从容，对我的影响深刻无比。你还交代我说，人太复杂，弄不明白的就不要去想，弄明白的，做好自己就行了。爹，尽管我2009年的时候不到四十岁，可总是以为自己还是孩子，永远长不大，对任何人和任何事情都采取信任的态度。直到现在我还是觉得，一个人把自己交出来，那不是傻和笨，而是一种坦然与博取。那时候我还不知道世事瞬息万变，也不知道生活会采取斩首的方式，对一个人进行暴政似地痛击与截断。

但我不后悔，爹，我只有感恩和抱歉，这世上，与我亲近的不亲近的，都不亏欠我什么。现在，我已经四十多岁了，生活还要继续。我背负着一身伤痛，但还要笑面应对与我瓜葛不断的人和事。爹，你应当知道，这么多年来，除了你的大儿媳和我的岳母帮助我之外，我还遇到了不少好人。他们的恩情，我用一生来厚待。你也知道，其实我一个人在外是很苦的，尽管我看起来有些养尊处优，锦衣玉食。就像我能够在一瞬间洞悉和了解你内心的苦痛与悲怆一样，你也是知道我的。

爹，我还想告诉你。自从去年以来，我几乎没有梦见过你。我自己想，大概是你走得很远了，或者已经成为谁家的孩子。嗯，爹，我真的这么想，你这么好的人，一定会再来人世的，也会更好。如果冥冥中有一种力量，那么，力量都应当是美的、善良的，而且是善待美和善的。去年我两次回家，晚上，我一直觉得自己会梦见你，可是却没有，临走时候，我有些惆怅。

我想，爹是不是忘记我了？

2009 年 3 月 9 日凌晨一点，我们赶回去，你还躺着，左眼一直睁着，朝门口看。我知道你在等我们。爹。我给你说，尽管如此，我还是没哭。你可能觉得奇怪。可是，爹，尽管我没哭，可是我真的悲伤。我不相信，痛哭是悲伤的外在形式，呼天抢地也未必是悲痛的必然表现。我知道，有一种悲伤和痛哭，是发生在肉身和灵魂当中，如遭火烧，也雷同于炮烙之刑。我也相信，你也知道我的悲伤，与你遭遇爷爷奶奶之死一样，那种滋味，真的是临到己身，方才会真正心领神会，并且会终生发作。

再些天，你成了野外之人。

那时候，我还在巴丹吉林沙漠。回到家，岳母对我说，你8岁的大孙子，听说你去世了，自己去楼下空地上挖了一些土，又让姥姥买了香，在阳台上点燃。他说："爷爷待我也好，抱我，给我吹口琴，烧核桃、板栗吃……"我哭了。是啊，爹，人都是有根的，一家人的传承最重要的在于心神贯通。我抱住你的大孙子，莫名悲伤，也感动不已。从那一刻开始，我就知道，人只要是善良的，就一定会有人为他感动，并且在精神和灵魂中为他/她立一块碑。

2015年，你的大孙子还写了一篇作文，虽然有虚构的成分，但他对你的记忆却越来越深，是啊，爹，还有比这样更令人欣慰的吗？

爹，再过几天，就是你的忌日。要是你还在，我早就把你接过来住些日子了。可这样的机会，我永远丧失了。很长一段时间，我一直想，如果你还在，来成都，我会陪着你吃很多好吃的，还给你喝茶，父子两个，坐在某个茶馆里，或者树荫下、自己家，哪怕不聊天，我们父子俩就那么坐着，看着对方，再看看这城市的风景和人……可惜啊，爹，在你活着的时候，你儿子穷而一文不名；你死了，你儿子却有了一点能耐。想想，这确实有些不公。爹，你的恩情，我无以报答。

这是2016年的成都，春天早就开始了，花开接连不断，风中的香味无穷无尽，流水与行人、车辆往复不已。爹，这是人间新的一年，已经开始覆盖所有的生命和世相。

爹，每年这个时候，我总是愈加悲伤。可2016年的春天，我的悲伤似乎又加重了，不止一层，而是万千重。爹，很长时间以来，我想自己瞬间老去。那时候，你的大孙子早已可以独自行走世界，专心过自己的生活。我老了，就什么也不用想了，回到老家，把你当年亲手盖起的老房子拆掉重建，或者还住在里面，每天陪着俺娘说话；在太阳下来去，想想你，想想自己的童年和少年，那些有你的日子……然后有一天，自己也倒下了，就像我写过的诗句那样："我们父子俩，肩并肩，骨头挨着骨头，灵魂暖着灵魂。"

这应当是最美好的事情了。爹，但我知道，人生有序，万物有律，我只能遵从于时间和自然。我还想对你说，我很好，我们都很好。我们一如既往地想着你，爱着你。如果可以，我想这个清明节回去给你上坟，而且要彻底地放声痛哭一场。

希望不会惊扰到你，爹，请安息。不孝儿献平给您磕头了！

时隔多年，秋天的村庄

这是2019年秋天，十一放假期间，我再一次回到南太行村庄。一切皆如往常，生者持续变老，逝者轮回或者沉睡。十月二号上午，村里的人都来我家帮忙了，我们又一次喜庆起来。这是弟弟和我娶媳妇之后，多年来，我们家再一次举办婚事。亲戚们也都来了，还有一些朋友们。这样的事情，五年前，我是不会做的，而且，心里一直有一个巨大的隔膜或者说耻辱感。那就是，我被离婚了，即便是又结婚了这样的说辞，也令我羞惭不已。在乡村的古老传统中，总是和婚姻之外的女人发生情感和性关系的男人肯定是不着调的，也是令人极度厌恶和痛恨的。尽管时代变迁，如今的人们对离婚和结婚的现象见怪不怪，可对我来说，再次结婚，也是一种耻辱。再者说，前妻人品和各方面都不错，尤其对我父母的孝敬，曾使我无比感激。我从内心里也是爱她的。可五年前的初秋，她忽然闹事，坚持要和我分开，又逼着我去办离婚证。直到拿到离婚证的时候，我还是笑着的，心里还想，这不过是她一时糊涂的结果，再过一年两年，她会想通了，届时，再复婚也不迟。

可是我没想到，她根本没有这个意思。

其间，我抑郁症严重，先后三次一个人住院治疗。

直到2018年年底，我才彻底放弃了对前妻回心转意的幻想。这时候，我才确信，一个人和另外一些人之间，确实是有缘分的。所谓一分不多，一分不少。大致就是这个意思。尽管说，这有些宿命和唯心的色彩，但世间的很多事情，都是有些诡异和蹊跷的。此前，我一直把与自己恋爱到结婚十多年的妻子作为内心的亲人，甚至精神上的依靠，灵魂的皈依，可事实告诉我，夫妻之间永不可能是亲人，最多是亲密战友和合作伙伴。

现实总是给理想响亮耳光，而理想也总是给人希冀和追求。任何人的一生，大都是在这不断的挫败与沉沦，希望与梦想中持续的，直到临死之时，才发现，这一切，原来都是如此的虚妄，不真切，甚至有自我幻灭的悲哀与不过如此的释放感。由此，我也忽然明白，人世间的一切事情，都不可太用力和太全部，更不能把某个人和事物作为唯一和独有，一旦如此做了之后，其结果肯定是崩塌和溃散。

在此期间，我一直放不下一个执念，那就是，怕乡亲们知道之后，背后笑话说："献平被他老婆甩了！""他被离婚了，肯定是他的错。"如此等等，我觉得很没面子，其中的部分因素，也因为前妻在我老家也有着孝顺、贤良的名声。再者，一个四十多岁的男人，忽然又被离婚了，孩子也跟了他妈妈，这样的情况，在我们南太行乡村，人都习惯说成是"在外面混了这么多年，最终还是一个人滚蛋回来了，老婆也不要他了，孩子也不给他了。"诸如此类，在我之前，就有人如此，在我之后，也肯定会有人再有这类遭遇。因此，和前妻离婚之后，我一直没有跟母亲讲，更没有跟老家任何人提过一句，其中，我三次回老家过春节，母亲问起妻儿，我都以孩子上学紧张、假期补课为由搪塞过去了。

可现在，我觉得这一切，真的无所谓了。个人的日子是个人过的，好和坏，悲和喜，都和其他人无关。和现在的妻子确定结婚后，原本可以不在家乡再操办的，但我考虑到，妻子是人生第一次结婚，搞得热闹点，也算是一种宣告，更想让她在我们南太行乡村得到更广泛的认识和承认。

于是乎，2019年“十一”期间，在岳父家办了婚礼之后，我们再回南太行乡村老家隆重待客，以此通知当地乡邻和附近的朋友。这一天，日光出奇的好，我心里的那些不安和羞耻感也荡然无存。亲朋先后来到，再加上帮忙的亲人，挤满了我们家的院子，但一天热闹之后，一切又都复归常态。只是，我又一次结婚了。这真幸福又可耻。

这使我想起很多年前的一个秋天的黄昏，梧桐叶子的庞大身躯不断轻飘飘地落下来，到达地面的时候，与已经发凉的泥土发出摩擦的沙沙声。我躺在少年的屋子里，在一阵紧似一阵的秋风中，感受到杜甫《茅屋为秋风所破歌》的苍凉与凄怆。前一天，村里刚有一个堂哥娶了媳妇，按照风俗，全村人当中，只要和他们家没有太大的矛盾和冲突的，都要去帮忙。我也去了。堂哥仅仅年长我四岁就已经娶了老婆，和我同龄的，没有考上大学的，大部分也都定了亲或者已经把老婆迎娶进门了。可我，仍旧孑然一身不说，附近村里没有一个适龄闺女愿意和我相处。更别说天长地久的婚配，生死相依了。

“这一辈子，我可能是光棍的命！”“娶老婆有什么好呢，麻烦，无聊，顾自己还得顾着她，还有孩子和她的爹娘。”那时候，我脑海里忽然就出现了这样的两句话。前一句在脑子里如字幕般映现的时候，我鼻子忽然一酸，忽然想哭。同时也觉得了一种无可抑制的悲伤与绝望。那时候，我所处的环境，即我们南太行乡村，从小耳濡目染的，便是人过留名，雁过留声，以及“养女嫁汉，穿衣吃饭”“养儿防老，子孙满园”的传统人本思想。在性别的问题上，再差的闺女也有人娶走，我也亲眼看到邻村一个一见人就猛扑上去，屎尿不能自理的疯闺女，也被人娶走了，第二年，也生了一个大白胖小子；还有一个患有癫痫的女子，也被人欢欢喜喜地娶走了。而村子里起码有十多个手脚健全，头脑也不错的男人，四十多岁了还是光棍一身。

关于后一句话，我觉得有些自私，但觉得这是自己比较穷，前途命运又很迷茫，毫无着落的原因。我自信我不是一个不承担责任的人，并且，有着为一切神圣和美好的事物献身的精神。从十八岁开始，为了给我找个媳妇，父母和亲戚托遍了周边的熟人，熟人和亲戚也问了几家有适龄闺女的人家。人家一听说是我，便都拒绝了。以至于母亲常常叹息说我这辈子肯定是光棍一根的命。好在，一年后，我离开了故乡，去到了西北的巴丹吉林沙漠。尽管当了兵，可在我们南太行乡村，还是没有任何一户人家的闺女愿意嫁给我。直到二十四岁那年的秋天，我才得以真正恋爱，对象就是我的前妻。再三年后，我们结婚，次年，又有了我们的大儿子杨锐。

沙漠的生活充满风沙，起初还充满贫穷。但越是贫穷，人越是有凝聚力。夫妻之间似乎也是如此。人在社会当中，首先是经济动物，其次才是道德的和思想的。随着儿子一年年长大，我也从中体会到了家庭的温暖和快乐。尽管，吵架在所难免，但我一只恪守着当初对于前妻的诺言，无论何时，不会动她一根毫毛。对女人的暴力，我一向鄙夷。起初，我还是散漫性格，几次出远门，孩子还小，妻子为此受了不少委屈。对我父母家人，她也很好，每次回家，无论吃的穿的用的，从没有跟我父母和弟弟一家分过你我。2008 年，我父亲突然检出胃癌，前妻尽心伺候，给予了我父亲最大的安慰。在病床上，乡人问我父亲说：“你这辈子没有女儿，后悔不？”父亲说：“后悔啥呢，有俺儿媳妇玉娟，比有十个闺女还强！”我相信这是父亲的真心话。与此同时，岳父也经常对人说，有我这个女婿，他也不觉得自己没有儿子怎么不好。还说有我这个女婿，比别人家有几个儿子还强！

亲人之间，是相互的信任，给予和体贴。而婚姻的本质合作，具有长期性，也包含了临时性。这一点，我很长时间不懂，尤其是在各方面都已稳定，儿子渐渐长大之后，我也四十岁出头了，妻子尽管小几岁，但也靠近了四十。在我的意识里，总是以为，这样的人生，尤其是婚姻家庭，一辈子大致就如此这般了。有可爱而有主见的儿子，有真心实意过日子，对我父母和兄弟一家都不错的妻子，我还能贪恋什么呢？我是一个没有多少理想高度的人，我满足于既有的一切和生活，甚至感恩于上天的恩赐与多年来每一个人对我的关照和帮助。可人生的某些厄难和改变，是难以预料，甚至是无解的。因此，自从被离婚之后，我开始无端地相信冥冥之中的某种力量，它们看不到，摸不着，虚无而又实在，看似无意或偶然，可总是充满玄机。

就像我和现在的妻子婉豫，在成都，认识了几年的时间，我总是把她作为晚辈看待。我们还没认识的时候，一个西北的诗人朋友说，这是他的一位亲戚，让我能够照顾的话，多照顾。每次喊她一起吃饭，都是说些正话。没有任何的挑逗和非分之想。和她在一起，我完全没有想到，直到我们的儿子出生，我还觉得犹如梦中，极端地不真实。2019年七月份，母亲生日之际，我和她一起回到老家，母亲和小姨觉得她很好。母亲和小姨，是我在这个世上最后的长辈了。她们姊妹俩，包括大姨和大舅、二舅还在人世的时候，她们五姐妹之间的感情就非常好，无论什么事情，兄弟姐妹都会站在一起，相互帮衬。直到现在，母亲和小姨两姐妹，只要三天不见的话，两人就开始找对方了，你去我家，或者我去你家。

这使我欣慰，而她们对我再次婚姻对象的满意，也坚定了我的信心。也觉得，应当在老家待客，向村人宣示一下。我觉得，这样才能对得起我的新夫人。待客之后，我们又出去溜达了一圈，没事的时候，我和妻子一起到房子背后的山坡上溜达，正是秋天，满山的板栗树叶子凋零，但也留下不少板栗，我们在树下捡了吃。坐在正在枯干的荒草上，南太行乡村的天空幽蓝而高远，不多的云彩在山顶之上如同诗歌一样地流浪。山坡的隐秘之处，偶尔会跑出一只野兔，不一会儿，就消失在了另一个隐蔽的地方。

夜里，风吹着落叶，在无人的庭院里响动着自然的声音；星辰很多，也很近，仿佛伸手就可以触摸到，坐在明月照头的院子里，有一种古典的意境。黑暗处，苹果熟了，干在树枝上的大枣好像一个个的婴儿眼睛，黑黑的，在月光中，也透射着灵性。

我给妻子讲村子里的人和事，以前的，包括爷爷给我讲的那些鬼怪邪祟，僵尸妖精之类的，也说了村里的奇人异事。还有山中的物产，我幼年和少年时候在南太行乡村的种种生活情境……好玩的，悲伤的，快乐的，唏嘘的，等等，她也认真听，有时候还问我一些有关风俗的问题。她也说，世界上啥事啥人都有，只有人的斑驳和复杂，才是人间的本质属性。我极其欣赏她这句话。允许人的复杂多样，甚至其行为的怪异和命运的乖舛，这才是正常的心态和我们熟悉的人间万象。

就像现在的我，在多年之后，也肯定是另一些人嘴里的故事了，包括周边的其他人，唯一不变的，只是这山川草木，这一代代衍传的人世间，以及他们在我们之后，以自身生命赓续的各种各样的故事。

图书在版编目（CIP）数据

南太行纪事 / 杨献平著. —北京：中国工人出版社，2020.9
ISBN 978-7-5008-7471-3

Ⅰ. ①南… Ⅱ. ①杨… Ⅲ. ①散文集－中国－当代 Ⅳ. ①I267

中国版本图书馆CIP数据核字（2020）第164389号

洋葱 STUDIO

智识 | 趣味 | 无用之魅

南太行纪事

出 版 人	王娇萍
责任编辑	宋 杨 傅 娉
责任印制	黄 丽
出版发行	中国工人出版社
地　　址	北京市东城区鼓楼外大街45号 邮编：100120
网　　址	http://www.wp-china.com
电　　话	（010）62005043（总编室） （010）62005039（印制管理中心） （010）62379038（社科文艺分社）
发行热线	（010）62005996 82029051
经　　销	各地书店
印　　刷	天津中印联印务有限公司
开　　本	880毫米×1230毫米 1/32
印　　张	9.875
字　　数	200千字
版　　次	2021年1月第1版 2023年11月第2次印刷
定　　价	58.00元